Los silencios de Hugo

Inma Chacón

Los silencios de Hugo

Diseño de cubierta: Estudio Sandra Dios
Fotografía: Sadeq Mousavi / Unsplash

PAPEL DE FIBRA
CERTIFICADA

© Inma Chacón, 2021
   Representada por la Agencia Literaria Dos Passos
© Contraluz (GRUPO ANAYA, S. A.)
Madrid, 2023
Calle Valentín Beatro, 21
28037 Madrid
www.contraluzeditorial.es

ISBN: 978-84-18945-72-4
Depósito legal: M. 6.313-2023
Printed in Spain

A Paco y a Julia.
Y a todos los suyos

PRIMERA PARTE
El silencio del miedo

1.

Hace doce horas que Olalla no da señales de vida. No es propio de ella. Ni lógico. Su hermano se encuentra en estado crítico, y la abogada apenas se mueve de la cabecera de su cama desde que lo ingresaron. Su ausencia no tiene sentido para nadie.

Su teléfono móvil continúa encendido. Hasta hace un par de horas respondía la propia Olalla a través del contestador automático, pero el buzón ya no admite más mensajes. En otras circunstancias, podría pensarse que la está reteniendo un asunto importante, pero nunca dejaría pasar tanto tiempo sin ponerse en contacto con el bufete o con su familia, y menos ahora, cuando Hugo se debate entre la vida y la muerte. Salió del hospital a primera hora de la mañana para atender a un interno del Centro Penitenciario de Valdemoro, a pocos kilómetros de Madrid, pero al despedirse aseguró que regresaría antes del mediodía.

El equipo médico de Hugo la había citado a las doce para informarla sobre los resultados del tratamiento, un cóctel de fármacos en fase experimental que quizá le salve la vida. El primer viso de esperanza para Olalla desde hace unos meses, cuando conoció la enfermedad de su hermano. Apenas un rayo de luz en la oscuridad donde lleva viviendo. La salida de un túnel que parecía taponada por piedras enormes, como las galerías de las minas accidentadas, cuando se derrumban las paredes y se impone la tragedia.

No tiene sentido su ausencia, sin una llamada, sin un recado, sin un aviso. No. No lo tiene. Ni sentido ni lógica.

Las alarmas saltaron al no presentarse a la cita. La doctora Del Solar la llamó varias veces al móvil y le dejó un mensaje en el contestador, pero no hubo respuesta.

En ese momento, el aparato continuaba dando cinco tonos de llamada antes de escucharse el mensaje grabado de Olalla, con un acento extremeño, arrastrado y amable, que no ha perdido desde que llegó a Madrid cuando era una niña.

—Lo siento, ahora no puedo atenderle. Pero devuelvo todas las llamadas. Por favor, deje su nombre y su número.

Sus amigos más íntimos también le han dejado decenas de mensajes urgentes a lo largo del día, insistiendo en que se ponga en contacto con ellos o con el hospital, hasta que la voz metálica de una operadora los ha informado de que el buzón de voz no admite más grabaciones, y han empezado a elaborar conjeturas que no convencen a nadie.

Josep, el marido de Olalla, ha denunciado la desaparición en una comisaría situada frente al hospital, pero le han asegurado que no pueden actuar hasta pasadas cuarenta y ocho horas. Lo dice el protocolo de actuación, unas normas no escritas, insensibles y duras, frías, dictadas desde los despachos de los que, probablemente, no han soportado nunca una espera tan larga y tan sin sentido: se trata de una persona mayor de edad que ha podido desaparecer voluntariamente. Hay que esperar.

Son las ocho de la tarde del 29 de noviembre de 1996. Las campanas de la torre de una iglesia colindante al hospital marcan la salida de las visitas. Los pasillos se van quedando vacíos poco a poco, mientras los familiares y amigos de Olalla se reúnen en la sala de espera donde les han permitido quedarse hasta que se aclaren las cosas.

Los últimos visitantes que ocuparon la sala dejaron la televisión encendida, y un fuerte olor a cansancio y a humo que continúa flotando en el ambiente, denso y pesado.

En la habitación de Hugo hay una actividad incesante. Las enfermeras entran y salen a cada minuto. A veces de dos en dos, y otras por separado. La doctora Del Solar ha doblado su guardia para vigilar la evolución del enfermo. Nadie, excepto el personal sanitario, puede entrar a verlo.

Josep se ha sentado en un rincón de la sala de espera, apartado del resto, después de dar vueltas y más vueltas llevándose las manos a la cabeza. Del pasillo al ventanal de la sala, de la sala a la puerta cerrada de la habitación de su cuñado, de la puerta de la habitación al pasillo y al ventanal.

Hace más de dos horas que cayó la noche y dejó en penumbras el jardín delantero del recinto hospitalario, un antiguo cuartel cedido por el Ministerio de Defensa al de Sanidad y Consumo.

Durante el día, el jardín se ve repleto de gente, y ahora, solitario y quieto, como las fotografías antiguas que cuelgan en las paredes de los vestíbulos y las salas de espera, en recuerdo de los usos anteriores del inmueble. Nostalgia en color sepia donde se guarda la historia del complejo militar.

Hace frío en el exterior y se está levantando algo de neblina. Olalla siempre reniega de las noches así. No puede soportar que la humedad se le cuele hasta los huesos y le reavive el dolor de las piernas, sobre todo de la que tiene más corta. No le gusta la niebla, ni el frío, ni la lluvia, ni las tormentas. Los odia, dice que son venganzas de la Naturaleza por el maltrato continuo que está sufriendo.

Por la mañana, sin embargo, lucía un sol radiante, ese sol de noviembre que difumina el cielo contaminado de Madrid, encapotado por el humo de las calefacciones. Hace semanas que no cae una gota de lluvia en la ciudad, pero por las noches se levanta una bruma pegajosa y negruzca que lo empapa todo, mezclada con las partículas de carbón transportadas por el aire.

Josep ha vuelto al ventanal. Observa el jardín y, al fondo, la calle, solitaria y oscura. No para de mirar el reloj. Las manillas avanzan a pesar de que el tiempo se ha quedado en suspenso. Quieto. Impasible. Cruel. Incapaz de ofrecerle la menor muestra de compasión.

La humedad se está cristalizando en capas de hielo sobre los techos de los automóviles, y en la televisión acaban de informar de que seguirán bajando las temperaturas.

Las miradas de la sala de espera se cruzan y se rehúyen al mismo tiempo, en un acto instintivo de impotencia compartida y desolación.

Los pasillos del hospital se han quedado vacíos.

Las salas de espera, también, excepto la que ocupan los familiares de Hugo.

El vaho y la oscuridad impregnan los cristales.

Y el silencio de Olalla retumba en la mente de todos como un mal presentimiento, convertido en un grito largo y ahogado, profundo, un grito de angustia que nadie se atreve a lanzar en voz alta.

Josep no se separa de la ventana. Mira el reloj, lo remira, apoya la frente en el cristal y siente el frío de la calle, el frío húmedo que odia su mujer con todas sus fuerzas.

¡Llama, Olalla, por lo que más quieras, llama! ¡Por favor, Olalla! ¿Dónde te has metido? ¡Llama! ¡Llama!

2.

La doctora no ha dejado de entrar y salir de la habitación de Hugo en todo el día. Las enfermeras le han tomado la temperatura y controlado el goteo más veces que nunca. Ellas creen que él no se entera de nada, porque la mayor parte del tiempo está semiinconsciente, pero se equivocan, Hugo oye sus pasos acercándose y alejándose, siente el calor de sus cuerpos, sus movimientos alrededor de la cama y los suspiros que no pueden evitar, sofocados a duras penas por sus mascarillas verdes.

Claro que se entera, y quisiera gritarles: ¿Qué está pasando? ¿Por qué no entra nadie a verme? ¿Dónde está mi hermana?

Conoce al equipo médico desde hace doce años. Cada enfermera tiene un olor diferente, una forma distinta de andar, de ponerse y quitarse los guantes de látex. A veces se intercambian los turnos, pero él sabe a quién le toca cuidarle cada mañana, cada tarde y cada noche.

Doce años ya.

Mientras no dio la cara, Hugo arrastró su virus como su hermana arrastraba la polio que contrajo de niña, ocultando su dolor y su miedo para que no les doliera a los suyos.

Olalla se había infectado en el verano de 1959, en una playa del Algarve donde Hugo se empeñó en celebrar su sexto cumpleaños porque quería conocer el mar. Olalla no había cumplido los cinco años.

Su padre se mostró contrariado con aquel viaje; tenía una plantación de tabaco a las afueras del pueblo y no podía desatenderla por un capricho de su hijo, pero su madre consiguió convencerle y se marcharon los cuatro a pasar un par de días al sur de Portugal, sin saber que acababa de producirse un brote de polio que se cebaría con el sur de la península ibérica y se extendería por todas partes como una maldición de la Biblia.

El niño apagó sus seis velas en un restaurante frente al Atlántico, donde su hermana se entretuvo jugando con unas niñas que la trataron como a una muñeca. La peinaron, la bañaron en la orilla del mar, la secaron con sus propias toallas y le dieron decenas de besos.

Olalla amaneció con fiebre a la mañana siguiente, igual que les sucedería a las niñas con las que había jugado. Comenzó a quejarse de dolor en las piernas, se le pusieron rígidas y dejó de moverlas.

La parálisis la mantuvo en cama durante trece meses, para someterla después a una intervención detrás de otra y atarla durante años a unos hierros de los que nunca se quejaba, porque no soportaba la compasión ni el llanto de los demás.

Aceptar la compasión es colocarse en un plano inferior al que compadece, debilitarse en la diferencia y asumirla como un mal del que se debería huir. Olalla aprendió desde muy pequeña que tendría que vivir con su enfermedad como con sus ojos negros, su pelo moreno y rizado y su piel cetrina, sin lamerse las heridas y sin que los demás supieran cuándo tenía motivos para hacerlo.

Y cuando le tocó a Hugo ser el enfermo, eligió también el silencio. Se encerró en sí mismo para que nadie tuviera que sufrir por él ni con él, y se alejó de todos.

Aún no sabía que sus padres no tendrían que llorarle, porque ambos morirían antes que él. El cáncer se llevó a doña Aurora sin que apenas pudiera darse cuenta y, once meses más tarde, la pena se llevó detrás al hombre, que no podía vivir sin su mujer.

Unas semanas después del entierro de don Francisco, Olalla descubriría el secreto que había guardado su hermano durante doce años.

La abogada había aceptado la muerte de sus padres sin plantearse que podría rebelarse. Lloró sobre los hombros de Hugo y de Josep hasta que el desgarro se fue convirtiendo en un llanto tranquilo y consiguió asumir la pérdida. Pero aún no había llorado suficiente cuando descubrió que el dolor no siempre empieza con la ausencia del otro, sino con la certeza de que sangrarán las heridas mucho antes de que existan.

La seguridad de que el sufrimiento se acerca puede doler tanto como el propio daño, a veces, incluso más, como le sucedió a ella cuando conoció el secreto de su hermano, porque no le dejó la menor oportunidad a la esperanza.

La sentencia era firme y no cabía apelación alguna.

Si lo hubiera sabido antes…

Si Hugo no se hubiera callado durante tanto tiempo…

Si no le hubiera mentido…

Si hubiera confiado en ella…

Si hubiera…

3.

Olalla se educó en un colegio de monjas francesas, donde le inculcaron una aversión por la mentira que condicionó su vida. Ni se miente ni se tapa la verdad. Lo aprendió cuando trató de encubrir a una compañera que fingió estar enferma para saltarse las clases durante tres días seguidos. A Olalla la castigaron a copiar doscientas veces una enseñanza del Evangelio que se le quedó grabada en el cuaderno y en el alma: *La verdad os hará libres. San Juan, capítulo 8, versículo 32.*

Su compañera recibió un castigo parecido, además de una expulsión del colegio de quince días. Y, como colofón, para que sirviera de ejemplo al resto de las alumnas, a la vuelta, la obligaron a escribir en la pizarra, una y otra vez, la segunda frase que se quedaría en la mente de Olalla como una advertencia inquietante: *La mentira perjudica más al que la dice que al que la recibe.*

Aquel día, mientras su amiga se afanaba en la pizarra, a Olalla se le iba llenando la boca de un sabor ácido y amargo que le subía desde el estómago y la obligó a salir corriendo en dirección a los lavabos, entre arcadas y retortijones de tripa.

Aún no había cumplido los diez años. Desde entonces, desarrolló un rechazo casi enfermizo por la mentira, un malestar entre físico y moral que la acompañó durante toda su adolescencia.

Pero se licenció en Derecho y eligió ejercer como abogada penalista. Su profesión le enseñó que la verdad perjudica al culpable y que cualquier reo tiene derecho a mentir para librarse de las acusaciones que pesan sobre él. No es cierto que la verdad nos haga libres, no siempre, a veces hay que sortearla para que no nos destruya. Olalla lo aprendió hace mucho tiempo. La verdad puede ser una soga alrededor del cuello, un nudo en la garganta que nos impide respirar, una corriente de aire que nos empuja hacia el abismo. Olalla lo sabía. Y sabía que la mentira no siempre necesita las palabras; a veces, el silencio es capaz de mentir, tanto o más.

Ella misma se enfrentó muchas veces al dilema de hablar o guardar silencio, pero ahora era distinto, ahora se trataba de una enfermedad que nadie se atrevía a llamar por su nombre. Tampoco la abogada.

Olalla habría estado dispuesta a dejarse arrastrar al precipicio si no supiera que detrás caerían también sus hijos, contagiados por el estigma del que Hugo quiso protegerlos desde que averiguó que se había infectado. Olalla no quería ver a sus hijos marginados en el colegio, en el parque o en la consulta del pediatra, como esos niños que se convirtieron en noticia de los telediarios hacía algunos años, señalados por la ignorancia, la confusión y el miedo de las madres de sus compañeros.

En la retina de la abogada, permanecían vivas las imágenes de un *Informe semanal* que se emitió a principios del curso escolar 1989-1990, sobre las posibilidades de contagio en los centros educativos, una polémica que agitaba los ánimos de los padres de los alumnos que debían compartir aula con los hijos de los infectados.

El programa mostraba las manifestaciones contra la escolarización de una niña que había nacido con anticuerpos. Las madres de sus compañeros protestaban con la boca tapada con esparadrapo, bajo una pancarta en la que habían dibujado el signo de la muerte –dos tibias sobre una calavera, alarmantes y amenazadoras, negras, como el miedo que transmitían sus mordazas–. Los manifestantes habían colocado cadenas en la verja del colegio para impedir la entrada de los escolares cuyos padres no apoyaban el boicot contra la niña seropositiva, y habían llenado los muros de la institución de pintadas de rechazo.

Algunas imágenes se habían tomado en las asambleas donde las madres exigían la expulsión de la pequeña, otras enseñaban el aula vacía, y otras se centraban en las declaraciones de la maestra y en las campañas que habían puesto en marcha las instituciones sanitarias para tranquilizar a la población, donde se insistía en que, hasta la fecha, no se había dado un solo caso de contagio en el medio escolar.

La campaña –compuesta por anuncios de radio y televisión, y carteles que sembraron los centros sanitarios y numerosos lugares públicos– se basaba en el lema *Sí da, no da*, que pretendía aclarar las vías de contagio, a través de situaciones de la vida cotidiana protagonizadas por los símbolos del sexo masculino y femenino en forma de simpáticos dibujos animados.

Olalla no podía olvidarse de aquel programa de *Informe semanal*. No podía. Pero, sobre todo, por encima de todo, no podía olvidar cómo se posicionó entonces al lado de la intransigencia. Sus hijos tenían entonces uno y dos años. Nunca habían ido a una guardería, Josep se había negado en rotundo a exponer a sus hijos a los gérmenes que proliferaban en los parvularios y contrató a una chica para que los cuidase mientras ellos trabajaban, pero el mayor cumpliría tres años al comienzo del curso siguiente y tenían previsto matricularlo en Infantil del colegio de su urbanización.

–Yo tampoco llevaría a los niños a ese colegio –comentó Olalla mientras veían *Informe semanal*–. Dicen que no se contagia por la saliva, pero ¿y si tienen una pupa en la boca? ¿Quién es capaz de controlar que un niño sano no chupe un caramelo de uno infectado?

Y tampoco podía olvidar cómo la apoyó Josep con argumentos parecidos a los suyos.

–¡Desde luego! Mucho ejemplo de sí da no da, pero ¿qué pasa si un niño se cae y se hace una herida? ¿O si se pelean y se muerden?

Las campañas se siguieron multiplicando un año tras otro hasta el día en que desapareció la abogada, pero el debate continuaba en la calle.

Desde el primer caso diagnosticado en el país, en 1981, el virus se propagó de forma alarmante. Las cifras justificaban el miedo y la desconfianza, que se extendieron como una mancha de aceite, empapándolo todo. Desde 1981 a 1996, en España se contabilizaron casi ciento cincuenta mil víctimas, más de treinta mil mortales.

Una pandemia que en el resto del mundo se cifraba en treinta millones de personas infectadas, de las que ocho millones y medio desarrollaron la enfermedad y más de seis millones fallecieron.

Olalla no supo que su hermano formaba parte de las estadísticas hasta que las enfermedades oportunistas comenzaron a aparecer, siete años después de la emisión del programa en el que se identificó con las madres que reclamaban el derecho a proteger a sus hijos.

La abogada no había encontrado el valor para contarle a nadie la verdad. Solo su amiga Helena compartía con ella la angustia que le encogía el estómago; y su marido, que no tenía angustia, sino miedo, un miedo incontrolado que consiguió separarlos cuando más se necesitaban.

4.

Olalla y Josep se conocieron a finales del verano de 1973, en la Unidad del Campamento de San Clemente de Gerona, donde Josep y Hugo cumplieron el primer periodo de instrucción del servicio militar. Los jóvenes se habían acogido a las Leyes de la Milicia Universitaria que, para no interrumpir el periodo lectivo, permitían realizar dos periodos de instrucción durante las vacaciones de verano del segundo y el tercer curso de carrera, y seis meses de prácticas como oficiales o suboficiales de complemento, una vez que obtuvieran la licenciatura en sus estudios.

Olalla acompañó a su madre a la jura de bandera en representación de su padre, quien vivía en un estado de reposo obligado desde hacía tiempo, a causa de una dolencia cardíaca.

La familia de Josep no pudo estar con él en la ceremonia, de manera que Hugo decidió compartir la suya con él. Deseaba emparejarlo con su hermana desde que se conocieron, estaba completamente seguro de que se complementarían y, en muchas ocasiones, ambos habían bromeado con la idea de convertirse en cuñados.

La habían visto llegar cojeando para colocarse en primera fila, justo enfrente de la formación donde ellos esperaban su turno para besar la bandera, uno al lado del otro. Olalla llevaba un traje de chaqueta que la hacía parecer mayor. En varios momentos de la ceremonia había mirado a Josep a los ojos, e incluso sonreído, entre insolente y acogedora, como si supiera que su familia no había ido a la jura y quisiera decirle que no estaba solo. Y él le había guiñado un ojo disimuladamente.

Cuando rompieron filas, el soldado que estaba a su izquierda le preguntó si la conocía y él le contestó haciéndose el despistado.

–¿A quién, a la cojita? –dijo sin darse cuenta de que ella les estaba escuchando–. Creo que es la hermana de Hugo.

En ese momento, Olalla no dijo nada, se guardó la respuesta hasta que se le presentara la oportunidad de dársela en privado y esperó.

Su madre los invitó a comer en un restaurante típico de la ciudad, a orillas de uno de sus ríos, donde Hugo y Josep no pararon de hablar y de contar anécdotas. Olalla se colocó frente a él y no dejó de lanzarle miradas huidizas, pero apenas le habló directamente.

Después de la sobremesa dieron un paseo por el centro histórico. Josep actuó de cicerone para todos, pero la mayor parte de las explicaciones se las dirigía a Olalla, admirada con cada rincón que le enseñaba y cada leyenda que le contaba.

Una vez terminada la visita, cuando se encaminaban al coche para volver a Madrid, la joven se colgó del brazo del amigo de su hermano y alargó el cuello para hablarle al oído.

–Si quieres que nos llevemos bien, no vuelvas a llamarme cojita. Te oí en el cuartel.

Él la miró desconcertado, movió la cabeza a un lado y a otro como si quisiera deshacer un error involuntario, e inició una serie de frases de disculpa que ella interrumpió sistemáticamente.

–Lo siento, yo...

–No lo sientas, de verdad. No lo vuelvas a decir y podremos ser grandes amigos.

–De acuerdo. Me sabe mal que…

–Insisto, no quiero que te disculpes.

–Ya, pero…

–No te lo vas a creer, pero es que yo no soy cojita.

A Josep se le puso un nudo en la garganta, se desabrochó el cuello del uniforme, confundido y avergonzado, e intentó disculparse otra vez, pero ella volvió a interrumpirlo.

–No me gustan los eufemismos. Yo soy coja, no cojita.

–*Molt be*, *molt be* –contestó Josep sonriendo–, no volveré a…

–De verdad, no te disculpes. Te lo he dicho porque me has caído bien. Me ha gustado tu forma de tratarme, sin obsesionarte por no mirarme las piernas.

Mientras hablaba, Olalla sacó unas gafas del bolso y se las puso.

–¿Ves? También soy miope, y todavía no se le ha ocurrido nunca a nadie llamarme miopita.

Josep no pudo evitar que se le escapase una carcajada. Se paró en seco en medio de la acera, se colocó ante la que le pareció la mujer más adorable del mundo, apoyó una rodilla en el suelo y se quitó la gorra.

–Lo siento, miopita, ignoraba que algunas cojas tuvieran tanto interés por el lenguaje. ¿Podrías perdonar mi torpeza?

En ese momento, desde una furgoneta cargada de soldados, se oyó una voz seguida por un coro de risas.

–¿A qué estás esperando, recluta? ¡Bésala ya! ¡Es una orden!

Josep se levantó y obedeció. Sujetó la barbilla de Olalla con la mano derecha, rodeó su cintura con la izquierda para atraerla hacia su boca y le dio un beso sin saber que para Olalla sería el primero.

Ella lo recibió sin saber que tenía que abrir los labios.

Veintitrés años después, mientras Josep mira a través de los cristales del ventanal, no puede dejar de pensar que desearía tenerla en los brazos, olvidarse de sus diferencias y levantarla del suelo para repetir aquel beso.

Pero las horas pasan, y siguen sin tener una sola noticia de ella.

Han llamado a todos los hospitales y casas de socorro de Madrid y sus alrededores. La han buscado en su casa y en el despacho. Han recorrido varias veces el tramo de la carretera que debería haber usado para resolver el asunto que la obligó a salir del hospital. Pero no aparece. Josep ha vuelto a la policía, que insiste en que aún no puede actuar, que tenga paciencia, pero le hacen tantas preguntas que no sabe a qué atenerse.

El día anterior, Olalla había llamado por teléfono a sus hijos, pero no preguntó por él ni él mostró ningún interés en ponerse al aparato. La última de una larga lista de llamadas en la que ninguno preguntó por el otro, desde que supieron lo que supieron y cada cual reaccionó a su manera.

Josep no debería haberle contado nada a la policía. Porque le interrogan como a un sospechoso y centran todas las preguntas en la relación que mantiene con su mujer.

–¿Por qué se fue usted a Barcelona? ¿Cuándo ha vuelto? ¿Por qué discutieron? ¿Cuándo la vio por última vez? ¿Sigue enfadado con ella? ¿Cómo diría que son sus discusiones? ¿Violentas?

Y él se desespera. Y se desespera aún más cuando vuelve a llamar al móvil de Olalla y la voz metálica de una operadora de la compañía telefónica le dice que ya no funciona.

–El teléfono móvil al que está llamando se encuentra apagado o fuera de cobertura.

¡Olalla, por Dios, busca un teléfono! ¡Por lo que más quieras! ¡Una cabina, un bar, un hotel...! ¡Llama! ¡Por nuestros hijos! ¡Llama de una maldita vez!

5.

Helena se ha colocado junto a Josep y se le ha colgado del brazo para que sienta su apoyo. Le aprieta el antebrazo con las dos manos en señal de cariño y fija la mirada en los edificios de enfrente. Apenas se distinguen tras la bruma, cada vez más cenicienta y densa. Algunas ventanas están iluminadas. Helena las mira como si pudiera colarse por los cristales para ver qué ocurre en cada salón y en cada dormitorio. Los imagina tranquilos, calientes, acogedores, felices, habitados por gente sencilla que disfruta de su vida y de sus rutinas: la cena, la tele, las protestas de los niños a la hora de acostarse, el beso de buenas noches y la seguridad de que llegará la mañana.

—No te preocupes —le dice a Josep como si estuviera hablando para sí misma—, ya sabes que odia los móviles. Seguro que aparece diciendo que se lo ha dejado en cualquier sitio y no ha encontrado la forma de decirnos dónde se ha metido en todo el día.

Y Josep le responde que no sería la primera vez que lo pierde o se lo deja olvidado por ahí, pero a ninguno de los dos les convence lo que acaban de decirse. Es cierto que a Olalla no le gustan los móviles. Se siente ridícula hablando por esos trastos que mucha gente lleva solo por aparentar. Ella se resistió a comprarlo, pero acabó por ceder ante la insistencia de sus compañeros del bufete. En su profesión, la posibilidad de estar localizados supone una ventaja innegable. Así es que se compró el más barato que encontró en el mercado, aunque la mayor parte de las veces se lo deja en casa, olvidado en alguno de los bolsos que colecciona.

Es cierto, no le gustan los móviles. Los odia, como odia el frío y la niebla. Pero también es cierto que siempre encuentra un teléfono fijo desde el que llamar.

Josep le pasa el brazo a Helena por encima del hombro, ella le abraza la cintura, apoya la cabeza sobre él y aguanta la angustia.

Los dos miran por el ventanal.

El frío se ve desde arriba como un cuchillo en la noche.

La niebla se está espesando. Se condensa cada vez más sobre los techos de los coches, en las aceras y en los troncos de los árboles.

Y las horas pasan, lo dicen las campanas del reloj de la iglesia cercana, aunque el tiempo se haya estancado en la sala de espera.

6.

Olalla presintió que Josep se convertiría en el hombre más importante de su vida cuando le guiñó un ojo desde la primera fila de la formación que compartía con su hermano, cuando juraron bandera al terminar el campamento del servicio militar. Él tenía entonces veinte años. Ella, diecinueve.

Su madre se había mostrado encantada de que Josep los acompañase a comer, y Hugo se comportó en todo momento como si también presintiera que entre su hermana y su amigo había nacido algo que los uniría para siempre a los tres.

Habían almorzado en un restaurante del casco antiguo, junto a uno de los cauces que discurrían por Gerona, la ciudad de los cuatro ríos. Desde los ventanales del restaurante podían verse las torres de la catedral, que sobresalían majestuosas detrás de las casas, a la otra orilla del Oña. En las aguas del río se reflejaban las siluetas de los edificios adosados a la muralla medieval, bajo un cielo cubierto de nubes a punto de venirse abajo. Durante toda la comida, se rieron con los relatos de rigor de los reclutas: imaginarias en las que los árboles se convertían en sombras amenazantes, pases pernocta que no llegaban, arrestos del cetme por haberse disparado solo, escapadas a medianoche vestidos de paisano y decenas de anécdotas más que los acompañarían como un ritual obligado cada vez que volvieran a verse.

Después de comer pasearon por las calles empedradas de aquella ciudad repleta de historia y de leyendas que Josep les contó entusiasmado. La de la bruja de la catedral, que tiraba piedras contra la fachada del templo y se convirtió en gárgola como castigo divino. La de la leona que trepa por una columna del siglo xii situada junto a la excolegiata de San Félix, que todos besaron para cumplir con la tradición del bautizo gerundense: no es buen ciudadano de Gerona el que no ha besado el culo de la leona. La del halcón que descubrió el cuerpo de Ramón Berenguer, muerto a manos de su hermano gemelo. En los funerales de la catedral, el halcón sobrevoló sobre el asesino para que no quedase impune el fratricidio. Y la del sepulcro de San Narcís, que defendió su iglesia lanzando miles de moscas contra los franceses que asediaban la ciudad.

Cuando empezaron el recorrido, Olalla se adelantó para caminar al lado de Josep, que no había dejado de mirarla y devolverle sonrisas, mientras Hugo y su madre los seguían a unos pasos.

Jamás hubiera imaginado que de aquel viaje a Gerona se llevaría su primer beso y la sensación de que había conocido al hombre más tierno del mundo.

Era tan alto que para besarla tuvo que levantarla del suelo; la sujetó por la cintura y la atrajo hacía arriba como si fuese una pluma.

Ella cerró los ojos y se dejó llevar.

El único punto que la mantenía unida a la tierra era el dedo gordo del pie sano, pero nunca se había sentido más estable. Josep se alargó en aquel beso que se convertiría en un lugar común entre los recuerdos que construyeron juntos. Ella separó los labios sabiendo que su madre y su hermano los estaban mirando y recibían aquel momento como un regalo de Dios.

Hugo sonrió. Conocía el nombre de cada chaval, algunos de ellos amigos suyos, que Olalla había rechazado por no saber disimular el embarazo ante su cojera.

Su madre no sabía que su hija había crecido hasta convertirse en una mujer con un cuerpo casi perfecto, sujetado por las piernas desiguales que tanto la habían acomplejado de niña.

Olalla se mantenía en equilibrio sobre la punta del dedo, saboreando la sensación de ser el centro de la felicidad.

Y Josep continuó besándola, sin pensar en otra cosa que en sus ojos cerrados.

La infancia es un olor que vuelve siempre,
un amigo del alma, unas manos seguras,
un pueblo y un río.

7

–Se me va mi infancia. Cuando todo era bonito y los domingos olían bien –le había dicho Olalla a Helena llorando cuando supo que Hugo se moría.

Y su amiga la abrazó intentando darle un consuelo imposible, viéndola sufrir y sin poder remediarlo.

Apenas habían cumplido un año de amistad, pero entre ellas existía una complicidad y una confianza absolutas, un cariño que no se basaba en el tiempo, sino en la intensidad de los momentos compartidos, desde los más insignificantes hasta los que impiden dormir.

Helena trabajaba como secretaria de un bufete de abogados penalistas situado en el mismo edificio que el de Olalla, junto a la plaza de las Salesas, una en la primera planta y la otra en la segunda.

Los jueves coincidían en la sala de espera de una clínica de fisioterapia cercana y se saludaban cortésmente, sin que ninguna de las dos supiera que acababan de llegar del mismo lugar, una en el autobús, leyendo tranquilamente en el asiento reservado para minusválidos, y la otra en el metro, sin leer y de pie, porque no le compensaba sentarse para un trayecto de solo dos paradas.

Así estuvieron durante un par de meses, recibiendo cada una su tratamiento todos los jueves, en la hora del descanso para comer, y volviendo a la oficina en el mismo transporte que habían utilizado para llegar hasta allí.

Hasta que un día, Helena decidió regresar en autobús y se encontró en la parada con la chica de la sala de espera.

Desde entonces, todos los jueves salían juntas del edificio de oficinas. Si Olalla tenía alguna visita al centro penitenciario, un juicio o una reunión, quedaban en la parada de autobús o en la propia clínica, para volver juntas al trabajo después del tratamiento.

En cierta ocasión, Olalla le propuso a Helena que la acompañase al supermercado para hacer la compra de la semana.

—Suelo ir los sábados con mi marido, pero sé que lo odia. ¡Anda, dime que sí! Luego merendamos en mi casa.

A partir de entonces, se alternaron para llevar el coche a la oficina un jueves cada una. Aquellas tardes se convirtieron enseguida en las de las confidencias, las risas y las meriendas en casa de Olalla.

Después de las sesiones de fisioterapia, se lanzaban a los pasillos del hipermercado para llenar sus carros de cosas que necesitaban y que no.

Hoy también deberían haber ido a fisioterapia, pero Olalla no se ha presentado a la cita, y la preocupación que Helena sintió en un principio se ha ido transformando en miedo.

Helena necesita el consuelo que ella le ofrece a Josep. Un consuelo que solo sirve para cubrir la necesidad de ofrecerlo.

Su amiga salió del hospital a las ocho de la mañana para entrevistarse con un interno en el Centro Penitenciario Madrid III, entre Pinto y San Martín de la Vega. Pero no llegó a su destino.

Manuel y Yolanda, el mejor amigo de Hugo y su mujer, fueron las últimas personas en verla. Josep les ha preguntado una y otra vez por algún dato que pueda aportar luz sobre el paradero de la abogada, pero solo recuerdan que llevaba tanta prisa que apenas se despidieron. Se fue sola y se llevó el coche de Yolanda, a menos que encontrase las llaves del suyo en el último momento.

Nadie se explica por qué no llama. Nadie mira a los ojos a nadie, ninguno quiere contagiarle su angustia a los demás. Ni el miedo ni las ganas de llorar.

¿Dónde estás, Olalla? ¿Dónde te has metido? ¿Por qué no te pones en contacto con nosotros?

8.

Manuel se convirtió en el mejor amigo de Hugo desde el mismo día en que su familia se instaló en una colonia de viviendas unifamiliares situada al norte de la ciudad, recién llegados de Extremadura.

Los dos recordaban la fecha exacta porque el día anterior habían asesinado al presidente de los Estados Unidos y en sus casas lo habían llorado como si se tratase de un familiar. Por aquel entonces, Manuel había desarrollado una enfermedad de la piel que le producía irritación en la cabeza, las rodillas y los codos, cuyos brotes se agudizaban con los estados nerviosos. Manuel había visto a sus padres tan alterados por el magnicidio que el día en que conoció a Hugo tenía el cuerpo repleto de descamaciones. Las de la cabeza no se le veían a simple vista, y las de las rodillas se las tapaba usando pantalones largos, pero los codos resultaban más difíciles de ocultar. Otros niños se hubieran reído de él llamándole pescado o lagartija, como le pasaba con frecuencia, pero Hugo, en cuanto lo vio, reconoció los síntomas de la enfermedad que sufría el mejor amigo que había dejado en el pueblo, e inmediatamente lo identificó con Manuel y se hicieron inseparables.

Vivían en la misma calle e iban al mismo colegio, unas veces andando y otras en el tranvía, que los dejaba prácticamente en la puerta.

No había secreto que no compartieran ni pelea en la que se enzarzase cualquiera de ellos en la que el otro no le defendiera.

Hasta que Hugo empezó a encerrarse en su caparazón años después, los dos amigos fueron el binomio que nadie conseguía separar, ni las familias, ni los otros amigos, ni los ideales, ni siquiera los amores de juventud.

Manuel fue el único que advirtió que el cambio de Hugo se produjo poco tiempo después de terminar la carrera de Ciencias Exactas. Olalla no. Olalla hubiera querido estar alerta, haber sido capaz de identificar el primer síntoma para no consentir que los demás se le escapasen. Nunca reparó en que las matemáticas se convirtieron en lo más importante para su hermano, como si condujeran a algún lugar donde no se pudiera acceder de otra forma, como si ellas mismas fueran un espacio en el que vivir.

La abogada tampoco se dio cuenta de que su hermano se apartó de sus amigos sin mediar explicación. Una excusa detrás de otra, un me duele la cabeza, ya te llamo yo cuando pueda; hoy no puedo salir, tengo que corregir muchos exámenes; mañana tengo que madrugar. Hasta que los amigos dejaron de llamar y la familia se fue acostumbrando poco a poco a verle como un hombre solitario.

Hacía mucho tiempo que Olalla no contaba con él. Apenas se veían y, cuando lo hacían, Hugo siempre encontraba alguna excusa para no rozarla ni besarla.

Aunque solo se llevaban un año, Hugo siempre había ejercido de hermano mayor, de amigo, de protector, de confidente. Él la defendía de las burlas de los niños sobre su cojera, la llevaba de acá para allá, en brazos si hacía falta, y la abrazaba cuando se acercaban las fechas de las operaciones, para que llorase con él lo que no quería llorar delante de sus padres.

Cuando comenzó a encerrarse en sí mismo, Olalla y Josep acababan de mudarse a un chalé, a ella le habían dado firma en el bufete donde llevaba trabajando como pasante desde hacía cuatro años, y se estaba planteando la posibilidad de tener hijos. Estaba tan absorta en su vida, con la mirada siempre puesta en el juicio que debía preparar, en los muebles con los que quería decorar su nueva casa y en las facturas que no paraban de llegar que los primeros desplantes de Hugo le pasaron inadvertidos.

Josep había abierto un gimnasio en el centro comercial de la urbanización donde compraron la casa. Un sueño que acariciaba desde que terminó la carrera de Educación Física y se trasladó a Madrid para casarse.

Hugo entrenaba todas las tardes en el gimnasio de su cuñado. Después del entrenamiento, se tomaba una cerveza con él y se volvía a casa en bicicleta. Hasta que un día, con la excusa de que se la había roto la bici y no le gustaba conducir, cambió de gimnasio, espació sus visitas a la casa de su hermana y empezó a rehuir sus besos. Casi nunca aceptaba sus invitaciones a comer o a cenar y, cuando lo hacía, se empeñaba en llevar sus propios platos, su vaso y sus cubiertos.

Mientras Hugo se alejaba, Olalla se enfrascó en su bufete y en su vida. Intentó quedarse embarazada, pero cada embarazo terminaba en un aborto que la sumía en una profunda tristeza, hasta que once años después de su boda, cuando ya había desistido, llegó Antonio, su primer hijo. Olalla tenía treinta y dos años. Trece meses después llegaría la niña, Aurora, una preciosidad que heredó el nombre de su abuela y las piernas de su madre, de las que Olalla habría podido presumir de no haberse contagiado de la polio.

Durante años, Olalla se concentró en su vida familiar y profesional, sin darse cuenta de que estaba perdiendo a su hermano y no estaba haciendo nada para ponerle remedio. Al fin y al cabo, entre las actividades extraescolares de los niños, las vacunas, los dentistas, los deberes, los cines de dibujos animados, sus propias idas y venidas a los médicos, y el bufete no le quedaba un minuto libre en la agenda.

Y así, enfrascada en sus cosas, se acostumbró a las excentricidades de Hugo sin preguntarse a qué se debían. No obstante, a raíz de la muerte de sus padres, intentó un acercamiento para el que solo encontró evasivas y salidas de tono.

–¿Qué pasa, Hugo? –le preguntó en cierta ocasión en que lo notó desmejorado y taciturno.

–¡Qué va a pasar! Los trenes por la superficie y el metro por el túnel.

–Hace años que no tenemos una conversación decente. Dime la verdad, algo te pasa.

–La verdad no existe. Solo es una decisión lógica entre el sí y el no.

Ella se conformó con la evasiva, estaba acostumbrada, aunque, años después, no dejó de lamentarse.

9.

La plantación de tabaco de don Francisco era una de las más extensas del norte de Extremadura. Un mar de matas dispuestas en hileras sobre las faldas de las estribaciones de la sierra de Gredos, donde se levantaban varios secaderos para el proceso de curado. El río Tiétar atravesaba el cafetal, procedente de la sierra, retorcido en meandros y gargantas repletas de pozas y cascadas.

Antes de que Olalla dejase de andar, don Francisco solía llevar a su hijo todos los veranos a la plantación. Al niño le encantaba caminar de la mano de su padre y adentrarse en los secaderos. Le fascinaban aquellas construcciones de ladrillo rojo en forma de celosía, con grandes ventanales rebosantes de verde, de donde saldría el tabaco camino de la fábrica, curado por el aire que entraba por los huecos de las paredes.

Pero después del nefasto cumpleaños en Portugal, don Francisco no volvió a llevar a su hijo a los secaderos. Jamás le responsabilizó verbalmente de la enfermedad de su hermana, no hacía falta, sus ojos expresaban lo que su boca no se atrevía a decir.

Desde entonces, don Francisco se concentró en exigirle a Hugo que no le causara a su madre más preocupaciones de las que les había traído la polio, y en llevar regalos a Olalla cuando volvían a casa después de cada operación.

Los mejores juguetes de los niños de su pueblo siempre fueron los suyos. En su habitación había mecanos comprados en Madrid, Barcelona, Francia, Suiza y Estados Unidos. Un lujo del que ninguno de sus compañeros de colegio podía presumir. La joya de su colección era un tren eléctrico al que iba añadiendo vagones después de cada viaje.

Su madre, por su parte, se centró en Olalla como si dependiese de ella que la niña pudiera volver a caminar. Doña Aurora no reparaba en esfuerzos ni en mimos ni en las horas que tenía que dedicarle a la pequeña, un día sí y otro también, semana a semana y año tras año.

Hugo nunca la culpó por no haber sabido mirar en otra dirección; más bien al contrario, se acostumbró a que Olalla necesitase todos los cuidados. Había que protegerla. Él mismo se sentía también obligado a hacerlo; después de todo, suya era la culpa de su contagio.

Desde que comprendió que todas las atenciones de la casa debían ser para la niña, también él centró su cariño en su hermana pequeña. A sus padres les correspondió con los mismos sentimientos que él recibía: una mezcla de amor y de exigencias que casi nunca iban acompañados de besos o de abrazos. Los quería, por supuesto, aunque no desarrolló hacia ellos el apego que le habría convertido en un hijo afectuoso.

Los recuerdos más vívidos de las noches de su infancia le situaban cenando con su tata Agustina, esperando a que volvieran sus padres de la consulta del último especialista o del último hospital donde habían tratado de alargar los músculos atrofiados de la pierna de Olalla.

Cuatro años después del viaje a Portugal, a don Francisco le diagnosticaron una dolencia cardíaca que le obligó a retirarse de los negocios, y decidió trasladarse con su familia a Madrid para estar más cerca de los médicos que trataban a su hija y facilitarle la vida.

Mientras tanto, el niño se hacía cada vez más invisible. De la invisibilidad pasaría al intento de control de su padre, a sus constantes imposiciones y a los chantajes emocionales de doña Aurora para que su marido no se disgustara y sufriera una crisis cardíaca: había que ir a misa todos los domingos y fiestas de guardar porque así lo mandaba la santa Iglesia, estudiar el bachillerato superior de ciencias porque el de letras era para las niñas, llevar siempre el pelo corto porque las melenas eran de afeminados, y procurar no ser una carga para sus padres porque ya tenían bastante con la enfermedad de Olalla.

De manera que pasó la adolescencia tratando de sortear las presiones de sus padres y protegiendo a su hermana como había hecho siempre.

10.

El distrito de Chamartín estaba compuesto por varios barrios situados al norte de Madrid, entre ellos el de Chamartín de la Rosa, donde don Francisco y doña Aurora compraron su casa.

A mediados del siglo xx, antes de convertirse en un distrito de la capital, Chamartín era un pequeño municipio cuya mayor parte de las tierras pertenecía al ducado de Pastrana. El duque había donado a los jesuitas una finca llamada Quinta del Recuerdo, que se convirtió enseguida en uno de los colegios más exclusivos de la ciudad, Nuestra Señora del Recuerdo, donde Hugo estudió el bachillerato elemental y el superior.

La casa de sus padres pertenecía a un conjunto de viviendas unifamiliares llamada Colonia de las Flores, situada en Chamartín de la Rosa, plagada de jardines donde abundaban las lilas, la flor preferida de doña Aurora, quien se enamoró de la zona nada más conocerla.

En primavera, el olor de las lilas penetraba hasta el fondo de la casa e inundaba todas las habitaciones.

La vivienda se encontraba al final de una calle cortada que terminaba en una cuesta, no demasiado inclinada, pero lo suficiente como para que los niños la utilizasen como rampa para deslizarse con sus patinetes.

Precisamente sería en aquella cuesta donde Olalla descubriría que algo grave sucedía con su hermano, el día en que enterraron a don Francisco.

Había salido al jardín anterior de la vivienda con su marido, para despedir a los amigos que acudieron al sepelio. Cuando se marchó el último, mientras Josep se disponía a volver al interior de la casa, Olalla vio a su hermano intentando alcanzar el final de la calle. Parecía agotado, como si la cabeza le tirase de los hombros hacia el suelo con tal fuerza que sus brazos no podían soportar el peso de las latas que llevaba en una bolsa. Había adelgazado mucho últimamente, pero aquel día Olalla le vio tan desmejorado que comenzó a asustarse. Estaba pálido, desencajado, con la mirada perdida, como si la vida se le escapara en cada paso que trataba de dar.

Olalla comenzó a bajar la cuesta en el instante en que los ojos de su hermano la miraron sin verla. Corrió hacia él tan deprisa como le permitieron sus piernas, balanceándose, arrastrando su polio sin muletas ni bastones, desafiando las leyes de la física, pidiéndole auxilio a Josep mientras maldecía la cojera que le impidió llegar hasta su hermano antes de que su cabeza chocara contra el bordillo.

Al oír los gritos, Josep se abalanzó cuesta abajo, aunque tampoco llegó a tiempo de evitar la caída, solo pudo levantar a su cuñado del suelo y llevarlo en volandas hasta el interior de la casa para tumbarlo en un sofá. Era mucho más alto y fuerte que Hugo, pero nadie habría imaginado, unos meses atrás, que podría transportarle en brazos como si se tratase de un niño.

Segundos después, Hugo recobró el conocimiento, se llevó la mano a la frente y, al comprobar que le sangraba, miró a Olalla con los ojos muy abiertos y comenzó a gritar.

–¿Me habéis tocado la cabeza?

Olalla y Josep se miraron sorprendidos. Ninguno de ellos reparó en si le habían tocado o no y, aunque así fuera, no podían entender la reacción de Hugo, que insistía en sus gritos.

–¡Os he preguntado que si me habéis tocado la cabeza!

Olalla se dirigió al cuarto de aseo sin contestar a su pregunta.

–Te voy a limpiar esa herida.

Antes de que ella alcanzara la puerta del baño, Hugo se levantó del sofá, se adelantó para entrar antes que ella, sacó una llave del bolsillo del pantalón para abrir el armario de las medicinas y comenzó a curarse él mismo.

–Déjame a mí –le dijo Olalla tratando de quitarle el algodón y el mercurocromo.

–Pudo hacerlo yo. ¡Contéstame de una vez! ¿Me habéis tocado?

Hacía tiempo que no consentía que nadie le tocase, pero nunca se había mostrado tan nervioso. Parecía aterrado, le temblaban las manos y se había quedado blanco. Su hermana temió que volviera a desmayarse.

–¡Cálmate! Nadie te ha rozado un solo pelo.

–¿Seguro?

–¡Seguro! Y aunque te hubiésemos tocado, ¿qué?

–Nada. Perdóname. Ya me conoces. No soporto los gérmenes de nadie. Con los míos tengo más que suficiente. –E, intentando sonreír, mientras sellaba una bolsa donde había guardado el algodón con los restos de sangre y de mercurocromo, añadió–: ¿Qué, perdonas a este exagerado?

Olalla asintió con un gesto y señaló el armario de las medicinas.

–¿Cómo es que ahora tiene llave este armarito?

La abogada repasó con la mirada los medicamentos del armario, muchos más de los que debería haber en el botiquín de urgencia de cualquier casa y, desde luego, muchos más de los que hubo siempre en la suya.

Sin darle tiempo a su hermana a continuar con su inspección, Hugo cerró la puerta del armario y volvió a echar la llave. Todavía no había contestado la pregunta de Olalla, quien insistió extrañada.

–¿Por qué le has puesto una llave? Ese armario debería estar siempre abierto.

–Lo cerré cuando murió mamá. Papá estaba deprimido, no quería que hiciera una tontería.

–¿Y qué es todo eso que guardas ahí?

–Nada, cosas mías.

11.

Tras la muerte de sus padres, Hugo continuó en el domicilio familiar. Su hermana le pidió muchas veces que se trasladase a su chalé, no tenía sentido que viviera solo en aquel caserón, pero él rechazó sus ofertas sistemáticamente. Detestaba los adosados. Siempre se había mostrado en contra de las urbanizaciones que, según él, acababan convirtiéndose en guetos de las clases pequeñoburguesas.

La de Olalla estaba situada en las afueras de la ciudad. Aunque no la separaban de Chamartín más que unos pocos kilómetros, Hugo siempre se excusaba en la distancia para no trasladarse.

—No me gusta conducir.

—Vente al menos una temporada. Podrías quedarte en la buhardilla, nosotros no la usamos. Tendrás tanta independencia como quieras.

—De verdad, hermanita. Estoy bien.

—¡No me llames hermanita, sabes que no me gusta!

—¡Y tú sabes que a mí eso me da lo mismo, hermanita!

—¡No se puede ser más cabezota que tú! Si solo estamos a cinco minutos…

—A cinco minutos de convertirme en un histérico de las tres bes: el bricolaje, la bicicleta y la barbacoa. ¡No! ¡Gracias!

—¡Está bien! Pero prométeme que vendrás a vernos más a menudo.

—Solo si tú prometes olvidarte de tu manía de cuidarme. Hace muchos años que me cuido yo solito.

Hugo consintió en visitarles casi todas las tardes, a la salida del colegio donde ejercía como profesor de Matemáticas. Pero continuó comportándose como el ser extraño en que se había convertido en los últimos años, un solitario que rehuía cualquier tipo de conversación que no estuviese relacionada con las derivadas o las integrales. Nada más llegar a casa de su hermana, se dirigía al jardín, desplegaba sus libros sobre la mesa y se enfrascaba en la lectura sin apenas hablar.

Nunca jugaba con sus sobrinos; para ellos, su tío era un hombre huraño y callado que jamás les consentía que se acercasen, ni siquiera para darle un beso de bienvenida o de despedida.

De vez en cuando, si tardaba más de dos días en visitarlos, Olalla se acercaba a su casa sin avisar, donde lo encontraba siempre solo, resolviendo problemas o corrigiendo los deberes de sus alumnos.

—¿Qué tal en el colegio? —le preguntó unas semanas después de la muerte de don Francisco.

—Hace días que no voy. Los chicos se han ido de viaje de fin de curso.

—¿Y Manuel? ¿Sabes algo de él? Desde el entierro de papá no he vuelto a verle.

—Ni yo.

—¿Y eso?

—Ya ves. Oye, ¿te he dicho alguna vez que dos más dos no siempre son cuatro?

12

Gracias al incidente del golpe en la cabeza, Olalla reparó en algunos detalles del cuarto de baño. Su hermano lo mantenía en un orden fuera de lo común. No había cepillo de dientes, ni maquinilla de afeitar, ni cortaúñas. Ni siquiera el jabón o la bolsa de aseo se encontraban a la vista.

Hugo seguía un régimen alimenticio muy estricto desde hacía años, según él, una dieta macrobiótica que le ayudaba en su desarrollo personal. Nunca bebía ni comía en la vajilla familiar. Él guardaba la suya propia, y se ocupaba también de lavarla aparte. Su fama de escrupuloso se extendió sin que moviera un solo dedo por evitarlo. Al contrario, se burlaba de sí mismo y la fomentaba con sus bromas, como si se tratase de una rareza sin importancia. Sin embargo, desde la muerte de don Francisco, su aspecto era cada vez más demacrado, y siempre que su hermana le preguntaba el motivo, lo achacaba a una infección intestinal.

–No te preocupes, hermanita –le contestó en una ocasión–, he cogido una maldita bacteria y no hay manera de deshacerse de ella. Nada que no se pueda controlar.

Hasta que un día, Olalla y Josep le encontraron semiinconsciente en el pasillo de su casa de Chamartín.

–¡Dios mío, Hugo! ¿Qué te pasa? ¿Qué tienes?

Hugo trataba de llegar a la puerta apretándose el estómago con las manos. Temblaba como si tuviera fiebre, y se le marcaban las ojeras hasta los pómulos.

—He pedido un taxi. Tengo que ir al hospital.

Josep y Olalla le sujetaron por las axilas para ayudarle a bajar hasta la calle, donde esperaba el coche con el motor en marcha.

Antes de que ninguno de los dos pudiera reaccionar, Hugo le dio al taxista la dirección de un centro médico cercano a la colonia, del que ni Olalla ni su marido habían oído hablar nunca.

Las enfermeras del servicio de urgencias parecían esperarlos. Olalla tuvo la sensación de que Hugo no iba al hospital, sino que volvía. Volvía a un lugar donde los saludos de cortesía habían dado paso a los de la costumbre y el cariño, donde no era necesario dar el nombre del enfermo, ni los síntomas que presentaba, ni el número de la cartilla de la Seguridad Social. No, Hugo no entró allí como el que va, sino como el que vuelve.

Solo hizo falta un gesto suyo para que todos se movilizaran. Los celadores trajeron una camilla para que se tumbase, las enfermeras se pusieron guantes de látex y mascarillas verdes, una doctora aconsejó al recién llegado que se tranquilizara y él le respondió con una frase que ella pareció entender.

—Creo que ya está aquí.

Olalla hubiera querido preguntarle por el significado de sus palabras, pero no se atrevió, no quiso interrumpir. Su hermano miraba a la doctora como si estuvieran solos en el vestíbulo. Parecía que, en la intimidad que se adivinaba entre ambos, resultaba imposible que participase nadie más que ellos dos. Hugo buscaba la calma en sus ojos, suplicando la ayuda que nunca le había pedido a su hermana. Y la doctora le acariciaba la frente como si le estuviera viendo por dentro. Estaba claro que no era la primera vez que Hugo compartía su angustia con ella. Era como si los dos pertenecieran a un mundo propio, diferente, especial. Un mundo donde él se quitaba sus disfraces.

Olalla miró desconcertada a su alrededor. Algunas mujeres deambulaban en zapatillas por los pasillos, charlando con las enfermeras con un grado de confianza al que solo puede llegarse por la convivencia o por un trato continuado.

En las puertas de algunas habitaciones había un símbolo verde que resultaba alarmante. La abogada miró a su marido con un gesto de preocupación.

La enfermera empujó la camilla hacia unas puertas abatibles que se abrieron automáticamente. Olalla y Josep trataron de seguirla, pero la doctora se volvió hacia ellos señalando con la mano el final del pasillo.

—Por favor, esperen en la sala. Yo misma volveré para informarles. No perdamos la esperanza. Es tan joven...

Olalla intentó seguirlos, preguntándole a la doctora qué quería decir, pero desaparecieron tras las puertas abatibles y su pregunta se quedó en el aire.

—No me gusta nada todo esto —le dijo a Josep, que tampoco podía ocultar su preocupación, pero trató de calmar a su mujer acariciándole las manos.

—Mejor no hacer conjeturas. Esperemos a ver qué nos cuenta la doctora.

—Es todo tan extraño.

Extraño y sin sentido, así recordaba Olalla aquel día. El tiempo suspendido en una espera que no sabía qué traería después.

Esperar sin saber a qué se espera es permitir que avancen las agujas del reloj sin poder hacer otra cosa que mirarlas. Dejar pasar el tiempo. Contemplar a las mujeres que salían y entraban en las habitaciones, a los médicos y enfermeras, escondidos tras sus batas, sus guantes de látex y sus mascarillas. Y aquel símbolo verde semejante a las aspas de un ventilador, sobre una frase que presagiaba que el final de aquella espera tan solo sería un comienzo: ¡Atención! ¡Peligro de contaminación externa!

La doctora no volvió a informales; en su lugar, una enfermera les comunicó que Hugo se estaba recuperando en una zona restringida y volvería muy pronto.

—No se preocupen, no hay que ingresarle, él mismo vendrá cuando se encuentre mejor.

A Olalla le temblaba tanto la pierna enferma que apenas conseguía mantener el equilibrio.

—Pero ¿qué es lo que tiene? ¿Por qué dice que no hay que ingresarle? ¿Es que le iban a ingresar?

—Lo siento, no podemos dar esa información sin permiso del paciente. Él mismo se lo explicará. Estará aquí en unos minutos.

Al cabo de media hora, en la que Olalla no dejó de temblar y de preguntarle a su marido qué podía significar todo aquello, apareció Hugo en la sala de espera. Había recuperado el color, ya no temblaba y las ojeras casi habían desaparecido.

Ella corrió hacia su hermano buscando una explicación, y él se la ofreció quitándole importancia.

—Es la maldita bacteria. Un puñetero parásito microscópico en el intestino, muy difícil de combatir.

Olalla no puedo evitar las lágrimas. Se secó los ojos con las dos manos e intentó controlar el temblor de la pierna.

—¿Es contagioso? Aquí parece que todos tienen algo contagioso.

—Sí, pero no te preocupes, yo he tenido siempre mucho cuidado. Hace años que lo tengo.

—¿Por eso haces ese régimen que parece de adelgazar? ¿Y la manía de llevar tus platos a mi casa?

–Sí.

–¿Y por eso te conoce aquí todo el mundo, porque vienes desde hace años?

–Eso es.

–¿Y por qué no nos lo habías dicho antes?

–No quería asustaros.

–Yo hubiera preferido asustarme.

–Tú no podías hacer nada, hermanita, ¿para qué te lo iba a decir? Es una bacteria, nada más.

–No me engañes, Hugo. Sé que hay algo más. Dime la verdad. ¿Has vuelto otra vez a lo de hace años? Prefiero saberlo.

Hugo la abrazó como cuando eran pequeños y tenía que protegerla de la angustia que precedía a cada operación, de las sesiones de rehabilitación, de la vuelta al colegio, de la crueldad de los niños y de los numerosos momentos en que se empeñaba en tragarse las lágrimas para que nadie la compadeciera.

–Solo es una infección intestinal.

Pero Olalla conocía aquel abrazo, lo había recibido en demasiadas ocasiones, y en todas y cada una de ellas había un motivo para desmoronarse.

–¡Ojalá pudiera creerte!

13.

Olalla no se atrevió a contarle a nadie la preocupación que sufría por Hugo, ni siquiera a Josep. Presentía que su hermano la estaba engañando, pero le aterraba plantearse el motivo.

Hablar de la causa que provoca la angustia es aceptar la posibilidad de que exista, y Olalla no quería darle la menor oportunidad a su presentimiento. No le contó a Josep que, unas semanas después de la visita al hospital, había entrado en el cuarto de baño del piso inferior de la casa de Chamartín y había visto a Hugo desnudo. No se lo dijo a nadie, pero las sospechas sobre la causa de su delgadez le habían robado el sueño.

Aquella tarde fue a verle después del trabajo, como solía hacer cuando habían transcurrido más de dos días sin que él apareciese por su casa. Merendó con él, charlaron sobre cosas intrascendentes mientras ella trataba de sonsacarle alguna información acerca de la clínica y de la infección intestinal, y se marchó para ir a por sus hijos al colegio con la misma preocupación con que había llegado.

Al llegar al coche, recordó que no había recogido el correo que llegaba aún a nombre de sus padres. Casi todo eran facturas que había que anular o cambiar de titularidad. Hugo detestaba el papeleo, de manera que Olalla se ocupaba de la correspondencia.

Cuando entró en la casa, oyó ruido de agua en el cuarto de baño reservado para las visitas en el piso inferior, y abrió sin llamar. Nadie solía utilizar ese baño para ducharse, y menos Hugo, que tenía el suyo en el dormitorio, esterilizado hasta niveles que Olalla no podía entender. Tampoco ella solía entrar en los cuartos de baño sin llamar, pero abrió la puerta creyendo que se encontraría con la cisternilla mal cerrada, otro tema que Hugo había delegado en su hermana y aún no había solucionado.

La imagen de su hermano la horrorizó. Su cuerpo musculoso y atlético, conseguido durante los últimos años a base de deporte, gimnasio, bicicleta, marchas por la montaña y una alimentación escrupulosamente controlada, se había reducido a la mitad.

Olalla no se lo contó a Josep.

No podía ser. Los temores se cumplen cuando se cuentan, y ella no quería provocar a los demonios. Quizá el deterioro de Hugo se debiera a la muerte de sus padres. Su aparente serenidad podría ser una careta para protegerla a ella. Sufría más de lo que quería admitir, y quizás el empeño en quedarse solo en Chamartín se estaba cobrando sus servidumbres. Pero había otro quizá, uno del que tampoco le habló a Josep: quizá había vuelto a las andadas, quizá se había dejado arrastrar otra vez hacia el abismo.

Tampoco le contó a su marido que salió corriendo sin decirle nada a su hermano, ni que esa misma noche, entre las cartas de sus padres, abrió un sobre por error, en cuyo interior encontró un folio con el membrete del colegio donde trabajaba Hugo:

Madrid, 10 de junio de 1996

Muy Sr. nuestro:

Por medio de la presente, pasamos a comunicarle que, como consecuencia del despido disciplinario, y a tenor de lo dispuesto en el Art. 54.2 b) del Estatuto de los Trabajadores, la dirección de esta empresa ha tomado la firme decisión de rescindir desde este momento la relación laboral que hasta la fecha mantenía con usted.

Los motivos que nos han obligado a tomar esta lamentable decisión son la falta de sometimiento a la política organizativa de la institución para el desempeño de su puesto de trabajo.

Se le adjunta la propuesta de saldo y finiquito.

Fdo. El trabajador   Fdo. La dirección

Esa noche Olalla apenas pudo conciliar el sueño. Se despertaba a cada rato con la imagen de Hugo entrando y saliendo de sus pesadillas, desnudo, pálido, andando hacia atrás, tapándose los ojos con las manos para no mirarla cuando ella le exigía a gritos la verdad.

–¿Has vuelto a las andadas? ¿O es algo peor? ¿Por qué estás tan delgado? ¿Por qué hay tantas medicinas en el armarito? ¿Por qué está cerrado? ¿Por qué te pusiste tan nervioso cuando pensaste que te habíamos tocado la cabeza? ¿Era por la sangre? ¡Contesta, Hugo! ¡Contesta! ¡Dime la verdad!

Y cuanto más gritaba, más pasos hacia atrás iba dando su hermano, más alejado lo sentía, y más se cubría los ojos para no mirarla.

Al día siguiente, antes de ir al bufete, se acercó a Chamartín, comprobó que Hugo no se había levantado y buscó por todas las habitaciones algún indicio de lo que le estaba ocurriendo. Algún parte del hospital, alguna receta, algún resto del infierno de donde logró salir hacía años.

Revisó los cuartos de baño y las habitaciones del piso inferior. Todo permanecía en orden, excesivamente en orden, excesivamente limpio. También el armario de las medicinas, de donde había desaparecido el candado y todos los medicamentos. Después buscó en la cocina, impoluta, impecable, exagerada. Los platos, los vasos y los cubiertos guardados en las alacenas, excepto un juego de plato hondo, llano y de postre, con otro de cubiertos y dos vasos, que se encontraban en el escurridor.

Rebuscó en el aparador del salón, en la nevera, en los armarios del recibidor y en la basura. Sin embargo, por mucho que se empeñó, no encontró una confirmación fehaciente de ninguno de sus presentimientos. El orden y la limpieza exagerada podrían deberse a las precauciones por la infección de la bacteria, tal y como Hugo le aseguró en el hospital, un quizá para el que tampoco encontró pruebas incuestionables.

Después rebuscó en la biblioteca, en su propia habitación y en la de la tata y, por último, entró en la de su hermano. Descorrió de golpe las cortinas de la ventana, levantó la persiana para que entrase la luz y esperó a que él la mirase.

Hugo se despertó sobresaltado.

–¿Qué haces aquí? ¿Qué pasa?

–Tengo que hablar contigo.

–¿A estas horas?

–¡Sí, a estas! Ya no puedo más. ¡No sabes la noche que me has hecho pasar!

Olalla destapó las sábanas bruscamente, le levantó las mangas del pijama y le miró sin disimulo las venas de los brazos. Estaba tan alterada, tan decidida a encontrar la verdad, que no le dio opción a resistirse.

–Necesito saberlo, Hugo, ¿has vuelto a las andadas? ¿O es algo peor?

Él se incorporó en la cama, le pidió que se sentase a su lado y la miró a los ojos.

–Tranquila, hermanita, al infierno solo se baja una vez. Nunca volvería a las andadas.

–Entonces, ¿qué es? Dime la verdad.

A Olalla se le saltaron las lágrimas. Hugo le secó las mejillas con un pañuelo de papel, se cubrió la mano con la manga y le retiró el flequillo de la frente.

–Se nota que hoy no has dormido. Tienes bolsas en los ojos. ¿Por qué no te echas un rato mientras te preparo un buen desayuno?

La abogada no paraba de llorar, sentada en el borde de la cama, tratando de encontrar las respuestas que su hermano le negaba sistemáticamente.

–¡Por favor, dime la verdad! ¿Qué pasa?

–Pero qué va a pasar, mujer, no pasa nada. ¿Qué quieres que pase?

Ella sacó entonces del bolsillo el sobre con la carta del colegio, lo cogió con ambas manos y extendió los brazos para ponérselo a Hugo delante de los ojos.

–De momento, esto. Después, tú me contarás. ¿Te han pillado en el colegio colocado? ¿O saben ellos algo que yo no sé? ¡Dime la verdad! ¡Ya no aguanto más!

Hugo reconoció el sobre nada más verlo, se lo quitó de las manos y lo dejó sobre la cama.

–¿Ahora lees mi correo? Tú misma te buscas los disgustos. Si no leyeras las cartas de los demás…

–No te vayas por las ramas. ¡Estoy harta de tus evasivas! Me llevé la carta confundida con las de mamá.

–¡Ay, hermanita! ¡A veces las cosas no son lo que parecen! Acuérdate de lo que te decía ella: no te comas la cena antes que la merienda. Tienes la manía de llorar antes de saber si hay motivo. La tirita…, la herida… llevan un orden…

Olalla le interrumpió. Conocía sus artimañas para desviar la conversación cuando no le agradaba. Volvió a coger la carta y se la puso a la altura de los ojos.

–¡Hugo! ¡No soy tonta, ¿sabes?! ¡Dime de una vez qué significa esto! ¡Te lo pido por lo que más quieras! ¿No te duele verme así?

–Tú eres lo que más quiero, Olalla. Y me duele todo lo que pueda dolerte a ti.

–Entonces, dime la verdad. ¡Me estoy volviendo loca! ¿Es que no te das cuenta?

Por un momento, Olalla pensó que le respondería que la verdad no existe, que dos más dos no siempre son cuatro o que al conjunto vacío le pasaba cualquier cosa. Pero se equivocó, Hugo la miró con los ojos vidriosos, disimulando el nudo que estaba a punto de cortarle la voz, y trató de quitarle importancia al despido.

–Me han echado del colegio, pero no por lo que imagina esa cabeza tuya tan calenturienta. Dicen que no doy bien las clases. Que ha habido quejas de algunas madres.

–No me lo puedo creer. Tiene que haber otra razón.

–Puede ser, pero no quiero darle vueltas. Lo que está claro es que no les gusta la gente que piensa de forma distinta a ellos, seguramente esa sea la verdadera razón.

–¿Y qué vas a hacer? Tendrás que denunciarlos. Es un despido improcedente.

–No te preocupes, tampoco me gustan ellos a mí. Ya tengo algunas clases particulares y con eso y con el finiquito me basta y me sobra. Me tomaré un año sabático. A lo mejor me matriculo en el doctorado y preparo oposiciones a instituto.

–Pero no puedes dejarlo así. Cualquier abogado anularía ese despido antes de llegar a juicio.

–Lo siento, hermanita, pero no quiero gastar un solo minuto más de mi tiempo en este asunto. Olvídalo. He firmado el conforme y me he quedado más a gusto que un niño con su chupete. No pienso darles la satisfacción de pelear por su miserable puesto de trabajo.

Hugo se levantó de la cama, cogió la carta y volvió a meterla en el sobre. La esperaba desde que se negó a hacerse el reconocimiento médico anual y el director lo llamó a su despacho para decirle que se tomase unos días de vacaciones, con la mirada fija en el lunar que le había salido de repente en el cuello. Olalla no debería haberla leído. Era demasiado lista, podía sacar conclusiones que no debía, al menos de momento. Pero ya no había nada que hacer. Abrió su armario, guardó la carta en un cajón y lo cerró de un empujón. Si la hubiera guardado allí desde el principio, ahora no tendría a Olalla mirándolo como si le estuviera escrutando el pensamiento.

—Bueno, ¿qué? —le dijo para tranquilizarse a sí mismo—. ¿Desayunamos o seguimos flagelándonos en ayunas?

A Olalla nunca le habían asustado los aspavientos de su hermano; por más empujones que diera y más impertinencias que dijera, no conseguiría convencerla de que había firmado la carta de despido con absoluta conformidad. A Hugo le apasionaban sus clases de matemáticas. Resultaba incomprensible que se conformara con aquel despropósito. No era ese su carácter, y tampoco el de ella.

—¡De eso nada! ¡Esto no se queda así! Hoy mismo…

Pero Hugo no la dejó terminar. Empezó a empujarla hacia la puerta y trató de utilizar un tono conciliador.

—¡Hoy mismo, nada! O te olvidas del tema, o te olvidas del tema. No hay más opciones. ¡Bueno, sí! Puedes bajar a la cocina y preparar un café mientras yo me ducho.

La abogada desayunó con su hermano y después se marchó con la misma desazón con que había llegado. Aquella noche, él volvió a aparecer en sus sueños, con las manos delante de los ojos, tan delgado como le había visto la mañana anterior y tan esquivo como siempre.

En varias ocasiones llamó a la clínica donde todos parecían conocerlo, con la intención de averiguar el tipo de tratamiento al que lo sometían, pero las respuestas se limitaron siempre a la misma fórmula protocolaria.

–Lo siento, señora, la información que nos solicita es confidencial.

Pero ella era abogada, estaba acostumbrada a indagar, a buscar y a encontrar. No le costó demasiado averiguar que el centro se había especializado en enfermedades contagiosas, entre ellas la que jamás habría imaginado que podría tocarles, la que ojalá no fuese la razón de la delgadez de su hermano ni del despido del colegio.

A partir de entonces, se le instaló un dolor intenso en el estómago que no la dejaba comer, ni dormir, ni jugar con sus hijos, ni hacer el amor, ni pensar en otra cosa que en la verdad que le estaba ocultando Hugo. Pero tampoco se lo contó a su marido.

La soledad es un hueco donde se alarga la noche.

14.

Algunos secretos crecen a medida que tratan de ocultarse, y construyen nuevos secretos a su alrededor, donde poder esconderse. Mentiras que acaban por convertirse en verdades a través de la costumbre, y se instalan en la vida cotidiana sin que nadie se pregunte cuándo, por qué o dónde han nacido.

Todo el mundo se había acostumbrado a las rarezas de Hugo. Hacía años que no salía de casa excepto para acudir a sus clases y, en raras ocasiones, para ir a casa de su hermana.

Vivía en la misma habitación que ocupó cuando llegaron a Madrid, pero no consentía que nadie entrara en su cuarto, ni siquiera la persona que se encargaba de la limpieza.

Cuando empezó con sus manías, hacía más de una década, le dijo a su madre que se había vuelto muy sensible a los hongos y los médicos le habían aconsejado una asepsia lo más cercana posible a la esterilización.

Doña Aurora quiso acompañarle al dermatólogo en repetidas ocasiones, pero él siempre encontraba una excusa para evitarlo, y ella se conformaba con sus explicaciones.

Don Francisco, por su parte, hacía mucho tiempo que había dejado de preocuparse por él, cada cual hacía su vida procurando no molestarse mutuamente.

La tata Agustina murió poco antes de que él descubriese su enfermedad y, cuando lo hicieron don Francisco y doña Aurora, uno detrás del otro, Hugo le agradeció a Dios, si es que existía, que se los hubiera llevado a los tres antes que a él.

No hubiese podido soportar la pena de su tata y de su madre ni la vergüenza de su padre cuando tuviera que decirles la verdadera razón por la que su vida se convirtió en una espera.

Esperar a que la enfermedad diera la cara. Que no fuese antes de que hubiera conseguido un cuerpo fuerte para combatirla y resistir. Nadie debía averiguar que estaba enfermo hasta que uno de los equipos de investigación que competían en Francia y Estados Unidos por descubrir su origen, ganara la carrera que podría salvarle. Si conservaba su autonomía el mayor tiempo posible, y el cóctel de pastillas que guardaba bajo llave en el cuarto de baño era efectivo, les evitaría a sus padres y a su hermana el sufrimiento que él se estaba callando. Si no era así, no debían enterarse hasta el final. ¿Para qué? De momento, solo se podía esperar. Esperar a que los científicos encontraran la vacuna pronto, que se implicaran rápido las instituciones sanitarias y la industria farmacéutica para desarrollarla, que se comercializara para todos.

Esperar el milagro.

15.

El jardín posterior del chalé adosado de Olalla se encontraba a continuación de una terraza porticada decorada
como un salón comedor, con su tresillo, su mesa y un
balancín que hacía las delicias de los niños.

Al porche se accedía por dos puertas, una comunica-
ba con la cocina y la otra con el salón. Para mantener
controlados a los niños, la puerta del salón siempre permanecía cerrada con llave, de manera que para entrar o
salir del jardín debía utilizarse la de la cocina, enmarcada
en un gran ventanal.

Todos los jueves, Helena acompañaba a Olalla a su
casa para descargar la compra y después la ayudaba a co-
locarla y se quedaba a merendar. Una de esas tardes,
mientras bromeaban sobre las cosas inútiles con las que
habían cargado, Helena miró hacia la cristalera y se cruzó con la mirada de alguien que las estaba observando.

–Es mi hermano –le dijo Olalla colgándose de su brazo para conducirla hacia el porche–. Te lo voy a presentar. Es profesor de matemáticas.

Helena no sabía cuánto tiempo permaneció Hugo
contemplándola hasta que se cruzaron sus miradas, pero
estaba completamente segura de que cuando desvió sus
ojos de los de ella, ya había recorrido cada palmo de su
cuerpo.

Se trataba de un hombre muy atractivo, pero su belleza no residía en la perfección de sus facciones, sino

en la armonía que resultaba del conjunto: nariz grande, aunque no demasiado; frente ancha, con unas entradas que apenas llegaban a serlo; pelo oscuro; labios perfectamente dibujados, carnosos sin traspasar los límites de una boca deseable; ojos castaños y penetrantes.

Pero, por encima de su físico, a Helena le atrajo el hecho de que fuese matemático, la profesión que a ella le hubiera gustado ejercer. Pura casualidad, coincidencias que se celebran con una exclamación y se utilizan para buscar otras que puedan encadenarse.

Pero Helena no cree en las casualidades. Desde muy pequeña, las considera como puertas que se abren y se cierran a capricho del destino. Juegos con los que conviven los hombres sin encontrar la razón. A veces, el destino las utiliza para enlazarnos con los demás, otras, para salvarnos o quitarnos la vida, y las más, para que nos preguntemos sobre su existencia. Se lo enseñó su padre cierto día en que este encontró una moneda de cinco pesetas delante de un bar.

Un segundo después de que se detuvieran para recoger la moneda, la cornisa del edificio cayó delante de ellos. Helena se echó a llorar sobrecogida cuando los cascotes se estrellaron contra el lugar que hubiera ocupado su padre de no haberse detenido, pero él lanzó una sonora carcajada.

–¿Te das cuenta, pequeña? El destino no ha querido separarnos todavía.

–El destino no existe, papá.

–¿Eso crees? ¿Conoces la historia de la muerte de Esquilo? El oráculo le predijo que moriría aplastado por una casa, así es que se fue a vivir al campo. Pero un día, mientras paseaba, le cayó una tortuga en la cabeza. Un águila había confundido su calva con una piedra y había lanzado a su presa contra ella para romperla. ¡Todo está escrito!

Helena no le creyó, pero nunca olvidó las palabras de su padre y a menudo se pregunta hasta dónde puede llegar el destino.

No. Las casualidades no existen. Pero el destino puede llegar a ser tan perseverante…

16.

Hugo se levantó cuando Olalla y Helena se acercaron a la mesa. Tenía en el cuello un lunar que se tapó con la camisa como si quisiera ocultarlo. De no habérselo tapado, Helena no habría reparado en él, pero el cuello de la camisa no se lo cubría del todo y él repitió el gesto como si se tratase de un movimiento mecánico.

Olalla bromeó con sus nombres mientras ella se acercaba para saludarle con un beso.

—Hugo, te presento a Helena con hache. Ya sois dos con hache. Y con la mía, de hermana, ya somos tres.

Él retiró la cara hacia atrás, entre nervioso y sorprendido, se disculpó diciendo que estaba resfriado y no quería contagiarla, y dejó el beso de Helena en el aire.

Ella aceptó las disculpas sin ganas. Acababa de rechazarle un beso la mirada más profunda que jamás le habían regalado unos ojos.

Si no se hubiera acercado a él, ofreciéndole así la oportunidad de negarle el saludo, habría pensado que el destino acababa de abrirles una puerta. Pero Hugo rompió la magia antes de que hubiera podido salir del sombrero. Se apartó como si le diera miedo tocarla, como si huyera de un peligro seguro, sin darle importancia a un gesto con el que no solo rechazaba su beso, también la estaba rechazando a ella.

A Helena se le subieron los colores como si tuviera algo de que avergonzarse. Le ocurría con frecuencia. Lo consideraba un defecto que trató de disimular cogiendo su bolso y abriendo las cremalleras. Bajó la cabeza para que nadie la viera, como si estuviese buscando algo en el bolso. Pero cuanto más intentaba disimular, más calor sentía en las mejillas, más miedo a que se lo notasen, más vergüenza. Su embarazo fue tan patente que Olalla salió en su ayuda excusándose en nombre de su hermano y pidiéndole a él que las acompañase a merendar para compensar su falta de tacto. Pero Hugo declinó la invitación diciendo que tenía muchas cosas que hacer, y se marchó sin más explicaciones.

Su hermana le siguió hasta la puerta recriminándole su poca consideración, pidiéndole sin éxito que volviera y se disculpase.

Y Helena se quedó en el jardín, con un beso colgando en los labios y una extraña sensación de abandono.

17.

A Helena no le gustaba su nombre. Nunca le gustó. Debería haberse llamado como la mayoría de sus tocayas, sencillamente Elena, sin hache, pero su madre estaba leyendo un libro sobre la guerra de Troya cuando descubrió que estaba embarazada, y quiso regalarle a su hija el nombre de la mujer más bella del mundo.

Le encantaba el ruido de la cebolla picada cuando cae en la sartén, y el del agua cuando termina de llenar un cántaro o una botella. Nunca comía animales que conservaran los ojos en el plato.

Creció como casi todas las niñas que llevaron cancán a principio de los años sesenta, jugando a la comba y a la rayuela, y reprimida por el miedo a pecar que le inculcaron las monjas, sobre todo contra el sexto mandamiento: no os subáis nunca en una moto; no crucéis las piernas; no montéis en bici; no vayáis sin combinación.

Hasta poco después de recibir la primera comunión, pensaba que los niños nacían por el ombligo. Nunca había visto a sus padres besarse en la boca.

No tenía hermanos ni hermanas. Envidiaba a los primos que llegaban al pueblo todos los años para pasar el verano, los hijos del único hermano de su padre. Los envidiaba porque vivían en la capital, porque eran seis, y porque, viviendo en Madrid, tendrían la oportunidad de ver algún día a su actriz preferida, una niña con cara de ángel y ojos azules que la habría convertido en la persona más feliz del mundo solo con haberle mandado una fotografía firmada, en respuesta a las cartas que ella le enviaba, tal y como había sucedido con una de sus primas.

Con ellas compartió la llegada del hombre a la luna, uno de los recuerdos más bonitos de su niñez. Su madre había invitado a la familia de Madrid para que pasaran la noche en su casa, frente a la televisión, porque nadie podía perderse un momento tan importante de la Historia. Dejó el tresillo para los mayores y a los pequeños les colocó una manta en el suelo, donde los obligó a permanecer despiertos hasta que, a las tres cincuenta y seis de la madrugada, Neil Armstrong dio el pequeño paso para el hombre y enorme para la humanidad que se convirtió en leyenda.

Fue el último verano que pasó con su madre. A finales de ese mismo año, mientras veían un concurso donde se decidía quién viajaría a Dublín para representar a España en Eurovisión, su madre sufría un derrame cerebral y los dejaba para siempre. Ese día escuchó por primera vez a su padre hablar del destino.

—El destino ha querido que se fuera el mismo día que tu abuela. Ahora estarán otra vez juntas y nos cuidarán desde el cielo.

De ella heredó su gusto por la lectura, y de ella escuchó una frase que hubiera querido que no pronunciase nunca, porque, creyendo que la protegía, cada vez que ella guardaba silencio cuando alguien le hacía un cumplido, su madre acudía en su ayuda con un *déjala, es tímida* que marcó su carácter para siempre.

Odiaba que se le subieran los colores a la menor oportunidad; que le recitaran el dicho de las tres hijas de Elena; y tener que corregir a todo el que omitiera la hache de su nombre. De manera que acabó por añadirla siempre al presentarse.

—Me llamo Helena con hache.

Terminó el Preuniversitario con una de las notas más altas de su promoción. Sus profesores solían aconsejarle que no desaprovechara su potencial para las matemáticas, y ella soñaba con la idea de viajar a Madrid, matricularse en Ciencias Exactas y alojarse en un colegio mayor. Un sueño que sabía que no podría realizar. No podía dejar solo a su padre. Desde la muerte de su madre, se había refugiado en ella como un náufrago a la deriva, sin timón y sin puerto al que llegar.

Tenía una tienda de telas que había ido pasando de padres a hijos durante tres generaciones, y siempre dio por hecho que ella le ayudaría a regentar el negocio. Se enorgullecía de que, desde muy pequeña, había dado muestras de llevar el oficio en la sangre. No había más que mirarla cuando jugaba con sus amigas en la trastienda, donde les vendía botones de todos los tamaños, cintas de raso, abanicos, pasamanerías, cuentas de collares y toda clase de paños.

Y era cierto, le fascinaba la gradación de colores en que se presentaban las bobinas de hilo, y el tacto de las madejas de lana. Pero su sueño no se acercaba en absoluto a la caja registradora, ni al mostrador, ni a los libros de cuentas que el encargado cuadraba todas las noches. Aunque nunca se lo dijo a su padre.

Si su madre hubiera vivido más, Helena estaba segura de que la habrían enviado a estudiar a Madrid, pero no fue hasta la muerte de su padre, más de veinte años después, cuando decidió perseguir el sueño al que renunció por complacer a la persona más buena del mundo.

El año 1992 supuso para España una plataforma de lanzamiento a niveles desconocidos: Madrid se convirtió en la Capital Europea de la Cultura, Barcelona, en la sede de las Olimpiadas y Sevilla en la de la Exposición

Universal. Un año que marcaría un antes y un después para un país que siempre se había caracterizado por el complejo de inferioridad con que solía medirse con los demás países europeos.

Y ese mismo año se convertiría también para ella en un año emblemático que cambiaría su vida. Lloró a su padre, continuó con el negocio para no defraudarlo y, cuando se convenció de que la mejor manera de honrarlo era tomar las decisiones a las que había renunciado sin haber contado con él, se embarcó en la aventura que siempre había soñado, y se decidió a volar.

Le traspasó el negocio a su tío paterno –quien añoraba el pueblo con la misma intensidad que ella deseaba poder añorarlo–, se compró un piso en Madrid con el dinero del traspaso y se matriculó en la universidad. Por las mañanas trabajaba en el bufete cercano a la plaza de las Salesas y por las tardes asistía a las clases.

Al cabo de unos años, en los que intentó compaginar la vida laboral con la de estudiante, aceptó una ampliación de jornada a la que no podía renunciar sin arriesgarse al despido, y su futuro matemático se volatilizó. Aun así, mantuvo el contacto con sus antiguos compañeros y, siempre que le era posible, asistía a las conferencias que se impartían en la facultad.

No terminó la carrera ni se alojó en un colegio mayor; no obstante, durante tres cursos seguidos, no pudo ser más feliz, solo con ver la pizarra llenarse de ecuaciones, matrices, funciones y derivadas.

Había tenido dos novios formales, al primero lo conoció en el pueblo y al segundo en el bufete, además de numerosos pretendientes, pero todavía no había encontrado al hombre que la hiciera sentirse como la princesa cuyo nombre le había regalado su madre, ni por fuera ni por dentro.

Quizá tenga paciencia para ti,
Quizá me sobre un poco todavía.
Quizá.

18.

Después de su primer encuentro con Hugo, Helena comenzó a visitar la casa de Olalla con más frecuencia que de costumbre. Se saltó la rutina de los jueves y acompañó a su amiga casi a diario, sin la excusa de la compra y sin razón aparente, solo por el gusto de pasar la tarde charlando juntas en el jardín.

Al principio no se lo planteó, pero la verdadera razón del aumento de sus visitas a casa de su amiga era su hermano. Necesitaba volver a verlo, no sabía muy bien por qué, si para librarse de la sensación desagradable que le había dejado al conocerlo o para averiguar si era cierto que la había mirado como nadie.

Quizá su torpeza se debiera a que la timidez también le jugaba a él malas pasadas, y necesitaba otra oportunidad.

Sin embargo, estaba claro que él la evitaba, y los desplantes se repitieron por alguna razón que Helena no se podía explicar.

Cada vez que ella entraba en la cocina, él abandonaba el jardín y se marchaba de la casa, o se refugiaba en el salón con la excusa de que tenía que corregir los ejercicios de sus alumnos.

En cierto sentido, a Helena le agradaba el juego del gato y el ratón en el que se sentía obligada a participar. Buscaba un ángulo del jardín desde el que él pudiera verla, bromeaba con Olalla alzando la voz y jugaba con los niños y se reía con ellos en un tono que él pudiera oír.

Sus llamadas de atención eran patentes, Hugo no podía escapar de ellas por mucho que se ocultara, como ella no podía evadirse de su presencia ni de su ausencia.

Hasta que una tarde de jueves, pasadas casi dos semanas desde que se conocieron, ambos se vieron forzados a entablar una conversación.

Helena se encontraba en la cocina, ayudando a Olalla a recoger la compra, cuando reparó en que Hugo las observaba desde el porche. Ella fingió que no le había visto. Se colocó de espaldas al jardín y vació las bolsas sabiendo que él no dejaba de mirarla.

Y así permanecieron durante casi media hora, alargando un disimulo que los mantuvo absortos el uno en el otro. Hasta que Olalla miró hacia el porche y los sobresaltó a los dos con un grito.

—¡Hombre, si estás ahí!

Él se levantó como un resorte, cerró los libros que tenía sobre la mesa y entró en la cocina.

—¡Ya me iba!

Sin embargo, en el momento en que se disponía a salir al recibidor, Olalla lo empujó de vuelta al jardín y le indicó a Helena con un gesto que los siguiera, como si no hubiese notado el comportamiento extraño de los dos.

—De aquí no se va nadie. ¡Vamos a tomar una cerveza!

—Me están esperando —mintió Hugo intentando zafarse de su hermana.

Pero Olalla no se dio por vencida.

—¡Ni hablar! ¡Hoy no te escapas! —Y los dejó a los dos sentados frente a frente mientras ella volvía a la cocina para preparar unos aperitivos.

Hugo dejó los libros encima de la mesa. Todos trataban sobre Prolog, un lenguaje de programación en el que se establecen relaciones lógicas entre objetos. El día anterior, Helena había asistido a una conferencia sobre ese mismo lenguaje en la facultad. No tenía ganas de hablar, pero Olalla le hacía gestos desde la cocina y se sintió en la obligación de iniciar una conversación. De manera que señaló los libros.

—¡Qué casualidad! Ayer fui a una conferencia sobre Prolog.

—¿Sí?

—Las matemáticas son una de mis vocaciones frustradas.

—Ah, ¿sí?

—Me encanta resolver ejercicios sobre secuencias lógicas.

—¡Ya!

Hugo se mantuvo rígido en la silla. Miraba hacia el jardín o hacia la cocina, pero nunca a Helena directamente. Ella procuró no mirarle tampoco. Mientras hablaba, observaba los movimientos de su amiga a través del ventanal. Tardaba más de lo necesario en preparar una bandeja, y el laconismo de Hugo la estaba poniendo tan nerviosa que se le estaban subiendo los colores. No pensaba en otra cosa que en salir corriendo del jardín. Aun así, continuó tratando de despertar el interés de Hugo, hablándole sobre sus libros.

—Me gustan las matemáticas porque todos los problemas tienen solución.

—¡Ya!

—Y cuando no la tienen es porque no son problemas, sino trampas que ponéis los profesores.

—Puede ser.

Helena se sentía tan ridícula que decidió desistir de su empeño. Era absurdo continuar hablando con un hombre que solo la miraba a hurtadillas y contestaba con monosílabos cualquiera de sus comentarios. Aquello no tenía sentido.

Pero, en el mismo momento en que decidió levantarse, Hugo pronunció las primeras palabras que demostraban que la había estado escuchando.

—En realidad, son un lenguaje.

—Sí, eso, un lenguaje universal. Como la música.

—Así es.

19.

Hugo siempre había recurrido a las matemáticas para huir de los otros. Hasta que conoció a Helena, a nadie le había interesado hablar sobre ecuaciones si lo que quería era charlar sobre el amor, el desamor, la confianza, la falta de comunicación, los problemas de identidad o simplemente de cine.

Manuel solía llamarle el Integrales cuando empezaba a irse por las ramas porque no le convenía una conversación. A su amigo le irritaba su empeño en desviar el tema hacia la lógica matemática como si los demás fueran incapaces de seguirle.

Comenzó con aquella costumbre en la época en que Rosa, su última novia, regresó de Londres, cuando él empezó a encerrarse en su concha y apartarse de todos. No había vuelto a tener novia, y Rosa también continuaba soltera. A Manuel le hubiera encantado que se reencontrasen. Más de una vez se citó con ella y trató de convencer a Hugo para que los acompañara a dar un paseo, pero todos los intentos fracasaron, aunque no perdía la oportunidad de hablarle a su amigo sobre la posibilidad de un reencuentro.

—Ayer estuve con Rosa. Ha venido guapísima de Londres. Me ha dicho que te ha llamado varias veces y no le devuelves las llamadas. Quiere verte.

—Dile que estoy muy liado. No tengo tiempo de ver a nadie.

–Por lo menos, cógele el teléfono. ¿Qué te cuesta? No entiendo esa manía que te ha dado de dejarlo sonar.

Nunca respondía al teléfono, otra de las costumbres que adquirió de un día para otro sin que nadie pudiera explicárselo. Dejaba que sonase el contestador y, una vez que oía quién estaba grabando el mensaje, descolgaba para responder, si es que le interesaba la llamada. Las de Rosa se habían quedado siempre sin respuesta, y le había pedido ayuda a Manuel, quien enseguida se brindó a hablar con él. Esa misma tarde se presentó en su casa sin avisarle y le comentó que había estado hablando con ella.

–¡Después de lo que habéis pasado juntos! A lo mejor ahora...

–Ahora soy como un conjunto vacío, y del conjunto vacío no se puede sacar nada, por mucho que algunos se empeñen en que no es un error extraer un elemento.

–¡No me jodas, Integrales! A mí no me la das. Vete a otro con esos rollos.

Pocos días después, Hugo descolgó el teléfono cuando esperaba una llamada de Olalla, y se encontró con la voz de Rosa, dulce y serena.

–Me gustaría verte.

–Lo siento, no te lo tomes a mal, pero cerré nuestra página hace mucho tiempo. No supe estar a tu altura entonces, y ahora no podría estarlo.

–¿Estás seguro? Solo quiero charlar.

–No quisiera parecerte pedante, pero si no quieres hablar de integrales, no soy tu hombre.

La voz de Rosa se entrecortó. No parecía sorprendida, Manuel la había puesto en antecedentes sobre sus salidas de tono, pero no pudo disimular su tristeza.

–No te entiendo, Hugo. Dime la verdad, ¿qué te ha pasado?

Habían transcurrido siete años desde que se despidieron. Hugo hubiera dado cualquier cosa por recuperarla, pero no podía ser. No podía. No sería justo para ella. Hubiera querido responderle que había sido un imbécil al dejarla marcharse, pero le contestó con las mismas evasivas que utilizaba para huir de los demás.

–La verdad no existe, solo es una convención con la que tratamos de ponernos de acuerdo. Lo siento, Rosa, te deseo toda la felicidad del mundo, te la mereces. De verdad.

–¿Esa verdad que no existe?

–Es la única que conozco.

20.

Las matemáticas son un lenguaje. Privado. Excluyente. Lógico. Donde la verdad y la falsedad no tienen consideraciones morales, solo indican un camino a seguir: verdadero, avanzas, falso, te detienes; el sí y el no, el uno y el cero.

Es un lenguaje íntimo. Donde se plantean preguntas basadas en premisas que no tienen refutación posible. Los axiomas no se cuestionan. Un lenguaje en el que, en los sistemas binarios, dos más dos no suman cuatro, porque ninguno de los dos dígitos existe.

Las matemáticas le habían protegido de cualquier intento de traspasar las líneas que se había marcado hacía doce años, porque en ellas no había sitio para la persuasión ni para las estrategias, y la seducción no es una variable.

Y, sin embargo, allí estaba Helena. Tratando de mantener una conversación que él se negaba a seguir. Hablando de matemáticas y de música. El pelo le caía por detrás de los hombros, sujeto por una diadema de la misma tela que su vestido verde. Sus ojos, verdes también, parecían más claros cuando les daba la luz.

Intentaba no parecer nerviosa, pero la delataban las mejillas coloradas y un pequeño temblor en la voz.

—Las matemáticas son un lenguaje y, como todo lenguaje, está vivo. Incluso puede ser el lenguaje de la filosofía. Es curioso que haya tantos filósofos que han sido antes matemáticos, ¿no? Y también escritores…, como Lewis Carroll.

El sol le daba directamente en los ojos y entretenía las manos plegando una servilleta en forma de abanico. Parecía una niña pequeña tratando de agradar a los mayores. Hugo movió su silla para darle sombra con su cuerpo.

—Será casualidad.

Las manos también le temblaban, pero hablaba con tanta convicción que producía ternura. A veces el pelo le resbalaba sobre los hombros y ella se lo retiraba empujándolo hacia atrás con la mano, al tiempo que movía la cabeza.

Bailarina de música callada. Bailaora sin palmas. Equilibrista sin red.

—Las casualidades no existen —dijo abanicándose con la servilleta hecha abanico—, son puertas que abre el destino para unir a la gente.

Por supuesto, él no creía que los matemáticos habían llegado a la filosofía por casualidad. Los matemáticos se hacen las mismas preguntas que los filósofos.

No quería mirarla, para evitarlo, perdía la mirada en las rosas del jardín o fingía buscar algo en la mesa. Las matemáticas son pura filosofía.

Sus ojos insistían en volver a los de ella, a sus manos temblorosas, a su boca, al color de su pelo.

—Lo que no existe es el destino —comentó sin poder resistirse—. La vida es una ecuación llena de incógnitas que se van despejando. La casualidad hace que a veces los resultados coincidan, eso es todo.

Y ella insistió en el lenguaje del que debería haber huido, como todos hasta entonces.

—Sí, pero cuando la ecuación plantea más de una incógnita, se necesitan otras para poder despejarlas. El destino provoca que se reúnan las ecuaciones que tienen incógnitas comunes.

El pelo volvía a caerle sobre los hombros, sus dedos acariciaban las aristas de un vaso. Hugo no podía continuar mirándola. Las matemáticas son un lenguaje lógico y racional, donde no tienen cabida los sentimientos ni las emociones.

Tenía que salir de allí cuanto antes.

–Perdóname, acabo de acordarme de que había quedado.

Y se marchó del jardín sin esperar a su hermana.

21

No quería pensar. No quería identificar los sentimientos que Helena le había provocado. No era la primera vez que se encontraba en una situación parecida, y siempre supo cómo escapar.

Hacía tiempo que se había acostumbrado a cubrir sus necesidades de comunicación recurriendo al arte, sobre todo a la pintura. Los cuadros le ofrecían la posibilidad de saborear emociones que no tenía que compartir. Asistía a las salas de exposiciones buscando un interlocutor mudo y ausente con el que poder estremecerse, dejarse invadir por el color, detenerse en una mirada, en un olor, en unos labios que no preguntaban y que no exigían respuestas.

Se subió a su coche, un utilitario que solo conducía cuando iba a visitar a su hermana, y se dirigió al Museo de Arte Contemporáneo para intentar concentrarse en otra cosa que no fuera Helena.

Aquel día empezaba el verano, la primavera había sido tan seca que había hecho estragos en los árboles de la Ciudad Universitaria, donde se encontraba la pinacoteca. Los castaños de Indias habían perdido el follaje prematuramente, debido a las ordenanzas municipales que prohibían el riego en tiempos de sequía. Hugo aparcó el utilitario y decidió pasear el último trecho. Siempre le había gustado aquella avenida, flanqueada por árboles que unían sus copas hasta formar un toldo verde y espeso que dejaba en sombras la acera. Ahora, sin embargo, el sol se filtraba entre las ramas casi desnudas.

Mientras caminaba sobre la hojarasca, trató de concentrarse en las hojas secas que los jardineros se afanaban por amontonar junto a los bordillos, pero la imagen y la risa de Helena le acompañaron a lo largo de todo el paseo. Para tratar de alejarla de sus pensamientos, Hugo comenzó a tararear algunas canciones, pero Helena se colaba en las letras como si las hubieran escrito para ella. *Tu pelo tiene el aroma de la lluvia sobre la tierra.* La primera vez que la vio llevaba una cola de caballo que le rozaba la nuca cuando se giraba. *Ando como hormiguita por tu espalda, ando por la quebrada dulce de la seda.* El vestido le dejaba media espalda al aire. Cuando se inclinaba, se le podían contar las vértebras una por una. *My one and only love.* ¡Esto es absurdo! ¡No tiene sentido!

Finalmente, recurrió a las matemáticas, intentó recordar los ejercicios de programación lógica con los que trabajaba en la terraza de Olalla hasta que ellas llegaron. Cómo plantear dos ecuaciones que relacionen dos conjuntos que tienen como constante el conjunto vacío. Olalla siempre necesitaba que alguien fuera con ella a la compra, no podía cargar peso. Aunque nunca habían coincidido, muchas veces la había oído hablar de una amiga que la acompañaba los jueves al supermercado. Cómo demostrar que no es un error sacar un elemento del conjunto vacío. Helena se dio cuenta enseguida de que él la estaba mirando. A partir de ahora, no debería ir a casa de su hermana los jueves. En un conjunto, cada elemento está o no está, sin que tenga sentido preguntar cuántas veces está. Helena se reía con los chistes de Olalla con tanta espontaneidad como timidez trataba de disimular cuando hablaba con él sobre secuencias lógicas, con sus mejillas rojas y su temblor en las manos. Resultaba imposible apartar la mirada.

Las matemáticas empezaban a fallarle. Muy pronto llegaría al museo y podría concentrarse en otra cosa. *Los relojes blandos*, *Leda atómica*, *El pintor y la modelo*, Helena con hache. Alguien le dijo una vez que nadie puede dejar de pensar en un elefante blanco mientras le están diciendo que no piense un elefante blanco.

El arte le ayudaría a salir de la encrucijada.

Llegó al museo con el corazón a punto de estallar. Se encaminó hacia la sala de exposiciones itinerantes con la esperanza de encontrar alguna muestra de obra nueva, le agradaba el olor a barniz de las pinturas recientes. Sin embargo, allí le esperaba una sorpresa con la que nunca hubiera contado: los carteles anunciaban una exposición en la que el artista realizaba esculturas utilizando logaritmos nèperianos, la *n* representaba la cantidad de información que el autor quería transmitir con cada pieza. El fundamento de su obra consistía en convertir las matemáticas en arte.

Por dos veces, en un solo día, las matemáticas no le servían de barrera contra los sentimientos. No pensó en la casualidad, sino en la teoría sobre las puertas que abre el destino que le rebatió a Helena media hora antes.

Pero él no estaba dispuesto a abrir ninguna puerta. Se dio la vuelta y abandonó el museo sin ver las esculturas.

Hasta cuándo me escocerán tus ojos
y tu boca…

22.

Hugo conoció a Rosa en una exposición de su padre, un pintor bohemio con cierto prestigio internacional. Iban cogidos del brazo, contemplando los cuadros como si fueran dos visitantes más. El padre se cubría la cabeza con un sombrero muy estrafalario, y la hija llevaba prendidas en el pelo un montón de margaritas blancas. Vestía con una falda de colores que le llegaba hasta el suelo y una camiseta de tirantes sin sujetador.

–Eres el cuadro más emocionante de esta galería –le dijo en el momento en que se quedó sola–, deberías haber sido la musa del pintor.

Rosa le contestó sin mirarle. Se encontraba junto a un óleo abstracto que simbolizaba el sufrimiento de un parto.

–¿Nunca te han dicho que eres un cursi y un petulante?

Él se echó a reír, señaló el cuadro que estaban mirando y se mostró de acuerdo con ella.

–Pero eso no me quita la razón. Si yo fuera el autor de estos monstruos y te viera ahí de pie, sabría que me había equivocado al buscar mi inspiración.

–El autor de estos monstruos es mi padre. Y siempre he sido su inspiración.

–Pues, entonces, déjame que te diga que tu padre no te quiere como te querría yo.

Esa misma tarde se dieron el primer beso. Rosa estaba estudiando en una academia el Curso de Orientación

Universitaria, que había sustituido al Preu, y él estudiaba cuarto de Ciencias Exactas. Los dos se rebelaban contra lo establecido y soñaban con la libertad, una palabra que en aquellos tiempos había que pronunciar siempre bajando la voz.

Ambos eran delegados de curso, habían asistido a manifestaciones estudiantiles que acababan en carreras delante de los policías –conocidos como «grises» debido al color del uniforme–, y habían temido acabar alguna vez en los calabozos de la Dirección General de Seguridad, de los que se oían historias atroces.

Les gustaban las películas de arte y ensayo, la poesía de la generación del 27 y las canciones protesta.

Y los dos soñaban con un mundo más justo.

Como viaje de estudios, en el instituto de Rosa habían organizado una semana en la provincia de Granada, incluidas una visita a la costa y otra a la montaña. Rosa se enamoró enseguida de las Alpujarras, donde se estaban asentando algunas comunidades de jóvenes que huían del modelo de sociedad impuesto por la dictadura franquista. La hija del profesor de Filosofía pertenecía a una de aquellas comunidades. Él aprovechó para visitarla y se separó del grupo por un par de horas, durante las cuales los alumnos no habían dejado de elucubrar sobre quiénes y cómo vivirían en aquellas comunas. Las mismas elucubraciones en las que se entretuvieron Rosa y Hugo desde que ella volvió del viaje.

–¿Y si nos vamos? –le dijo Hugo a Rosa al finalizar el curso–. ¿Por qué no dejamos de pensar en cómo será y lo comprobamos por nosotros mismos? ¿De qué valen los sueños si no vamos a buscarlos?

–¿Estás seguro?

–¿Hace falta estar seguro?

Rosa le enmarcó la cara con las manos, lo llenó de besos pequeños y sonoros, como los que odiaba que le diera su tata cuando era pequeña, le recorrió la frente, las mejillas, la nariz y la barbilla, y terminó abriéndole la boca con los labios y mordiéndole los dientes y la lengua.

Dos días después, se presentaron ante su padre para pedirle una autorización firmada para que pudiera viajar sola y vivir por su cuenta.

El pintor se mostró reacio a firmar el permiso. La mayoría de edad se alcanzaba a los veintiún años, y su hija acababa de cumplir diecinueve. No obstante, se dejó convencer con facilidad, al fin y al cabo, su hija había heredado el espíritu inquieto que le llevó a él a abandonar la carrera de Arquitectura para dedicarse a recorrer el mundo con sus exposiciones.

Con el padre de Hugo, sin embargo, no hubo tanta suerte. Había nacido en una familia conservadora que no dudó en apoyar el golpe de Estado contra la II República y, con diecisiete años recién cumplidos, se había presentado como voluntario para hacer labores de retaguardia en el frente, en defensa de Dios, la patria y el orden. Sus ideas no se habían movido desde entonces. En su escritorio, encabezando una serie de fotografías familiares en las que su hija siempre ocupaba la parte central, se encontraba la que le habían hecho en Valladolid junto a sus compañeros, todavía sin una sombra de barba en la cara. En el borde inferior de la foto, había un título escrito a mano del que siempre presumía orgulloso: La quinta del biberón.

–Los rojos tuvieron la suya –solía decir cuando les contaba a sus hijos sus hazañas de guerra–, pero la nuestra era de verdad, del corazón, no como la de esos traidores sin Dios, que enrolaron a la fuerza a todo el que encontraban desprevenido.

Hugo sabía de antemano la reacción que provocaría en su padre su decisión de marcharse a vivir con Rosa, sin acta de matrimonio y sin haber terminado la carrera, de modo que decidió presentarse solo ante él, con su mochila a la espalda y su decisión tomada.

–Nunca tendrás mi consentimiento para cometer tamaña estupidez. Lo sabes perfectamente. ¡Nunca! –comenzó a gritarle don Francisco, señalándolo con el dedo índice.

–No necesito tu consentimiento, tengo veintidós años.

–Pero Rosa es menor. La Guardia Civil os arrestará en cuanto os pida la documentación. ¡Y os la pedirá! ¡Ya lo creo que os la pedirá! ¡En cuanto vean las pintas de pordiosera que lleva tu amiga!

Hugo trató de controlar el tono de voz, fingiendo una calma que resultaba difícil de mantener ante los gritos de don Francisco. No quería enfrentarse a él, ni provocar una ruptura que supondría un tremendo dolor para su madre, solo quería que su padre le entendiese y fuera capaz de respetar su manera de ser, de sentir y de pensar. En definitiva, su forma de mirar la vida, radicalmente diferente a la de él.

–Lo siento, papá. He llevado el pelo corto por ti, he ido a misa los domingos por ti, renuncié a estudiar Filosofía y Letras por ti. Ha llegado el momento de que haga las cosas por mí.

–¿Pero te has vuelto loco? ¡Has ido a misa porque tenías que cumplir con tu obligación de cristiano! ¡Y te matriculaste en Exactas porque yo te salvé de hacer una locura! ¡A nadie más que a ti se le podía ocurrir estudiar en una facultad que solo sirve para envenenar la mente. ¡Un nido de comunistas!

–No he venido a discutir contigo, papá. Ni a pedirte permiso. Solo he venido a informarte. No quiero imponerte mis ideas, pero exijo que respetes las mías.

El gesto de don Francisco se iba endureciendo conforme avanzaba la discusión y él alzaba la voz. Era como si por fin se hubiera decidido a lanzarle a su hijo los reproches que llevaba reprimiendo desde que Olalla contrajo la polio.

No le habló de la enfermedad, ni del viaje a Portugal, ni del cumpleaños que se quedó en la familia como una maldición, pero lanzó contra él toda la rabia acumulada, la desesperación después de cada viaje a una clínica nueva, de cada tratamiento que no dio resultado y de cada operación que seguiría condenando a su hija al sufrimiento y a la dependencia de una estructura metálica.

–¿Que tú me exiges a mí qué? ¿Y tú me hablas de respeto? ¡Yo te diré lo que significa respeto! ¡El respeto a tu padre! ¡El respeto a tu religión! ¿Qué piensas hacer? ¿Amancebarte? ¿Te das cuenta del disgusto que le vas a dar a tu madre? ¿Y qué crees que dirán en el pueblo? ¿Pretendes someternos a todos a esa vergüenza? ¡Ahora mismo te vas a tu cuarto! ¡De este asunto no se habla más!

Hugo no se movió. Los ojos de su padre parecían más pequeños que nunca. La boca contraída, los puños, las venas de la frente hinchadas.

Por un instante, pareció que iba a levantarle la mano.

–¡No te lo volveré a decir! ¡Vete a tu cuarto ahora mismo! ¡Y deshazte de esa mochila!

Su voz retumbó entre las paredes de la casa, y quizá en las de toda la colonia, pero Hugo no se dejó intimidar. Dio dos pasos hacia atrás y por primera vez en su vida se atrevió a levantarle la voz.

–¡Me voy, papá! ¡No puedes impedírmelo! ¡Mi vida es mía! ¡No me la vas a dirigir nunca más!

Nadie sabe lo que habría sucedido si no hubiera aparecido doña Aurora seguida de Olalla y la tata Agustina, porque don Francisco seguía con el puño y la furia en alto.

Al verlo, abotargado y rojo, como en la peor de sus crisis cardíacas, doña Aurora comenzó a llorar. Lo sujetó por un brazo, lo obligó a sentarse en un sillón mientras le aflojaba la corbata y le desabrochó el cuello de la camisa. Jamás hubiera imaginado que su hijo se enfrentaría a su marido hasta llevarle a un estado tan peligroso.

—¿A qué viene este escándalo? ¡Hugo! ¿No ves cómo está tu padre? ¿Es que quieres que le dé un ataque?

Hugo no le contestó. Esta vez no iban a servirle sus trucos y sus llantos, no podía estar sometido de por vida a sus chantajes. No podía permitírselo a sí mismo. Había llegado el momento de la coherencia, de acumular valor para defender sus posturas, de mostrarse tal como era, sin esconder sus ideas detrás de una supuesta obediencia que únicamente servía para evitar el enfrentamiento que tarde o temprano tenía que producirse.

Antes de salir de la casa, se acercó a doña Aurora y la besó. Después abrazó a Olalla y a la tata Agustina y les pidió a todos que no intentasen detenerlo.

Don Francisco y su hija le siguieron hasta la puerta de la cancela del jardín, donde Olalla abrazó de nuevo a su hermano, envuelta en lágrimas, mientras su padre volvía a señalarlo con el dedo.

—¡No se te ocurra volver a pisar esta casa!

23.

Al día siguiente, la pareja llegó a Granada en autostop. Querían una huerta, un corral de gallinas y la posibilidad de vivir de lo que recogieran con sus manos. Era verano y hacía calor.

La primera noche durmieron al aire libre, en una colina a las afueras de un pueblecito de las Alpujarras. Se acomodaron debajo de un almendro, se metieron en el mismo saco de dormir y se dedicaron a buscar constelaciones en un cielo raso sin luna, con la única compañía de las luces de las casas que se divisaban a lo lejos, en medio de una completa oscuridad. Nunca habían hecho el amor.

A primera hora de la mañana, sintieron unos pequeños golpes en las piernas. El saco los tapaba de los pies a la cabeza.

—¡Eh, vosotros! ¿Qué hacéis ahí?

Hugo se descubrió la cara y se incorporó.

Si lo hubiera preparado, no habría conseguido un despertar más perfecto. Desde la colina podía verse el pueblo cuyas luces contemplaron la noche anterior. Un pueblo de casitas blancas encaramadas en la montaña, delante de una cordillera azulada y grandiosa. Habían llegado hasta allí siguiendo un camino de cabras que eligieron al azar, alumbrados por una linterna. No podía imaginar que el camino los llevaría a un lugar tan cercano al paraíso. El verde de las huertas dispuestas en forma de bancales contrastaba con el blanco de las casas, y un cielo azul espléndido se imponía sobre el paisaje como en una postal.

—Venimos buscando trabajo.

—¿Sabéis algo de animales?

—No, pero todo se puede aprender.

Aquel hombre se llamaba Onofre. Corpulento y con cara de bonachón, todavía le quedaba algo del atractivo del que debió de presumir en sus tiempos mozos. Vivía solo, al otro lado del pueblo, en un pequeño cortijo compuesto por una casa de una sola planta, un huerto y una cuadra.

Al lado de la cuadra había un cobertizo para los aperos de labranza, que se convertiría en la primera casa de la pareja.

Aprendieron a amasar el pan, ordeñar las vacas y las cabras, recoger los huevos de las gallinas, enganchar el burro a la noria y cuidar de la huerta.

Hugo se dejó crecer la melena y la barba, se vistió con camisas de flores y pantalones de campana, y se dedicó a querer a Rosa, con su aspecto de gitanilla y sus margaritas blancas prendidas en el pelo.

Todas las mañanas se dirigían al pueblo cargados de huevos, leche y productos de la huerta para venderlos en el puesto que Onofre tenía en el mercado desde hacía más de medio siglo. Allí conocieron a los integrantes de una comuna, con los que congeniaron enseguida. Vivían en un cortijo alquilado, situado en la cima de la montaña, junto al nacimiento de un río. Y muchas noches bajaban al cobertizo de Rosa y de Hugo, que se llenaba de canciones protesta, debates políticos y cigarrillos liados con la hierba que cultivaban ellos mismos.

Al principio, la pareja trabajaba por la casa y la comida, no les hacía falta más, pero al cabo de un tiempo, Onofre les propuso repartir las ganancias.

–Nunca había sacado tanto de la huerta. Es justo que vosotros también os llevéis algún dinerito.

Hugo se opuso desde el primer momento, no quería su dinero, tenían todo lo que cualquiera necesitaba para vivir, pero acabó por aceptar la oferta de Onofre, después de escucharle una y otra vez el mismo argumento.

–Si no me dejáis que os dé algo, ya podéis ir pensando en largaros de aquí.

–Está bien. Desde ahora, nosotros nos quedaremos con la mitad de todo lo que sobrepase lo que sacabas antes, y tú te quedarás con el resto. Así salimos todos beneficiados.

Onofre se quedó pensativo, movió los dedos de las manos mirando al infinito y calculó en pesetas la propuesta de Hugo.

–O sea que, si yo ganaba antes 50, y ahora 100, vosotros os quedáis con 25.

–¡Eso es! ¿Te hace el trato?

–¡Me hace! Vamos a cerrarlo con un trago.

No habían pasado tres meses cuando los hijos de Onofre se presentaron en el cortijo, alertados por algunos vecinos que detestaban la compañía que se había buscado el hortelano.

Hugo estaba recogiendo las lechugas que venderían esa misma mañana en la plaza de abastos, cuando los hijos de Onofre le sujetaron cada uno por un brazo y le sacaron del huerto.

–¡A ver! ¡Tú! ¡Melenudo! ¡Fuera de aquí!

–¡Qué pasa! ¿Quiénes son ustedes?

–Pasa que ahora mismo cogéis vuestras cosas y os largáis. Esto no es una pensión.

De nada sirvieron las protestas del padre, los hijos vigilaron a la pareja hasta que recogieron su tienda de campaña, sus mochilas y su guitarra, y se despidieron de su amigo.

Al salir del cobertizo, se volvieron para saludar a Onofre por última vez, pero uno de sus hijos le obligó a entrar en su vivienda, mientras el otro los empujaba a ellos hasta la carretera de salida del pueblo, entre insultos y amenazas.

–¡No volváis a asomar la cabeza por aquí, o la Guardia Civil sabrá lo que plantabais en el huerto de mi padre!

Corría el año 1975, el dictador estaba a punto de ejecutar sus últimas sentencias de muerte, mientras en Marruecos se organizaba una campaña para ocupar el Sahara Occidental, todavía administrado por España, que esperaba la descolonización recomendada por la ONU desde hacía casi una década.

Los ánimos de la Benemérita, como los del resto de las Fuerzas y Cuerpos de Seguridad del Estado, no podían estar más tensos. Hugo se encontraba en situación de prórroga del servicio militar, de modo que un encuentro negativo con la Guardia Civil podría suponer un problema grave.

Había completado los dos periodos de instrucción –el primero en Gerona, donde conoció a Josep, y el segundo en Madrid, al finalizar el tercer curso de Ciencias Exactas– y había pedido su prórroga correspondiente.

–¡Fuera! –repitió uno de los hijos de Onofre–. Y si no queréis que llamemos a los civiles, no aparezcáis por el pueblo ni por el mercado.

Si les hubieran dado a elegir, los hijos de Onofre no hubieran encontrado una amenaza más efectiva. Hugo y Rosa salieron de la finca sin decir una palabra de protesta y nunca más volvieron al pueblo ni a ver al hortelano.

Se trasladaron a la comuna, donde sus amigos se autoabastecían con lo que lograban sacar de un huerto, cuatro gallinas y tres cabras que el dueño de la finca les incluía en el alquiler con la condición de que él pudiera comprobar, siempre que quisiera, las condiciones en las que los mantenían. Uno de los integrantes del grupo había estudiado hasta tercero de Veterinaria, de manera que la salud de los animales parecía estar en buenas manos.

Hugo sintió no poder ir al mercado ni volver a ver a Onofre, pero en el fondo les agradeció a sus hijos que los obligasen a tomar la decisión de unirse a la comuna.

Era feliz en aquel paraíso autogestionario que pretendía conseguir lo que el grupo llamaba «una conciencia expandida», donde la paz y el amor fueran los elementos fundamentales de la convivencia. Nunca se había sentido tan libre y pletórico. La naturaleza fluía a su alrededor, generosa y desbordante, integrada en la comuna como un miembro más, comunicándose a través de cada brote recién nacido de una hortaliza, cada gota de agua del manantial, cada picoteo de las gallinas, cada balido de las cabras y cada piar de los pájaros. Y Rosa, su preciosa gitanilla, se fundía con él en un solo cuerpo, en una sola alma y en un solo propósito, el de permanecer juntos toda la vida.

El joven no podía estar viviendo un momento más dulce. Solo le faltaba un detalle para que la felicidad fuese completa: compartirla con su amigo Manuel.

De vez en cuando, le escribía y le rogaba que se uniera a la comuna, no podía perderse una experiencia tan maravillosa y tan apasionante. Debía venir. Y el amigo le contestaba que se lo prometía, que en cuanto arreglase un asunto que tenía entre manos se reuniría con él en las Alpujarras.

Manuel tardó en cumplir su promesa casi seis meses. Aún tendría que vivir sin él la muerte del dictador y la sensación de que empezaba otro mundo, otra vida, otra esperanza.

El 1 de febrero de 1976 se recibió el telegrama que anunciaba su llegada. Los gritos de Hugo se escucharon en toda la finca mientras lo leía. Solo tres palabras, *llegamos coche mañana*, que resonaron en la sierra como un grito de victoria.

¡Por fin llegaba su amigo para compartir con él el paraíso en la tierra!

Leyó el telegrama decenas de veces, y cuanto más lo leía, más le costaba comprender su significado. Nunca tres palabras le habían despertado más entusiasmo y más preguntas:

¿Llegamos? ¿Por qué «llegamos»? ¿Quiénes llegan?

¿Coche? ¿Qué coche? ¿Se habrá sacado el carné?

¿Mañana? ¿A qué hora? ¿Será el mañana de ayer o el de hoy?

24.

Manuel llegó al día siguiente, conduciendo un Dyane 6 naranja que pronto sería bautizado como el Butanito y le daría a Manuel el sobrenombre de Butanero.

Le acompañaba Yolanda, la dueña del coche, con quien Hugo no pudo tener un encuentro más desafortunado.

Acababa de meter un bizcocho en el horno de leña cuando el Dyane 6 empezó a remontar la pendiente que terminaba en el cortijo. Minutos después, el bizcocho estaba subiendo y el Dyane alcanzaba la cima donde se levantaba la vivienda.

Manuel y Yolanda salieron del automóvil dispuestos a abrazar a todos los que se dejaran abrazar, mientras el olor del bizcocho se mezclaba con el aire de la sierra.

Hugo y Manuel se volvían a encontrar después de ocho meses. Desde que se conocieron, no habían estado tanto tiempo separados. El olor a bizcocho los devolvió a su vida compartida: los juegos infantiles; los uniformes de los jesuitas y su ritual de nombrar «príncipe» al mejor estudiante del curso, honor que nunca recayó sobre ninguno de ellos; la primera revista prohibida; el primer beso; el primer desengaño; los partidos de rugby; las escaladas; los bizcochos que doña Aurora metía en el horno los sábados por la tarde, cuando a Manuel le permitían dormir en casa de su amigo.

Yolanda no podía saber que aquel olor dibujaría una línea divisoria entre Hugo y ella. En lugar de saludar con un «hola, encantada de conocerte», cruzó la frontera de los convencionalismos por los que Hugo y Rosa habían huido a Granada, y lanzó una frase que se estrelló contra todos los ideales de Hugo. Y lo peor de todo, lo que más le importó a Hugo, fue que lo hizo de una forma natural, sin reparar en la importancia de lo que estaba diciendo.

–Tu mujer es una buena repostera. Hay que ver lo bien que huele ese bizcocho.

Hugo cambió el gesto de inmediato, borró la sonrisa que mantenía desde que vio aparecer el Dyane 6 y le contestó como quien ha de defenderse ante un insulto.

–No es mi mujer, es mi compañera. Además, el bizcocho lo he hecho yo.

–Perdona, chico. ¡Tu bizcocho y tu compañera! Aunque no veo la diferencia.

–Pues yo sí. En primer lugar, no solo las mujeres saben cocinar, y en segundo, nos ha costado muchos follones empeñarnos en ser compañeros, como para aceptar ahora las formas convencionales. ¡No, gracias!

Yolanda se volvió hacia Manuel pidiéndole ayuda con la mirada. Pero él se mantuvo en silencio. Parecía divertirse. Ante su mutismo, los contrincantes volvieron a cargar sus armas. Él, indignado, y ella, como si la discusión no tuviera sentido alguno.

–Bueno, es cuestión de semántica. Llámalo equis.

–No, no es cuestión de semántica. Es cuestión de principios.

La joven miró entonces a la compañera de Hugo buscando la ayuda que Manuel no le daba, pero tampoco consiguió que se aliase a su causa, y decidió continuar quitándole importancia a la discusión.

–Pues nosotros sí nos hemos casado.

Hugo no podía creerlo. Sin darle opción a Yolanda para que continuara con su discurso, se dirigió a Manuel con los brazos en alto para demostrarle su sorpresa.

–¿Casado? ¿Cómo no me lo contaste en tus cartas? ¿Por la Iglesia?

Manuel sonrió, levantó los hombros en un gesto que significaba que no había podido hacer otra cosa, y echó la cabeza hacia un lado, mirando a su mujer, quien no esperó a que él contestase.

–Ha sido una ceremonia muy íntima. Lo hemos preparado todo en un santiamén. No puedes hacerte una idea de lo complicado que era casarse solo por lo civil. Había que apostatar y, francamente, no quería darles a mis padres ese disgusto. ¡Menudo escándalo se habría formado en la familia! Además, queremos tener hijos. De hecho, creo que ya estoy embarazada. Pero que conste que no ha sido de penalti.

Pese al encontronazo inicial y a lo diferente que parecía del resto del grupo, Yolanda encajó muy bien en la comuna. Le ofreció a Hugo la pipa de la paz esa misma noche, mientras el grupo cantaba alrededor de la chimenea una canción de Violeta Parra, al compás de la guitarra de Rosa.

–¿Volvemos a presentarnos? ¿Qué tal? Me llamo Yolanda y soy la mujer de tu mejor amigo. Por cierto, tu compañera canta fenomenal y tú eres un cocinero estupendo.

Hugo estrechó la mano que le tendía Yolanda y la atrajo hacia sí. Se besaron, se abrazaron, se rieron de sí mismos, se volvieron a abrazar y olvidaron el incidente de la llegada compartiendo un canuto.

Los recién llegados se integraron en los trabajos de la casa y del campo como todos los demás, con la misma pasión y el mismo deseo de construir un mundo propio, ajeno a las normas, sin imposiciones.

Los días eran largos y, sin embargo, las semanas y los meses pasaban deprisa. En una sola jornada, podían trabajar en el campo, arreglar la casa, amasar el pan, cantar, contar historias alrededor de la chimenea y discutir sobre las doctrinas que aprendían en los libros que les traían de contrabando desde Francia, títulos que aún permanecían prohibidos, a pesar de que los aires de libertad ya empezaban a notarse.

Entre canuto y canuto, y coqueteos con todo tipo de sustancias con las que se sentían obligados a experimentar, comentaron las ideas de Mao, Marx, Lenin, Trotsky, Bakunin y de otros muchos pensadores de los que jamás les hablaron en el colegio. Leyeron a Valente, Vallejo, Rilke, Kavafis, Octavio Paz, Félix Grande, Colinas y Pessoa, sobrecogidos por los versos que les habían hurtado en favor de las generaciones del 98 y del 27, la única poesía que habían leído hasta entonces.

Vivían cada día sin pensar que lo tenían que tachar del calendario. Hasta que, casi sin darse cuenta, se encontraron con que Yolanda estaba a punto de dar a luz, dos meses antes de las cuentas que, según ella, había calculado el médico que la atendió en Madrid.

La ayudó a parir el estudiante de Veterinaria, en una bañera, rodeada por toda la comuna. Mientras ella trataba de controlar los dolores, a Manuel se le iban llenando los codos y las palmas de las manos con las manchas de la psoriasis.

El bebé pesó casi cuatro kilos, pero, a pesar de ello, la madre continuó insistiendo en que había nacido sietemesino. Unos días después, en contra del parecer de sus compañeros y del propio Manuel, Yolanda le bautizó en la iglesia del pueblo, presionada por la negativa del abuelo a conocer a su nieto si no había pasado por la pila bautismal.

Le pusieron el nombre del poeta chileno que murió días después del golpe de Pinochet, su admirado Pablo Neruda, porque el niño nació en el tercer aniversario de la muerte del poeta.

Pasadas las desavenencias sobre el bautismo de la criatura, y tras discusiones interminables del grupo sobre la necesidad de liberarse de las coacciones paternas, montaron una fiesta para celebrar el nacimiento del niño, en la que corearon a Rosa mientras cantaba a Violeta Parra, Víctor Jara, Quilapayún y Mercedes Sosa, acompañada de su guitarra, la flauta del aspirante a veterinario y la armónica de su compañera. Y entre *Te recuerdo, Amanda*, *Solo le pido a Dios*, *La muralla* y *Volver a los diecisiete*, pasaron de unas manos a otras el alcohol y el LSD, hasta que llegaron las alucinaciones y se fue apagando la música.

Los únicos que no consumieron fueron los padres del niño recién bautizado. La madre porque temía que pudiera dañar la leche para su hijo, y el padre porque ya había participado en fiestas parecidas y le horrorizaban los finales, cada cual atrapado en su propio viaje, unos buenos y otros no tanto, diseminados por la casa como almas en un laberinto. A él le bastaba con la maría, se fumaba su canuto cada noche y nunca dejó de luchar para que la legalizaran.

25.

Yolanda volvió a quedarse embarazada a los pocos meses del primer parto. El embarazo no resultó tan llevadero como el anterior, de manera que tuvo que guardar cama durante los primeros cuatro meses. Mientras duró el periodo de reposo, Rosa se ocupó del pequeño Pablo como si se tratara de su propio hijo. Se lo colgaba de la cadera, como la gitanilla que parecía, y se lo llevaba a todas partes. Una madre postiza a la que solo le faltaba arrimarse el bebé al pecho para darle de mamar.

Cierto día, en que estaba acunando al pequeño mientras le cantaba una nana, Hugo se acercó a ella por detrás y le dio un beso en la cabeza.

—No estarás sintiendo la llamada de la maternidad, ¿verdad?

—¿Y si fuera así?

—Entonces, tendríamos un problema.

—Pero tú siempre has dicho que todos los problemas tienen solución.

—Los problemas sí, los imposibles, no.

El día anterior, el Gobierno de Adolfo Suárez había legalizado el Partido Comunista para que pudiera presentarse a las elecciones generales. La comuna lo había celebrado con una fiesta presidida por la bandera roja con la hoz y el martillo, y habían brindado por la memoria de los abogados laboralistas que la ultraderecha asesinó en Madrid unos meses atrás. Rosa señaló la bandera para responder:

—Algunos imposibles llegan a cumplirse.

—Eso no era un imposible, era un atropello a la justicia y a la democracia.

Desde entonces, cada vez que la veía con el niño en brazos, acunándolo con una ternura que parecía no tener límites, a Hugo le daba una punzada en el estómago que le obligaba a encogerse. Cuanta más dulzura demostraba su compañera por el bebé, más hondo sentía el pinchazo, más dañino, más insoportable. Y el amor que sentía por ella comenzó a transformarse en un miedo que no sabía superar.

Durante un tiempo, trató de convivir con la sensación de que la fuerza biológica estaba devorando a su compañera. Pero su agobio aumentaba a medida que pasaban los días, las semanas y los meses, hasta que llegó a la convicción de que también lo estaba devorando a él.

Tenía que armarse de valor para tomar una decisión. Tenía que ser coherente y admitir sus miedos. Por mucho que le doliese, tenía que renunciar a ella.

—Tengo que hablar contigo, Rosa. He visto cómo cuidas del niño.

—¿Y qué?

—Que te estoy viendo venir, y no quiero que nos convirtamos en un freno el uno para el otro.

—Los niños no son frenos. Son un milagro. Una forma de unión. ¿No ves a Yolanda y a Manuel? Creo que son los más felices de aquí.

—Dales tiempo y verás cómo llegan a la conclusión de que los hijos no unen, atan.

—O tú llegas a la conclusión de que la vida es muy larga y mañana puedes pensar distinto que hoy. Hay muchos caminos por descubrir.

–Sí, pero el de la paternidad no será nunca el mío.

–No te entiendo, Hugo, ¿es que ya no me quieres?

–Mucho más de lo que puedas imaginar. Pero no quiero traer hijos a un mundo injusto y cruel.

–No te he pedido que lo hagas.

–Pero lo harás. Y no quiero que renuncies por mí a una parte de ti misma.

–Esa decisión debería tomarla yo, ¿no crees?

–Puede ser, pero yo viviría pendiente del día en que me lo echases en cara. Lo siento, Rosa, no soportaría eso.

Al cabo de unas semanas, después de numerosas conversaciones que solo sirvieron para enredarlos en un círculo vicioso, decidieron separarse.

El segundo hijo de Manuel acababa de llegar al mundo, una niña a la que pusieron el nombre de Elia, femenino del nombre del abuelo materno, que aún no conocía a su primer nieto ni conocería a la siguiente, porque había una segunda condición para que sus padres se los presentasen como miembros de la familia: que abandonaran las Alpujarras.

Una semana después del bautizo, que Yolanda organizó sin admitir discusiones ni debates, Rosa se despidió de la comuna para marcharse a Londres.

Hugo nunca dejó de quererla, pero tampoco dio paso alguno para recuperarla. Tenía veinticuatro años, aún no sabía que se arrepentiría de no haber intentado entenderla. Porque ella tenía razón, la vida es muy larga y hay muchos caminos que recorrer. Pero la juventud a veces confunde la testarudez con la coherencia, la imprudencia con el valor, y las dudas con la inseguridad y la cobardía. Para cuando entendió que se había enrocado en su rigidez y su falta de sensibilidad, la vida ya le había puesto en un camino que solo podía recorrer en solitario.

*Hay quien pinta el mundo de colores
para que no griten las sombras.*

26.

Tras la marcha de Rosa, Hugo regresó a Madrid. No tenía sentido continuar viviendo un sueño que había sido de dos. Manuel y su familia también abandonaron la comuna, para alegría de los padres de Yolanda, que la convencieron para que preparase oposiciones al banco donde su padre empezó de botones y consiguió llegar a director regional. En compensación, don Elías les regaló una autocaravana, un capricho que Yolanda utilizó como condición *sine qua non*, y una plaza en alquiler en un *camping* de la sierra madrileña, donde podían plantar un pequeño huerto.

Los tres amigos se integraron en un grupo de antiguos alumnos del colegio de Chamartín que preparaban actividades extraescolares para los niños de un poblado del extrarradio donde habían alquilado una chabola que, con el tiempo, se convirtió en una escuela alternativa donde les brindaban a los chicos las oportunidades que el sistema les negaba.

Los sábados por la tarde, la escuela se llenaba de niños que preparaban una función de teatro, aprendían a hacer figuras de papel maché, modelaban barro, dibujaban, cantaban y bailaban, ante la mirada desconfiada de algunos vecinos del poblado y el entusiasmo de la mayoría de los padres.

Para mantenerse, Hugo y Manuel encontraron trabajo en una fábrica de pantalones vaqueros. Su único cometido consistía en perforar la cintura de la prenda para introducir el mecanismo donde se ajustaba el botón. Los lunes por la mañana, cargaban el Dyane 6 de pantalones sin botones, y los devolvían abrochados a la fábrica el lunes siguiente. Mientras tanto, Yolanda cuidaba de los niños y preparaba sus oposiciones. Entre los tres, habían alquilado un piso en el barrio de Vallecas con un montón de habitaciones, muy cercano al poblado de la escuela alternativa.

En aquel piso conocieron a José Luis, el único amigo que Hugo jamás compartió con Manuel.

Muy pronto, el piso de Vallecas se convertiría en lugar de reunión del resto del grupo, y de acogida de los amigos que se atrevían a abandonar la casa familiar sin tener que cumplir con la obligación del matrimonio, o para los que se integraban en los partidos políticos y sindicatos de clase y buscaban la clandestinidad frente a sus familias, temerosas por su seguridad, en una España convulsa donde la ultraderecha y los grupos terroristas, que proliferaron por todas partes, se habían propuesto sembrar el pánico en las calles. El Grapo, la Liga Armada Galega, Terra Lliure, la Triple A (Alianza Apostólica Anticomunista), los Guerrilleros de Cristo Rey y la ETA no paraban de acaparar titulares sangrientos en los medios de comunicación.

Algunos padres temían que sus hijos terminasen en una organización criminal, a otros les asustaba que el propio grupo derivase en una de ellas, y a otros, como a don Francisco, les preocupaba que no terminasen sus estudios para convertirse en hombres de provecho.

Ninguno imaginó que el peligro podía llegar de otro lugar. Sutilmente. Enmascarado, voraz, seductor.

27

José Luis estudió en un colegio cercano al de Hugo y Manuel. A los alumnos de ambos colegios les correspondía examinarse de las reválidas en el mismo instituto, donde obtenían los títulos de bachillerato elemental y superior, tras aprobar el cuarto y el sexto curso, respectivamente. Cientos de chicos acudían en esas fechas a las aulas de los institutos nacionales para sus pruebas de reválida.

Los tres coincidieron en ambas convocatorias. Hugo y Manuel nunca repararon en José Luis, no podían recordarle, pero él, en cambio, cuando entró en el salón de Vallecas, se acercó a ellos y les estrechó la mano como si los conociera de siempre.

–¡Hombre, Zipi y Zape! ¡Sois una constante en mi vida!

Lo dijo al mismo tiempo que formaba una ele con los dedos pulgar e índice, tal y como se lo había visto hacer a ellos años atrás.

Hugo y Manuel se miraron sin decir una palabra. Antes de que pudieran reaccionar, el recién llegado les estaba dando explicaciones.

–Os conozco desde el examen de reválida de cuarto. ¿Os acordáis? Un problema y dos cuestiones. Una de las cuestiones era cómo separar la arena de la sal cuando están mezcladas en un vaso.

Hugo se levantó de la silla con los brazos hacia arriba. Gritó tan fuerte que José Luis se dejó caer en el sofá, fingiendo que el grito le obligaba a sentarse con su fuerza expansiva. Hugo levantó los brazos y se tiró tras él, dibujando con los dedos la señal de la victoria.

–¡Sí, señor! ¡Cómo separar la arena de la sal!

Manuel también se levantó, pero no compartía el entusiasmo de Hugo. Le costaba creer que todo aquello no fuera más que una farsa de José Luis para hacerse el gracioso.

–Pero ¿cómo puedes acordarte de eso?

José Luis los miró divertido. Llevaba en las manos una gorra negra que acababa de quitarse, y comenzó a jugar con ella, aumentando la confusión de los que se encontraban en el salón de la casa.

Para responder a la pregunta de Manuel, se puso la gorra, se tocó con la mano derecha el borde de la visera, cual vaquero de una película antes de un duelo a muerte, y dibujó el signo de la ele con la mano izquierda, apuntándoles alternativamente al corazón.

–¿De qué? ¿De que se separan con agua? ¿O de que vosotros dos os sentasteis delante de mí y os deseasteis suerte?

Hugo volvió a gritar con el mismo entusiasmo. Parecía un niño pequeño ante las artimañas del payaso tonto del circo para burlarse del listo.

–¡Sí, señor, con agua!

Sin embargo, Manuel se resistía a creerlo. Las preguntas podían repetirse en diferentes institutos. José Luis no le parecía de fiar. Ni le gustó entonces ni cuando se trasladó a vivir con ellos al piso poco después. Le miró con desconfianza, arrugó las cejas y la frente y movió la cabeza en señal de negación.

–Te estás quedando con nosotros.

–Pensé que erais hermanos. Después del examen, os veía casi todas las mañanas en el tranvía. Ibais a lo vuestro, nunca os fijasteis en mí. Pero a mí me daban ganas de saludaros con la ele cada vez que os veía en la parada. Era como si os conociera de siempre. El moreno y el rubio de los codos como tomates estrujados. La repanocha fue cuando os encontré otra vez en la revalida de sexto. No podía creer lo que veían mis ojos. Por cierto, ¿qué te pasaba a ti en los codos, tío? ¿Te caías siempre de la bicicleta, o qué?

Manuel se miró los codos y se bajó las mangas de la camisa para ocultar las manchas.

—No creo que eso te importe a ti.

—Perdona, tío, solo era curiosidad. ¿De verdad que no os acordáis de mí?

Mientras Hugo continuaba con su excitación, levantándose y volviendo a sentarse en el sofá como si no pudiera expresar su sorpresa de otra manera, Manuel no paraba de decir que no con la cabeza. Sin embargo, no le quedó otro remedio que creer a José Luis cuando simuló leer un papel mirando alternativamente a uno y otro, imitando a un profesor que redacta las preguntas de un examen.

—Si un hombre sale de su campamento y camina cien pasos en dirección sur, cien pasos hacia el este y otros cien al norte, y se encuentra con que ha vuelto otra vez a su campamento, ¿de qué color es el oso que descubre al llegar?

Los gritos de Hugo volvieron a retumbar en la habitación. Emocionado como si acabase de recibir el mejor de los regalos.

—¡Sí, señor! ¡Blanco! ¡El oso era blanco! ¡Madre mía! ¿Pero cómo es posible? ¿Y por qué no nos dijiste nada?

—¿Y qué iba a deciros, queréis ser mis amiguitos? ¡No podía creérmelo cuando os he visto al entrar! Por cierto, ¿qué significaba la ele?

Manuel hizo el gesto de la ele, giró la muñeca hacia abajo para repetir los movimientos que había hecho José Luis anteriormente, y corroboró el uso que el recién llegado había imaginado para aquel gesto.

–No era una ele, chaval, era la pistola de un vaquero zurdo.

28.

A Manuel no le gustaba José Luis, siempre andaba por libre, sin participar en las actividades del grupo y frecuentando amistades nada recomendables. Antes de que él se mudase al piso de Vallecas, cuando terminaban las clases en la escuela alternativa, los amigos solían cenar en un mesón donde les permitían cantar y tocar la guitarra. Más que una costumbre, los amigos entendían aquellas cenas como una suerte de ritual para fortalecer las relaciones entre ellos. Una idea que había partido de Hugo, que consideraba al grupo como un apéndice de la comuna de Granada. El joven no dejó de ir una sola noche de sábado a cenar con los demás; no obstante, desde que apareció José Luis, comenzó a separarse del resto y a limitarse a acompañar al recién llegado allá donde fuera. Cuando terminaban en el suburbio, ambos se marchaban al piso de Vallecas y se encerraban en la habitación de uno de los dos hasta bien entrada la madrugada o la mañana siguiente.

Poco a poco, la casa comenzó a llenarse de desconocidos que entraban y salían de aquellas habitaciones sin que nadie quisiera saber el motivo de su visita.

Manuel intentó convencer a su amigo del peligro al que se estaba exponiendo. Nunca le había visto tan delgado, con tan poco interés por lo que sucedía a su alrededor, tan ausente de todo y de todos.

—¡Hugo! No hagas el imbécil, esta mierda te cubrirá hasta las cejas sin que te des cuenta.

Pero Hugo, cada día más pálido y ojeroso, le contestaba siempre que no se preocupase.

Hasta que una tarde lo encontró solo en su habitación, con las pupilas contraídas, el iris dilatado y la mirada puesta en el vacío, y volvió a advertirle del peligro al que se estaba exponiendo. Él le repitió su consabida respuesta.

–No te preocupes, Butanero, yo controlo.

–¿Tú controlas? ¡No me hagas reír!

Y por primera vez desde hacía mucho tiempo, Hugo se dirigió a su mejor amigo sin llamarle por el mote que le había puesto en las Alpujarras.

–¡No te metas en mi vida, Manuel, ya soy mayorcito para saber lo que hago! ¡Se acabó el tema! ¡Me creas o no, yo controlo!

Manuel no quiso añadir nada más. No tenía sentido insistir. El que quiere meterse en la boca del lobo, a sabiendas de que la cerrará, no se para a pensar en cómo saldrá de allí.

Esa misma noche abandonó el piso con su familia para instalarse en casa de sus suegros, y en cuestión de pocas semanas se fueron yendo todos los demás.

Unos meses más tarde, Yolanda aprobó las oposiciones y Manuel se incorporó a la nómina del banco con un contrato eventual que muy pronto le convertiría en empleado fijo de la plantilla, con su casa en la Colonia de las Flores, su familia, su hipoteca, sus ascensos, sus facturas, su vida acomodada y su revolución pendiente.

Durante un tiempo, una parte de los compañeros del grupo continuaron trabajando en el suburbio los sábados por la tarde. Hasta que lo fueron dejando uno tras otro para construir sus vidas al margen de la escuela e integrarse en la sociedad que habían ayudado a transformar. Algunos llegarían a convertirse en figuras notables de la cultura y de la política, otros en profesionales de la abogacía, la enseñanza o la sanidad y otros formaron grupos musicales o de teatro, que triunfarían en lo que daría en llamarse la Movida Madrileña.

José Luis y Hugo, mientras tanto, se fueron deslizando hacia la nada.

SEGUNDA PARTE

El silencio de las alas

29.

Hace catorce horas que Olalla ha desaparecido. Llevaba un pantalón negro de cuero, un jersey rojo de cuello vuelto y un abrigo tres cuartos de *tweed* en cuadros escoceses negros y rojos.

La policía le ha preguntado a Josep si en algún momento ha ejercido violencia física contra ella. Y él se ha quedado mudo. No entiende la pregunta. Ha sido él quien ha ido a la comisaría para denunciar su desaparición, pero ellos insisten. Quieren saber a qué hora ha llegado de Barcelona, cuántas veces ha venido desde que se marchó y en cuántas de ellas se encontró con Olalla.

Josep contesta con desgana. O, mejor dicho, con rabia. Con una rabia que se traga para que los inspectores se dejen de preguntas y empiecen a buscar.

Son las diez de la noche del 29 de noviembre de 1996. La oscuridad se ceba sobre Madrid, húmeda y helada, y las calles se han ido quedando vacías, recibiendo el relente.

La comisaría se encuentra a unos pasos del hospital. Es la tercera vez que Josep cruza de acera, y la tercera que vuelve a la sala de visitas sin más respuesta que la de que hay que esperar.

—A las mujeres no hay quien las entienda —le ha dicho el mismo policía que le preguntaba si alguna vez había maltratado a su mujer, un tipo con cara de pasarse media vida detrás del mostrador—, a veces desaparecen sin motivo y luego vuelven como si nada. Seguro que la suya está en casa de alguna amiga.

Cien veces le ha repetido que su cuñado está en el hospital de enfrente, y cien veces más tendrá que repetírselo para que comprenda que Olalla no estaría tantas horas sin llamar, a menos que le hubiese ocurrido algo.

Pero aún no han pasado las cuarenta y ocho horas de rigor. Es mayor de edad. No hay que descartar una desaparición voluntaria.

Josep vuelve a decirle al policía que jamás se ausentaría voluntariamente, con su hermano tal y como está, pero no hay forma de que el funcionario le escuche, y regresa otra vez a la sala de espera con las manos vacías.

Helena se ha vuelto a colgar de su brazo. Se abraza a él con fuerza y retiene el miedo como todos. Deseando saber. En silencio. Repasando la vida.

Josep le pasa el brazo por el hombro y la aprieta también con fuerza. Cierra los ojos y se traga las lágrimas y la desesperación.

¿Dónde te has metido, Olalla? ¿Dónde estás? Por favor, ponte en contacto con alguien. Haz lo que sea para buscar un teléfono. ¡Por favor, Olalla, llama! ¡Llama!

30.

Todos los meses, Olalla y Josep se reservaban al menos una noche de sábado para disfrutar el uno del otro. Dejaban a los niños con una canguro y salían al cine, al teatro o a cenar. En ocasiones, incluso reservaban una habitación de hotel, a ser posible, un motel de carretera.

Durante los últimos años, la paternidad los había forzado a centrar la mirada exclusivamente en sus hijos, y necesitaban recuperar la perspectiva. Volver a sentirse dos, demostrarse a sí mismos que podían seguir siendo amantes, pareja, locos, caprichosos, cómplices. Volver a ser lo único que importa, aunque solo fuera por una noche. Mirarse el uno al otro como si no existiera en el mundo otra mirada.

El domingo por la mañana, tras una noche en la que se olvidaban de la rutina diaria, volvían a los cuatro platos en la mesa, al parque, a los deberes, a las vacunas, a las noches en vela y a la cama de matrimonio, donde las caricias, las risas y los sueños se compartían con todos, a pesar de las promesas de «cada niño duerme esta noche en su cama».

En ocasiones, cuando la canguro les fallaba, Hugo se ofrecía a cuidar de sus sobrinos y se quedaba a dormir. La última vez que lo hicieron, poco después de encontrar la carta de despido del colegio de Hugo, en lugar de escaparse a un hotel, acompañaron a Helena a su pueblo. Los había invitado a pasar la noche de San Juan en la casa de sus padres. Al día siguiente cumplía treinta y siete años. Todos sus amigos de infancia volverían al pueblo para celebrarlo.

Olalla aceptó la invitación sin excesivo convencimiento, no encontraba bien a Hugo y hubiera preferido no tener que dejarlo al cargo de sus hijos. Pero él la había animado a marcharse. Los últimos meses habían sido muy duros y necesitaba un descanso. Desde que su madre y su padre murieron, también parecía haberse resentido su salud, se le había acentuado la cojera y había tenido contracturas muy dolorosas. Hugo insistió en que se marcharan, él podía hacerse cargo de los niños perfectamente, como lo había hecho otras veces. Además, hacía tiempo que Helena preparaba el viaje. La noche del viernes saltarían las hogueras y el sábado, tal y como hacía desde que era una niña, apagaría las velas de su tarta en una bodega que había pertenecido a su padre, alojada en una de las numerosas cuevas que se distribuían en las laderas de los montes que rodeaban el pueblo.

Helena le había hablado muchas veces a Olalla de aquella tradición. No podía fallarle. Así es que le dejó a Hugo mil recomendaciones por escrito y se marcharon al pueblo de Helena a media tarde.

Helena solía marearse en los viajes largos, de manera que Olalla ocupó el asiento trasero y su amiga el del copiloto.

Cuando habían recorrido unos pocos kilómetros de carretera, a Helena se le ocurrió que podrían haber organizado el viaje de otra forma.

—A lo mejor a Hugo le habría gustado venir. ¡Qué rabia no haberlo pensado antes! Incluso podríamos haber traído a los niños. Hay sitio para todos. Así, si les gusta el pueblo, nos venimos a pasar unos días en julio o agosto.

Olalla la miró un poco sorprendida. A Helena no le gustaba llevar al pueblo a muchas personas a la vez. La casa de sus padres era grande, pero permanecía cerrada la mayor parte del año y adecentarla para una sola noche no le merecía la pena. Las pocas veces que la utilizaba contrataba a una señora para que limpiara exclusivamente las habitaciones que se ocuparían. El resto de la casa permanecía cerrada, cubiertos los muebles por sábanas blancas.

Olalla había conocido la casa unos días atrás, cuando acompañó a su amiga al pueblo para encargar la comida de la bodega, y le comentó que a Hugo le encantaría conocer aquella casa con sabor a tiempo antiguo, como la que ellos dejaron en Extremadura.

Sí, a Hugo le habría gustado la casa, pero la abogada hubiera puesto la mano en el fuego por que se habría negado si le hubiesen propuesto el viaje.

—Hace un siglo que no sale con nosotros en la noche de San Juan.

Josep la miró a través del espejo retrovisor y sonrió recordando la última vez que saltaron juntos las hogueras.

—¿Te acuerdas de aquel sombrero? Casi se abrasa por su culpa.

—¡El pobre! Se quedó sin su panamá. ¡Con lo que le había costado conseguirlo!

—*¡Y tant!* ¡Dichoso sombrero! Le quedaba bien al condenado, a más a más, parecía que se lo habían hecho a medida.

—Al rato, se presentó con un sombrero mexicano, preguntando qué hoguera tenía que saltar.

Los tres amigos rieron a carcajadas mientras el matrimonio enumeraba diferentes tipos de sombrero que había utilizado Hugo para atravesar los rescoldos, a pesar de los rasguños que le había producido la caída.

Desde entonces, Olalla no había vuelto a verle tan alegre. Lo único que compartían era las tardes en que iba a visitarla, para permanecer la mayor parte del tiempo sentado en el jardín, silencioso y ausente, parapetado detrás de sus libros.

Sin embargo, quizás Helena y su cumpleaños le estaban brindando la ocasión de averiguar lo que se ocultaba detrás de su mutismo. Si consentía en acompañarlos, tendrían tiempo suficiente para hablar, y esta vez no le permitiría escaparse. Lo vigilaría de cerca. Si no estaba limpio, no podría esconderse de ella durante un fin de semana completo.

–¿Volvemos?

Josep miró a su mujer por el espejo retrovisor, después miró a su amiga y, cuando vio que las dos asentían, le dio al intermitente para tomar el camino de vuelta.

En ese momento, sonaba en la radio la voz desgarrada de Janis Joplin, cantando una de las canciones preferidas de Helena, *Summertime, child, the living's easy...* Se recostó en su asiento y cerró los ojos para saborear la sensación de que algo bueno iba a suceder, *... fish are jumping out and the cotton, lord, cotton's high, Lord, so high...* Hacía tiempo que no la escuchaba, *la vida es fácil en verano, los peces saltan y el algodón está alto, Señor, tan alto*. La vida podría ser fácil, claro que sí, aunque a veces hubiera que darle un empujón para lograrlo. Ojalá que Olalla estuviera dispuesta a empujar cuanto hiciese falta, porque Hugo tenía que compartir con ella aquella música y aquella noche.

Deseaba verle en la azotea de su casa, contemplando el alcázar que se divisaba en la cima del monte más alto, con sus torreones a medio destruir y sus leyendas de pasadizos secretos que llegan hasta la orilla el río.

Si Olalla conseguía convencerle, Hugo se entusiasmaría con las espadañas de las siete iglesias gemelas, producto del capricho del conde que les arrebató su pueblo a los moros en nombre de la reina católica, ayudado por las espadas de sus siete hijos, muertos en la conquista. Los siete carillones redoblaban a la vez a la hora del ángelus en recuerdo de aquella batalla. Hugo los escucharía con la misma admiración que le producían las cosas que a ella le impresionaban: las vidrieras de la colegiata, la buganvilla del claustro del monasterio templario, donde reposaba el conde con sus siete hijos, y la algarabía de los estorninos cuando vuelven a sus nidos por la tarde.

Sería maravilloso verle saltar las hogueras, exponerse a su mirada cuando ella las saltase, dejarse mirar de la misma forma que en la terraza de Olalla, abandonarse a las caricias que algún día no le negarían sus manos, sentir que sus ojos volvían a rozarle la nuca, recrearse en el cosquilleo y darse la vuelta para mirarlo a los ojos.

Necesitaba que dijera que sí, porque si conseguía llevarle a su casa, también encontraría la forma de atreverse a acercarse a su oído, dejar a un lado la timidez que la paralizaba con demasiada frecuencia y obligarle a escuchar.

–Me encantaría conocerte.

Él la cogería entonces por la cintura, la besaría y bailaría con ella toda la noche. Y ella se apretaría contra su cuerpo y le preguntaría por qué rechazó su beso cuando se conocieron, después de mirarla como la había mirado.

Janis Joplin continuaba cantándole al verano mientras ella soñaba, recostada en el asiento del copiloto con los ojos cerrados, *Summertime, and the livin' is easy...* Algún día, cuando dejase de escapar de ella, se emborracharían el uno del otro y ella le besaría el lunar del cuello.

Olalla entró en el jardín trasero de su casa como un tor-
bellino. Habría que emplearse a fondo para convencer a
su hermano, pero aún no sabía qué estrategia utilizar.

–¡Nos vamos todos a las hogueras de San Juan!

Los niños comenzaron a gritar correteando alrededor
de Helena y de Josep, que permanecían junto a Olalla sin
decir nada, mirando a Hugo, quien, tras el primer desconcierto, reaccionó tal y como todos temían. Se levantó de la
silla, recogió sus libros de Prolog y se dispuso a salir.

–¡Pues nada, que os divirtáis! Yo tengo mucho que
leer.

Sin embargo, aunque trató de disimularlo, a Olalla
no se le escapó un detalle que suponía un cambio de actitud en su hermano: había sonreído al verlos llegar. El
primer asalto le había cogido por sorpresa. Esta vez lo sacaría de su caparazón.

–¡De eso nada! Tú también vienes, los niños…

Hugo no la dejó terminar. La miró como si la taladra-
ra y remarcó cada palabra para que su negativa fuera tan
rotunda como la expresión de sus ojos.

–No, de verdad, gracias, no puedo.

–¿Es que siempre voy a tener que suplicarte?

–Preferiría que no lo hicieras.

–Pues, entonces, no me fuerces.

–Eres tú la que quiere forzarme. Te digo que no puedo ir.

–¿No puedes o no quieres?

Los ojos de la abogada comenzaron a brillar, al borde de las lágrimas. No estaba dispuesta a darse por vencida. No habían vuelto a por él para aceptar un no sin luchar. Pero la tensión entre ellos crecía por momentos y miró a Josep para que interviniera.

–¡Por favor! ¡Di algo!

–¡Venga! ¡Va! ¡Hugo! Mañana es el cumpleaños de Helena. Es ella quien te invita –dijo Josep señalando a Helena para forzar a su cuñado a mirarla.

A Helena tampoco se le había escapado el amago de sonrisa de Hugo, pero no dijo nada, solo asintió con la cabeza e intentó mantener la calma para no ruborizarse. Hugo se acercó y la miró directamente a los ojos. No sonreía abiertamente, pero tampoco la miró con su acostumbrada expresión huidiza, ni trató de aparentar la frialdad con la que solía dirigirse a ella. Al contrario que en ocasiones anteriores, parecía querer dar a sus palabras cierto tono de sinceridad, como si buscase la comprensión que le había negado su hermana.

–Me encantaría, de verdad, pero tengo muchas cosas que hacer. No puedo ir. Lo siento. Créeme.

Helena continuó en silencio. No quería convencerlo, no era esa la forma en que le gustaría que accediese. Él ya sabía que al día siguiente era su cumpleaños, y ella quería que él quisiera acompañarla.

Y aquella media sonrisa, aquella mirada detenida unos segundos más que de costumbre, le decían que sí, que esta vez dejaría de huir, que, aunque se resistiría todavía un poco más, esa misma tarde conocería su casa y su pueblo.

Hay amores que necesitan solo un instante para acomodarse en los pliegues del otro. Como si un segundo pudiera guardar todas las razones que necesita el amor para enraizar.

El roce de una mano, el descubrimiento de un lunar en el cuello, una frase sobre las casualidades que provoca el destino, un lo siento, me encantaría ir, pero no puedo, créeme.

Segundos que necesitan una vida entera para desdibujarse, y se transforman en una imagen recurrente que aparece cuando menos se la espera, a pesar de todos los intentos de controlarla.

Aquel por el que se coló Hugo hasta Helena era uno de esos segundos.

*No hay bosque que no huya del fuego
ni lágrimas que se derramen dos veces.*

33.

La casa de los padres de Helena se encontraba en la plaza del pueblo, frente al Ayuntamiento. Las puertas estaban abiertas de par en par. La señora de la limpieza, a quien Helena había llamado para que preparase todas las habitaciones, los recibió terminando de fregar el zaguán.

Los niños entraron directamente, sin necesidad de que nadie los guiase, como los perrillos en una mudanza. El silencio y el olor a cerrado que rezumaba la casa comenzó a transformarse en bullicio y excitación. En cuestión de segundos, las habitaciones se inundaron de gritos y de exclamaciones. Por un lado, los niños, que correteaban de acá para allá buscando su dormitorio; por otro, Josep, maravillado por la altura de los techos y la anchura de los muros, y por el otro, Olalla y Helena, que saltaban abrazadas compartiendo su entusiasmo, cada una con sus esperanzas a cuestas.

Hugo había viajado solo en su coche, detrás de Josep. Antes de salir, les advirtió de que no le gustaba conducir a la velocidad de su cuñado, que solía pisar el acelerador hasta sobrepasar los límites permitidos, de manera que no se extrañasen si le perdían de vista.

Y así fue. Hacia la mitad del camino, dejó de seguirlos y desapareció. A todos les asaltó la duda de si se trataba de una de sus estrategias, si utilizó el pretexto de la velocidad para regresar a Madrid sin dar explicaciones. Pero se equivocaron. Un cuarto de hora más tarde que el resto, Hugo apareció con la cabeza cubierta por un sombrero de paja. No se trataba de un panamá, sino de uno de los muchos que utilizaba para protegerse del sol cuando salía al campo o a montar en bicicleta. Olalla y Josep le habían visto muchas veces con él, pero Helena pensó que era una señal de que sus sueños se iban a cumplir. Desde que decidieron volver para intentar que los acompañase, lo imaginaba paseando con su sobrero panamá por la plaza porticada del pueblo, fotografiando las siete iglesias gemelas, saltando las hogueras, bajando al río, descorchando el cava en las bodegas horadadas en la roca, brindando y riendo con ella.

Y mientras le enseñaba la casa, con su sombrero en la mano, el único pensamiento que ocupaba su mente era que Hugo por fin había caído en la red, ahora solo faltaba que ella tirara de ella y la sacara del agua.

Después de comer, Helena se acercó al tocadiscos con la intención de poner la canción de Janis Joplin que había escuchado en el coche, pero se encontró en el plato del tocadiscos uno de los *singles* que más le gustaban, olvidado quizá desde el cumpleaños anterior, y cambió de opinión. Si había una canción que superaba a *Summertime* entre sus preferencias, era sin duda *Hotel California*. Cogió el brazo del tocadiscos, puso la aguja sobre el primer surco y se acercó a Hugo con los brazos abiertos, como si le estuviera invitando a bailar.

–¿Te gustan los Eagles?

Hugo se mordió la lengua para que no se le escapase el *me gustas más tú* que hubiera querido contestarle. Él siempre había preferido la canción protesta y la música de los cantautores sudamericanos, pero aquel *Hotel California* se le coló por la piel.

Si no fuera porque la razón le repetía una y otra vez que no era posible, se hubiera dejado envolver por la música. Habría bailado con la mujer más dulce de la tierra, habría apoyado la cabeza sobre su hombro y se habría vuelto loco con el olor de su pelo.

Pero hacía tiempo que se había acostumbrado a obedecer a la razón. No era posible. No podía.

—Lo siento, creo que me he dejado el coche abierto.

34.

La noche de San Juan es la noche de los sueños por cumplir, cuando los deseos toman impulso y convierten las probabilidades en certezas, aunque solo sea en el instante en que las brasas consumen la ilusión de que todo es posible. Noche de luna y de fuego. Noche de magia.

Helena informó a sus invitados de que, para seguir la tradición de su pueblo, debían escribir sus deseos y las cosas que querían olvidar en papelillos azules que lanzarían al aire a medianoche para que cayesen en la hoguera de la plaza. Mientras tanto, los mayores les lanzaban los suyos desde los balcones, para que la suerte los acompañara durante todo el año.

A Hugo le hubiera encantado quemar sus papelillos en un salto sobre la hoguera, pero prefirió vivir la fiesta desde un balcón de la casa, observando cómo saltaban los demás.

Cuando el reloj de la iglesia dio la última de las doce campanadas, desde todas las ventanas y balcones comenzaron a caer trocitos de papel. Al mismo tiempo, los jóvenes tiraban a lo alto sus propios papelillos. Los sueños y las pesadillas de todo el pueblo volaban hacia el fuego mientras los amigos de Helena lanzaban sobre ella papelitos azules y le cantaban el *Cumpleaños feliz*.

Él la miraba desde el balcón del comedor. Ella sabía que la estaba mirando. Y aquella noche, la más excitante, la más bruja, la que incita a pensar que la razón y la imaginación son una misma cosa, Hugo no pudo evitar dejarse llevar por un punto de locura y continuó observando cada uno de sus pasos. Le sonrió como si no hubiera nada, absolutamente nada, que le dijera que no debía hacerlo, le cantó el *Cumpleaños feliz* con todo el aire de sus pulmones y lanzó sobre su cabeza minúsculos trozos de papel que ella recibió con los ojos cerrados.

Se moría por correr hacia ella. Pero en lugar de bajar a la plaza y mantener cerrados aquellos ojos hasta el final del beso que debería haberle dado, abandonó el balcón, atrancó las contraventanas y se marchó a su cuarto apretando los puños.

Aquella noche, Helena soñó que le besaba los dedos de los pies. Primero el pequeño, muy suavemente, solo un roce de los labios que provocó en los dos el mismo estremecimiento. Después el de al lado, más dentro de la boca, más fuerte, rozándolo un instante con los dientes. El del centro lo mordió poco a poco, aumentando la presión hasta que él trató de liberarse y la atrajo hacia su boca. El resto fue un ir y venir de remolinos que iluminaron su habitación hasta apagarse de repente, cuando se tendieron el uno junto al otro, sudorosos y exhaustos, mientras sonaba de fondo la voz de Janis Joplin cantando *Summertime*.

35

—¿Qué pusiste en los papelillos que me tiraste ayer?

Hugo estaba hojeando el periódico sentado a la mesa de la cocina. Con los dedos de una mano pasaba las páginas de atrás adelante, y en la otra sujetaba una taza de café. Era el primero que se había levantado. Helena se sentó frente a él, se sirvió otro café, se ruborizó al recordar su sueño y se atrevió a preguntarle de nuevo.

—¡Dime! ¿Qué pusiste?

—Si te lo digo, no se cumplirá.

—¿Sabes que mi padre me lanzaba sus papelillos desde ese mismo balcón?

—¡Vaya! No lo sabía, fue casualidad. Me asomé desde el primero que vi abierto.

—No, las casualidades no existen.

—¡Ya! ¡Ya sé! Son puertas que abre el destino. Pero ¿no crees que el destino estaría ayer muy ocupado con las puertas? Todo el pueblo las tenía abiertas.

Helena se levantó y puso un trozo de pan en el tostador. Él volvió al periódico, dando la conversación por terminada, pero ella insistió en su primera pregunta.

—¡Bueno! Dime, ¿qué me deseaste ayer?

Hugo le contestó con la vista puesta en las páginas del diario, revolviéndose en su asiento en busca de una postura que no parecía encontrar mientras pasaba las hojas del periódico de atrás adelante sin detenerse en ninguna.

—Te deseé todo lo que tú te mereces.

El corazón de Helena comenzó a desbocarse. En ese momento, le habría gustado acercarse para decirle al oído que se merecía que bailase con ella, pero no se atrevió. Tampoco encontró la forma de proponerle que subieran a ver los campanarios desde la azotea. Solo esperó a que él continuase hablando de los papelillos azules, pero, en su lugar, se levantó para decir una frase que a ella le sonó a invitación.

—Me voy a dar una vuelta. ¿Es fácil llegar hasta el río?

Antes de que pudiera ofrecerse a guiarlo, Olalla entró en la cocina con ganas de charla y respondió por Helena.

—Sigue el camino de detrás de la casa, no tiene pérdida. Por cierto, amiga, ¡qué noche la de ayer!

En ese momento, Hugo volvió a su caparazón, recogió el periódico de la mesa, dijo que tenía que regresar a Madrid y salió huyendo otra vez, sin excusas y sin disculpas.

Helena se dio la vuelta hacia el tostador y permaneció de pie frente a la ventana, contemplando la plaza del pueblo, donde los barrenderos municipales estaban limpiando los restos de las hogueras. Olalla la miró con la sensación de que acababa de interrumpir algo que no podría repetirse. Los peces mueren por la boca, debería saberlo, pero siempre la traicionaba la emoción. Cuando se acercó a su amiga y comprobó que se le habían humedecido los ojos, se arrepintió de inmediato de haber convencido a su hermano para que viajara con ellos.

Las dos permanecieron calladas durante unos minutos, los que tardó Hugo en salir a la plaza y rodear la casa de Helena para dirigirse a la calle de atrás, donde habían aparcado los coches.

Cuando lo perdieron de vista, Olalla apoyó la cabeza en la espalda de Helena y se abrazó a su cintura.

—¡Ay! ¡Amiga! Tenía que habértelo advertido. Hace muchos años que se nos volvió anacoreta.

Volveré a tu casa, me sentaré a tu mesa
y partiré tu pan,
pero nunca me verás en tus espejos.

36.

Durante su estancia en Granada, Hugo apenas se relacionó con su padre. Su madre le enviaba telegramas cada cierto tiempo, que él contestaba enviándole su cariño para los dos, pero nunca se refería a don Francisco en concreto. Poco a poco, doña Aurora consiguió que su marido firmase algún que otro telegrama e incluso que ambos, padre e hijo, consintieran en mantener alguna conversación telefónica y, cuando Hugo regresó a Madrid, que asistiera a las comidas familiares algunos domingos.

Para entonces, Josep había fijado la fecha de su boda con Olalla para el año siguiente. Hacía tiempo que se trasladaba de Barcelona a Madrid casi todos los fines de semana y se alojaba en la habitación de invitados de Chamartín. Su presencia en las comidas de los domingos facilitó la relación de Hugo con don Francisco, quien se apoyaba en su hija y en su futuro yerno para limar asperezas cuando se producía alguna tensión.

Fueron ellos los que convencieron a Hugo para terminar el servicio militar cuanto antes. Había completado los periodos de instrucción hacía años, entre quejas y actitudes que su padre consideraba sediciosas, pero había pedido una prórroga tras otra. No había dejado de matricularse, ni siquiera cuando estuvo en Granada, ya que si abandonaba la carrera, tal y como temía don Francisco, solo le quedarían dos caminos: huir al extranjero para convertirse en desertor, quién sabe si para toda la vida, o presentarse para cumplir con la obligación patria que afectaba a todos los varones españoles, excepto a los excedentes de cupo de cada sorteo.

Lo enviaron a un cuartel de Salamanca desde donde volvía a Madrid casi todos los fines de semana. Al principio siguió viviendo en el piso de Vallecas, que ya solo compartía con José Luis, pero don Francisco y doña Aurora le ofrecieron volver a la Colonia de las Flores mientras hacía las prácticas militares, so pretexto de volver a reunir a la familia durante los pocos meses que faltaban para que Olalla se casase. El matrimonio albergaba la esperanza de que, si conseguían alejarle de Vallecas, recuperaría la cordura y se apartaría del mundo en el que vivía dando tumbos.

—Así te ahorras los gastos del piso y de la comida. Durante estos meses no podrás trabajar.

Hugo aceptó a sabiendas de las verdaderas intenciones de sus padres, pero lo hizo más por la economía que por el deseo de volver a integrarse en una familia en la que siempre se había sentido invisible, cuando no marginado o cuestionado.

El hijo pródigo se instaló en su antigua habitación para tranquilidad de don Francisco y doña Aurora, sin apenas salir y sin saltarse una sola comida ni cena familiar.

Pero vivir bajo el mismo techo y sentarse a la misma mesa no implica convivir, no necesariamente, ni tampoco cercanía o deseos de encontrarse, y menos cuando el desapego se ha fraguado a lo largo de los años. Hugo lo sabía. La distancia que le separaba de sus padres venía de muy lejos, tanto que ni ellos mismos eran conscientes de su existencia.

A ninguno le extrañaba que, desde que llegaba de Salamanca y se vestía de paisano hasta que volvía a ponerse el uniforme para regresar al cuartel, permaneciera la mayor parte del fin de semana en su cuarto, donde lo suponían descansando, leyendo o viendo su propia televisión, como había hecho siempre.

De vez en cuando, la tata llamaba a su puerta y le preguntaba si necesitaba cualquier cosa por insignificante que fuera, una excusa para hacerle ver que seguía estando ahí. Y él salía enternecido de su cuarto, la cogía en volandas, le besaba la frente y empezaba a girar y girar hasta que le obligaba a soltarla entre risas y maldiciones.

Y así pasaron seis meses. Cuando terminó el servicio militar, continuó en la Colonia de las Flores, pero, al contrario de lo que esperaban sus padres, el hecho de recuperar su espacio en Chamartín facilitó su descenso hacia el mundo del que trataban de apartarlo. El único amigo de su hijo, a quien, de haberlo conocido, le hubieran prohibido la entrada en su casa, la estuvo frecuentando a hurtadillas a cualquier hora del día y de la noche.

Su hermana Olalla, por su parte, absorbida en los preparativos de su boda, no reparó en que Hugo se alejaba, por mucho que durmiera en el cuarto de al lado. Ni ella, ni su padre, ni su madre, ni la tata Agustina, nadie en la casa se dio cuenta de lo que pasaba en aquella habitación.

Y mientras Hugo se aislaba en su propio mundo, Olalla y Josep disfrutaban de sus escarceos amorosos intentando sortear las normas religiosas y sociales que les habían inculcado desde la infancia. Los sábados por la noche solían terminar en un Seat 600 automático que don Francisco le había regalado a su hija para facilitarle la asistencia a la facultad. La pareja se marchaba al Monte de El Pardo y aparcaba siempre en el mismo lugar, oculto entre los árboles, donde pasaban inadvertidos, no solo porque había suficiente oscuridad y por el vaho que se acumulaba en las ventanillas, sino porque había otras parejas por la zona abstraídas en sus coches, aparcados entre vahos y jadeos.

La primera vez que Josep la tocó por debajo de la falda, Olalla se obsesionó tanto con el pecado y con la posibilidad de quedarse embarazada que no pudo sentir el deseo.

Fueron tantos los devaneos en el Seiscientos que, cuando llegó el momento de perder la virginidad, descubrió que ya no había nada que perder y no se había enterado. Ese día lloró. Lo había preparado todo a conciencia para regalarle a Josep su primera noche de bodas. Había buscado un hotel donde no exigieran a las parejas la presentación del libro de familia, requisito imprescindible para poder hacer una reserva en la mayoría de los establecimientos hoteleros. Había conseguido unas alianzas para tratar de pasar ante el recepcionista como marido y mujer, y se había comprado un picardías que Josep debía quitarle antes de que ella le entregara lo que no pudo entregarle. Lloró de decepción y de rabia. Indignada. Estafada. Sorprendida. Las noches de bodas que ella había imaginado, con el dolor, la sangre y el consuelo del marido recién estrenado, no eran más que historias de las madres para reprimir el deseo de las hijas. A partir de entonces, le regalaría a Josep tantas noches de boda como excusas para celebrarlas. Consiguió la dirección de un médico que recetaba anticonceptivos sin hacer preguntas, alquiló en secreto una habitación en un piso de estudiantes y disfrutó de Josep hasta que llegó el día en que se vistió de blanco para decirle que sí, seis años y medio después del primer beso.

37.

El 3 de enero de 1979, en la víspera de la boda de Olalla
y Josep, mientras España se lamentaba por una serie de
atentados cometidos por ETA en días consecutivos, Hugo
se encontraba sentado en el suelo del cuarto de baño,
llorando y tiritando. Los brazos alrededor de las rodillas
como si quisiera aferrarse a un cuerpo que no reconocía como suyo, un cuerpo que dejó de importarle cuando empezó a viajar allí donde nada era necesario, excepto una cuchara, una jeringuilla, algodón y una rodaja de
limón.

Las ojeras profundas, la piel pegada a los pómulos,
reseca y sin vida. El cuerpo descontrolado, deshecho entre sacudidas de calor y de frío mientras gritaba que necesitaba volver a flotar, sin dolores.

Hacía apenas una hora que a la novia le habían hecho la última prueba del vestido y lo habían colgado de
la lámpara de su cuarto para que no se arrugase, envuel-
to en papeles de seda. Olalla se había pasado la mañana
entrando y saliendo de su habitación para ver su vestido
blanco. La última vez que pasó por delante de la puerta
del baño oyó los gemidos de Hugo y tocó la puerta con
los nudillos.

—Hugo, ¿qué te pasa? ¿Puedo entrar?

Él entreabrió la puerta y volvió a ovillarse mientras
su hermana le tocaba la frente.

—¡Dios mío! ¡Estás ardiendo! ¿Qué es esto?

La boca temblorosa, incapaz de articular palabra, los ojos abiertos hasta la desesperación, en un grito de socorro que decía que por fin estaba limpio. Después de cuatro años deambulando por el absurdo, había conseguido encontrar la cordura que tiraría de él hacia afuera. Quería volver. Vivir. Tener un sueño y entregárselo a Olalla como regalo de bodas. Su billete de vuelta del laberinto donde se había perdido y la determinación de no emprender nunca más ese viaje. Pero no se lo podía decir, no le salían las palabras. Solo podía mirarla con los ojos muy abiertos, rogándole que no le dejase depender de otra cosa que no fuera su propia voluntad, que no le dejase salir de casa, ni hablar por teléfono, ni ver a sus colegas, ni permitirles visitarlo.

Y en medio de la desesperación, encontró las únicas fuerzas que le quedaban para pedirle ayuda a Olalla, en un hilo de voz.

—No me dejes solo, por favor. No me dejes solo.

Olalla lo ayudó a levantarse, lo cogió por la cintura para que se apoyara en su cuerpo y se lo llevó a su habitación, donde lo tumbó en la cama y le ofreció un vaso de agua.

—¿Qué puedo hacer? ¡Dime! ¿Qué quieres que haga?

Hugo no pudo beber ni contestar. Se ovilló hasta quedar reducido al tamaño de un niño pequeño, y dejó que los brazos de su hermana intentaran calmarle. Después, Olalla llamó a Josep para contarle entre sollozos lo que había descubierto.

—Por favor, ven enseguida, no sé qué hacer.

Josep se hizo el sorprendido al otro lado del hilo telefónico, pero estaba al corriente de todo, se lo había contado el propio Hugo unas horas antes, en casa de Manuel.

—No puedo ir a la boda en pleno proceso de desintoxicación. Pero necesito una coartada para mis padres, y sobre todo para Olalla.

–Pues… a ver qué te inventas…, porque Olalla…

–¡Mira, Josep! Decimos que el Butanero y yo nos vamos a Barcelona. Que vamos a recoger una sorpresa que encargaste para Olalla, porque la tenían que haber traído tus padres y se les ha olvidado.

Manuel asintió con la cabeza y continuó con la explicación. Momentos antes, Hugo le había contado el mismo plan con el que trataban de convencer a Josep.

–¡Eso es! Y luego te llamamos para que avises a todos de que nos hemos quedado tirados. Pero, en realidad, Hugo y yo estaremos en mi autocaravana, aparcados en la sierra hasta que se le pase el mono.

Josep les dejó hablar hasta que ambos se quedaron expectantes, esperando su aprobación, como dos niños pequeños que acaban de pedirle a su madre un imposible.

–¿Estáis locos? A ver, pensad una *mica*. Si Olalla llega a creer, aunque solo sea por un momento, que su hermano no ha ido a la boda por mi culpa, no se casa conmigo. ¿Es que no la conocéis? A más a más, ¿quién se iba a tragar que, justo el día antes de la boda, yo os mandaría a Barcelona? ¿Y a ti, cuñado, no se te ha ocurrido un momento más oportuno para desengancharte?

Hugo habría esperado cualquier cosa antes que aquella reacción. En otras circunstancias, ni siquiera hubiera contestado, se habría marchado de allí dando un portazo y habría vuelto a sus jeringuillas con el pretexto de que la culpa era de los otros. Pero su hermana se casaba y, aunque no pudiera entregarle su regalo a tiempo, su decisión era irrevocable.

–Lo llevo intentando desde hace meses, pero está claro que solo no puedo. Si no quieres participar, lo entenderé, pero no me vengas ahora con sermones, no es tu estilo.

Y era verdad. Josep se arrepintió de la pregunta nada más formularla, habría hecho lo que hiciera falta por ayudar a Hugo, pero aquel plan descabellado no podía salir bien.

Los tres amigos permanecieron callados durante unos momentos. Hugo se frotaba las manos, que le temblaban sin control, mientras Manuel trataba de calmarlo con golpecitos en la espalda. Josep se rascó la cabeza, como si de aquel gesto pudieran brotar soluciones que no parecieran despropósitos.

—Has de hacer algo de lo que no pueda dudar nadie. Aprovechar tu fama de contestatario, ese disfraz lo tienes garantizado. ¿Por qué no les hacemos creer que te has vuelto a Granada? Nadie sospechará nada. Os vais al *camping* y os encerráis allí hasta que haya pasado lo peor. Para entonces, Olalla y yo habremos vuelto de Egipto. Será el momento perfecto de confesarle tu secreto.

Hugo sonrió.

—Tú y tu sentido común catalán.

—No te mentas con mi *seny*. Aunque no lo creas, te ha salvado el pellejo muchas veces.

Y así era. Hacía tiempo que Josep había descubierto el secreto de Hugo. Conocía los síntomas de sobra, las mangas de las camisas abrochadas hasta las muñecas, aunque hiciera calor, las pupilas contraídas como un gato, la forma la hablar, más despacio que de costumbre. Pero Olalla no tenía por qué enterarse. No era necesario. Prefirió dejarla vivir en la burbuja de sus propios sufrimientos: sus operaciones; sus sesiones de rehabilitación, de las que salía tan agotada que muchas veces necesitaba meterse en la cama; sus calmantes, sus trastornos de estómago; la osteoporosis causada por el exceso de medicación a lo largo de toda una vida; la escoliosis y el cansancio ante tanto dolor.

–Muy bien. Esto es lo que haremos. Manuel, tú vete a la caravana. Hugo, tú ve a recoger tus cosas. ¿Podrás aguantar?

–Podré.

–Procura que nadie te vea. Yo iré a recogerte enseguida y te llevo a la sierra. Aparcaré en la calle de atrás. Llévate la mochila; que se note que has hecho el equipaje con prisas. Y mañana le mandas un telegrama a tu hermana diciéndole que te has vuelto a Granada y no te has atrevido a decirle a la cara que no te gustan las bodas.

38

Un cuarto de hora después de que Olalla le llamase, Josep llegó a Chamartín en compañía de Manuel y, sin esperar a que Hugo o su hermana se explicaran, les contaron la idea de la autocaravana como si les hubiera asaltado de repente durante el trayecto.

A Olalla le sorprendió que hubieran organizado en solo quince minutos la desintoxicación de Hugo, y que, cuando entraron en la habitación, se quedasen boquiabiertos mirando el vestido de novia que colgaba de la lámpara, en lugar de extrañarse al ver a su amigo tiritando, enroscado en sí mismo.

De manera que, cuando Josep y Manuel terminaron de explicarle el supuestamente recién ideado plan, Olalla ya había comprendido que estaban al corriente de todo desde mucho antes de que ella se lo contara a Josep.

–¡Así es que lo sabías! –le increpó indignada a su novio–. ¿Por qué no me lo habías contado?

Josep quiso abrazarla, temía aquella pregunta desde que decidió guardar silencio, pero ella echó hacia atrás el hombro que él estaba a punto de rozarle y continuó preguntándole.

–¿Desde cuándo lo sabes?

–¡Qué más da eso, Olalla! Habría sido un sufrimiento inútil para ti.

Olalla no necesitaba que Josep contestase, solo quería expresar su decepción, la frustración que le producía saber que había vivido rodeada de mentiras. Pero continuó con el interrogatorio.

–¿Inútil? ¿Crees que habría sido inútil que yo hubiera tenido la oportunidad de ayudar a mi hermano?

Hugo se levantó de la cama y se dirigió hacia ella. Tiritaba aún. Los dientes parecían habérsele oscurecido de repente, de un día para otro, y la piel se le había resecado tanto que parecía de esparto.

Olalla tampoco le dejó acercarse. Cualquier cosa que dijera no haría sino acrecentar su ira.

–O sea que creíais que era inútil que yo lo supiera.

–Nadie podía hacer nada, hermanita. Tú tampoco hubieras podido. Solo queríamos protegerte.

El tono de voz de Olalla se levantaba a medida que hablaba. ¡Cómo habían podido excluirla así las personas por las que habría matado si fuese necesario! ¡Cómo entender que la confianza que había depositado siempre en ellos no había sido un camino de ida y vuelta!

–¿Protegerme? ¿De qué? ¿Quién os ha dado el derecho a tratarme siempre como a una inválida?

Manuel la conocía desde pequeña, nunca la había visto tan alterada, e intervino sin darse cuenta de que iba a empeorar la situación.

–No digas eso, Olalla, tú ya tenías bastante con lo tuyo.

–¿Y quiénes sois vosotros para decidir hasta dónde tengo yo bastante?

Josep esperaba su reacción. Sabía que Olalla le recriminaría su silencio y estaba seguro de que tarde o temprano llegaría a descubrirlo, pero no se arrepentía de haberla mantenido al margen.

–¡Venga, va! No queríamos que sufrieras también con esto. Habría sido muy duro para ti.

Ella no contestó. Se giró hacia la puerta, empuñó el pomo y lo giró muy despacio. Antes de salir, miró detenidamente a cada uno, levantó la barbilla y les habló en un tono que parecía salir de una herida que ninguno había visto antes.

—¡No volváis a protegerme de mí misma! ¡Nunca os daría ese permiso!

Después cerró la puerta y los dejó a los tres en su cuarto, aturdidos, perplejos, mirándose unos a otros, bajo el vestido de novia que Josep no debería haber visto hasta el día siguiente.

39

Nadie que haya caminado toda la vida sobre dos piernas iguales debería tener derecho a pensar que comprende al que nunca lo ha hecho. Josep no sabía que, para hacerla sentir igual a las demás, no bastaba únicamente con no llamarla cojita ni pretender que los otros la vieran como él la veía. Sacarla a bailar como si pudiera seguir el ritmo que marcaban otras piernas. Josep no lo sabía. Lo supo aquella tarde, cuando la vio caminar hacia su coche automático, llorando, con su cojera a cuestas. Él la siguió y se sentó en el asiento del copiloto.

Olalla condujo hasta las afueras de la ciudad sin decir una palabra. Después detuvo el coche y habló, desconsolada porque Josep había actuado como el resto de las personas que la habían rodeado siempre, compadeciéndola, procurando que ella se sintiera igual a los demás. Y no era eso lo que ella esperaba de él. Olalla no quería sentirse igual a los otros, ella esperaba que Josep pudiera entender que era diferente, porque solo aceptando sus diferencias podría tratarla como si no existieran.

—No sé cómo voy a perdonarte esto, Josep. ¿Por qué os empeñáis todos en tratarme como si fuera de cristal? Soy coja, pero eso no me hace débil. ¿Es que tengo que pasarme toda la vida demostrándolo?

Josep intentó abrazarla. No le sorprendía que su novia no se hubiera dado cuenta de lo que pasaba con

Hugo, a pesar de que cuando llegó al cuartel de San Clemente ya rondaba por un mundo muy distinto al que estaban acostumbrados en casa de Olalla.

Ella vivía pendiente solo de sí misma, segura de su vida y de sus cosas, anclada en el exceso de protección que la había rodeado desde niña. No pudo darse cuenta de que algo pasaba con su hermano, porque, desde que podía recordar, Hugo no era el que necesitaba ayuda, sino el que la prestaba.

–Lo siento, Olalla. No sabes cuánto me gustaría dar marcha atrás.

–Con eso no basta.

–Lo sé. Pero si pudiera, volvería al día en que nos conocimos en Gerona y te diría: tu hermano se pasa con los porros. He intentado convencerle de lo peligroso que sería que lo pillaran. Pero dice que controla. No he podido hacer nada. A ver qué puedes hacer tú.

Olalla le miró cargada de rabia, con las lágrimas a punto de desbordarse.

–No reduzcas así las cosas. No se trata de quién hubiera podido hacer más, sino de quién estaba en condiciones de intentarlo, y a mí no me habéis dado esa oportunidad.

–Nadie tuvo nunca esa oportunidad. Y menos desde que empezó con los pinchazos. Él no quería salir de ahí.

Josep le pasó un brazo por el hombro y la atrajo hacia sí.

–Ahora lo hace por ti. Y quizá haya sido mejor así. Si lo hubieras sabido desde el principio, tal vez no se lo hubiese planteado, porque tú también estarías acostumbrada a sus entradas y salidas. Pero ahora es diferente, ahora ha acudido a ti.

–Nunca me perdonaré haber estado tan al margen. ¿Cómo no me di cuenta?

Josep volvió a abrazarla y la consoló con lo único que podía consolarla: casi nadie se había dado cuenta.

Y tenía razón. Ni siquiera José Luis podría decir jamás que había visto a Hugo tirado, colgado o desesperado por una papelina. Controló la dosis que le permitió pasar inadvertido para vivir en una aparente normalidad en la que únicamente él se encontraba con sus demonios. Jamás permitió que nadie le viera cuando se pinchaba, ni comprar las papelinas, ni prepararlas, ni levantarse y caer después de cada intento de salir de aquel absurdo, con sus eternas letanías del hoy no la pruebo mañana ya veremos, las ansias de volver, el delirio, los temblores y las ganas de morirse.

Al día siguiente, mientras bajaban la escalera de la iglesia después de haberse dado el «sí, quiero», Olalla se colgó del brazo de su marido y volvió a preguntarle lo que ya le había preguntado una docena de veces.

—¿Estás seguro?

—Completamente.

—Gracias, Josep. Te prometo que algún día haremos ese crucero por el Nilo.

La tarde anterior habían anulado el viaje de novios con el que habían soñado siempre. Olalla no quería abandonar a su hermano en la sierra de Madrid, solo con Manuel, mientras ella contemplaba unas pirámides que llevaban siglos esperándola y podían seguir haciéndolo hasta que su hermano no la necesitase.

Desde que era pequeña, sentía una devoción especial por santa Tecla, una santa milagrosa que se había salvado de cuatro tormentos: las serpientes venenosas, los leones, el fuego y el descuartizamiento. Olalla le rezaba cada día para que la salvase de su polio, convencida de que podría obrar el milagro. La santa no pudo curarla, pero a Hugo podría salvarle, a Hugo sí, a Hugo podía ayudarlo porque tenía curación.

Después del banquete, los recién casados se dirigieron hacia Navacerrada. Hugo y Manuel los esperaban en la autocaravana para poner rumbo a Galicia, donde se encontraba el santuario.

–Deséame suerte –le dijo Hugo a su amigo para despedirse.

Y Manuel hizo el gesto de la ele con la mano izquierda y giró la muñeca hacia abajo.

–Vencerás, vaquero.

Cuando Josep arrancó el motor, Olalla se tendió junto a su hermano y viajó abrazada a él durante todo el trayecto. Josep los miraba por el espejo retrovisor aguantando las lágrimas. En ningún momento, desde que salieron de la sierra de Madrid hasta que llegaron al monte de Santa Tecla, dejó de oír los gritos y los insultos de su cuñado, pidiéndole a Olalla, por el amor de Dios, que le dejara volver.

Cuando llegaron al monte, buscaron un rincón aislado, más allá del poblado celta que convertía aquel paraje en uno de los lugares turísticos más admirados de la zona, y aparcaron la autocaravana donde sobrevivirían a la angustia de no poder hacer nada más que esperar.

Los alaridos de Hugo, insultando a su hermana y a su cuñado mientras se retorcía entre dolores y náuseas, rascándose desesperado, se quedaron en la montaña como el peor de los recuerdos de aquellos días de invierno.

Sudaba por cada poro de la piel, los labios se le resecaban como si estuviera a punto de deshidratarse. La fiebre le producía taquicardias y temblores que no podía controlar.

En los momentos más dolorosos, la pareja se abrazaba al enfermo con fuerza, como si su contacto sirviera para anclarle a la tierra y a la vida. Olalla le miraba los ojos enrojecidos y hundidos, le limpiaba los líquidos que descargaba por la nariz, y le apretaba más fuerte con cada grito, cada insulto y cada desesperación.

Durante los primeros siete días, Olalla y Josep fueron testigos de cómo subía y bajaba de aquella noria, debatiéndose entre el deseo de quedarse y la necesidad de huir.

Hacía un frío húmedo que se colaba por cada rendija de la autocaravana. En otras circunstancias, habrían mantenido encendida la calefacción una gran parte del día y de la noche, pero Hugo no podía aguantar el ruido constante del motor, y procuraban encenderla solo cuando el frío se hacía insoportable. Mientras tanto, Olalla se abrigaba hasta las cejas y Josep realizaba ejercicios de calentamiento ajustados al espacio reducido de la autocaravana.

Hugo, sin embargo, no sabía si hacía frío o calor, si había salido el sol, si orvallaba como el día en que llegaron o si llovía con fuerza. Él solo pensaba en que el tiempo pasase, que dejasen de arderle la piel y los ojos, que la cabeza dejase de parecerle una olla a punto de reventar y el estómago el vaso de una batidora que lo expulsaba todo al exterior.

Hasta que, poco a poco, la piel volvió a hidratarse, se le pasó la irritación de los ojos, recuperó las ganas de comer y se encontró con fuerzas para salir al aire libre. Primero, siempre en compañía de su hermana o de su cuñado, paseos cortos hacia los castros, una formación de círculos de piedra que les hacían situarse en la prehistoria, en un tiempo en el que el instinto de supervivencia se imponía sobre cualquier otra necesidad; después hasta perder de vista la autocaravana, hacia el pico del monte desde donde se divisaba Portugal, al otro lado de la desembocadura del Miño, una masa de agua rodeada de árboles que se abría hacia el Atlántico hasta perderse en el infinito, en lo desconocido, en el futuro que comenzaban a fraguar. Y, por último, carreras y apuestas con Josep. El cuerpo liberado del veneno.

Los árboles no enraízan
en arenas movedizas.

40.

Hugo regresó del monte de Santa Tecla decidido a no volver a pisar el barro del que acababa de salir. Nunca más se dejaría atrapar por los cantos de sirena. Se aferró a Olalla, Josep, Manuel y Yolanda, y se dedicó a recuperar la musculatura que había perdido en los últimos años. La dependencia física la había superado en un par de semanas, la psicológica era otra harina y otro costal.

El olor de la heroína se le había quedado grabado, dispuesto a salir a la menor oportunidad: una cuchara en una taza de café, una rodaja de limón en un refresco, un anuncio de una campaña de vacunación y, por supuesto, una jeringuilla tirada en el suelo. Cualquier detalle relacionado con el rito, convertido en sí mismo en una necesidad, suponía una tentación que debía vencer.

No obstante, el paraíso seguía a su alcance, resultaría muy fácil viajar hasta allí una vez más, solo una, la última, aunque solo fuera para despedirse.

Durante dos años, estuvo entrando y saliendo de la oscuridad, en la que consiguió no perderse. Por las noches tomaba un somnífero para tratar de conciliar el sueño, y por las mañanas, un estimulante para poder levantarse.

Lo peor de todo era tener que decir que no una y otra vez. Que el olor no se rindiera, que insistiera en buscarlo después de haberle ganado cada batalla, y aprovechara cualquier situación para decirle que todavía continuaba allí, dispuesto a llevarle hasta donde él quisiera llegar. Y cada mañana vuelta a empezar. Otro no, otro deseo de rozar el aire, otro vuelo que no puede ser, otra vez las razones por las que debía huir, las mismas preguntas y respuestas.

Y cuando la razón no le ayudaba a soportar la abstinencia, se repetía a sí mismo una y otra vez:

–Más duro era quedarse. Más duro era quedarse. Más duro era quedarse.

Y así, retándose a seguir limpio un día más, porque el siguiente sería otro reto que habría de afrontar en el momento en que llegase, consiguió que se cumplieran otros dos años. Regresó a la Facultad de Ciencias Exactas, a los amigos, a las noches sin necesidad de somníferos y a las mañanas sin estimulantes. Se inscribió en el gimnasio de Josep y se dedicó a fortalecer el cuerpo y la mente para poder seguir enfrentándose a cada mañana, a cada tarde y a cada noche.

Al principio, José Luis le llamaba por teléfono con frecuencia, pero él no contestaba. No estaba seguro de poder retomar su amistad. Pensar en él le removía por dentro. No se sentía con fuerzas para verle, no podría oír su voz sin que le asaltara la necesidad de colocarse una goma alrededor de las venas.

Al cabo de un tiempo, y de numerosas llamadas sin respuesta, dejó de intentarlo. Hasta que un día, cuando casi se había olvidado de él, encontró una carta en el buzón, sin sello y sin remitente. Habían pasado cinco años y medio desde que volvió del monte de Santa Tecla.

22 de junio de 1984, Madrid

Querido Hugo:

Hace tiempo que desistí de ponerme en contacto contigo, y no volvería a intentarlo si lo que tengo que decirte no fuese importante.

Me hubiera gustado verte sin ninguna razón, solo para recordar viejos tiempos y echar unas risas, pero supongo el motivo por el que te ha tragado la tierra. Yo también lo he intentado últimamente un par de veces, incluso creo que volveré a intentarlo otra vez antes de tirar la toalla.

Sin embargo, confío en que leas esta carta, porque ahora es muy urgente que hable contigo.

Comprendo que no quieras verme, pero lo que tengo que contarte no es algo que se pueda escribir.

Te espero en la puerta del piso de Vallecas el próximo lunes, a las ocho de la tarde. No dejes de venir, y hazlo solo, nadie más que tú debe saber lo que te voy a decir.

En caso de que no puedas venir este lunes, te esperaré al siguiente, y al siguiente. Todos los lunes estaré en la puerta del piso a las ocho, no importa que leas esta carta dentro de dos meses, allí estaré esperándote.

Si no fuera de vital importancia, no insistiría, créeme.

Tu amigo,

J. L.

Hugo recibió la carta un viernes. La noche siguiente sería la de San Juan y unos clientes del gimnasio lo habían invitado a pasarla en un pueblo cercano a Madrid. La última en la que saltaría las hogueras con su hermana y su cuñado.

El pueblo entero se convertía en aquellas fechas en un recinto ferial. En cualquiera de sus calles había casetas de peñas de todas las edades; en garajes, en locales comerciales vacíos y en sedes permanentes donde los socios acudían a divertirse a lo largo de todo el año, y donde organizaban actividades para sufragar la bebida y la comida de las fiestas, a las que invitaban a cualquiera que pasara por allí.

Los clientes del gimnasio habían montado una tómbola donde rifaban toda clase de sombreros. Entre ellos, destacaba un panamá del que Hugo se enamoró nada más entrar en la caseta. Le recordaba a su padre, cuando todavía le parecía alto y fuerte, paseando por los alrededores de los secaderos de tabaco con su traje de lino y su sombrero.

Hugo compró una papeleta tras otra hasta que, después de llevarse una montera, un bombín, una pamela, un borsalino y numerosos consejos de inténtelo otra vez, consiguió su panamá.

Comieron, bebieron y rieron como no recordaba desde que las drogas le habían apartado del mundo. A la hora de saltar las hogueras, se lanzó cubierto con su sombrero, que cayó sobre las brasas en cuanto dio el primer salto. Intentó rescatarlo, pero se prendió como una tea mientras él se resbalaba hacia los rescoldos. Afortunadamente, no llegó a quemarse, aunque los rasguños de las manos resultaron bastante aparatosos. La piel se le levantó dejando al aire enormes rozaduras.

Apenas sangraba, solo unas pequeñas gotas que Olalla le limpió con su pañuelo. Después le besó las heridas, bromeó con el *Sana sana*, como una madre que cura a su niño, y se guardó en la manga el pañuelo manchado de sangre. Y solo Dios sabe si se habría manchado la boca al besarlo y si habría vuelto a usar el pañuelo.

Aquella fue la última vez que Hugo permitió que alguien lo tocara.

41.

Tal y como le decía en su carta, José Luis estaba en la puerta del piso de Vallecas a las ocho en punto. Cuando vio aparecer a su amigo, se acercó y le tendió la mano.

—¡Hombre! ¡El desaparecido! Me alegro de verte. ¿Quieres que subamos?

Hugo miró hacia la que fue su ventana y rechazó el ofrecimiento. No quería recordar. No quería estar en Vallecas. No quería hablar con José Luis. No quería arriesgarse. No debía haber ido a la cita. Debería haberle escrito otra carta y citarle en cualquier otro lado. Pero no había marcha atrás.

—Mejor un paseo. ¿Cómo estás?

La pregunta no era una fórmula de cortesía; no obstante, no hacía falta que José Luis la contestara. Sus ojeras, sus dientes, su pelo, hasta su forma de andar, hablaban por él.

—¡Así, así! ¿Y tú? Ya veo que has apostado por otro caballo. Me alegro mucho, de verdad. No te achiques.

—Gracias, procuraré no hacerlo.

—Yo también quiero quitarme. ¿Leíste mi carta? ¡Sí, claro! ¡Qué tonterías digo! Si no, no estarías aquí.

Caminaban cabizbajos, en dirección al parque donde, en ocasiones, José Luis había conseguido sus dosis. Hugo sujetó a su amigo por la manga de la camisa y le detuvo. Tenía la boca seca, empezó a sudar y a sentir palpitaciones. No podía entrar en el parque, de modo que urgió a su amigo a que le contase lo que no podía decirle en la carta.

Pero José Luis no sabía cómo empezar, se retorcía las manos y no paraba de mirar a todas partes.

–Pues… no sé cómo decírtelo…

–Dilo sin rodeos, es lo más rápido.

José Luis respiró hondo, miró a su alrededor como si tratara de ocultarse, empujó a Hugo hacia una esquina y bajó la voz.

–Tengo el virus.

Hugo encogió los hombros y frunció la frente en un gesto de extrañeza.

–¿Qué virus?

La mirada de José Luis no era de miedo, ni de rabia, ni de pena, ni de compasión, ni de dolor, ni de vergüenza. Se hundía en sus ojos en un brillo que intentaba salir y se escondía al mismo tiempo.

–El virus, tío, el virus.

Hugo seguía sin saber de qué hablaba.

–¿El virus?

–¡Sí, el virus, coño! ¡El virus!

José Luis miraba a un lado y a otro, tapándose la boca con la mano para hablar, sin dejar de decir «el virus, coño, el virus».

Hasta que Hugo comprendió.

–¡Joder! ¿Estás seguro?

–Absolutamente.

–¡Lo siento, tío!

–Ya me lo imagino, pero no te he pedido que vengas para que lo sientas por mí.

–¿Qué quieres decir?

–¿Te acuerdas del día que me acompañaste al poblado?

Los dos se miraron fijamente a los ojos, y la mirada de Hugo tampoco era de pena, ni de dolor, ni de compasión ni de vergüenza.

En ese momento, mientras a José Luis se le saltaban las lágrimas y le ponía la mano en el hombro, a Hugo se le abrió un precipicio bajo los pies.

A primera hora de la mañana siguiente, se levantó y se encaminó hacia la dirección que le había indicado José Luis, suficientemente cercana a la Colonia de las Flores como para llegar paseando.

Se trataba de una clínica pequeña, rodeada de un jardín protegido por un seto de arizónica perfectamente recortado, que se alzaba alrededor del recinto como un muro verde que lo aislaba del resto del mundo.

El diseño del jardín guardaba una simetría perfecta, distribuyendo los espacios mediante pequeños arbustos que componían motivos geométricos alrededor de una plazoleta cuadrada, en cuyo centro había una fuente rodeada de bancos de forja. Hugo se sentó en uno de los bancos, se inclinó hacia delante y escondió la cabeza entre las manos. Necesitaba ordenar sus pensamientos. No había dormido en toda la noche.

Jamás compartió sus jeringuillas, ni se pinchó fuera de casa, ni acompañó a José Luis a comprar. Nunca. Jamás. Excepto un día en que le persiguió la equivocación desde la primera decisión que tomó nada más abrir los ojos.

José Luis se presentó en su casa temblando, rascándose los brazos y las piernas con desesperación.

—Necesito que vengas conmigo al poblado, no puedo conducir así.

Él se levantó y empezó su cuesta abajo: acompañó a José Luis en lugar de quedarse, entró en la chabola donde no debía, se sentó al lado de quien no debería haber conocido nunca y aceptó la jeringuilla que jamás hubiera aceptado de no ser porque se la ofrecía su amigo.

–¡Es de primera, chaval! Será el mejor pico que te metas en tu puñetera vida. ¡Sin cortes!

Él fue quien le enseñó que no se comparten los trastos, que toda precaución es poca –nunca te fíes de nadie, ni siquiera de mí, que jamás me he pinchado con una aguja que no fuera mía–. Y, sin embargo, aquel día sembrado de errores se la estaba ofreciendo después de haberla utilizado. Él. Precisamente él.

Y Hugo la aceptó.

Nadie le obligó a apretar la goma alrededor de su brazo. Nadie le dio los golpes en la vena para que se llenara de sangre. Nadie le apuntó con un arma para que cogiera la jeringuilla de José Luis y se arruinara la vida.

Y ahora, sentado en aquel banco de hierro en el que trataba de reunir suficiente valor para traspasar la puerta del vestíbulo, daría lo que fuera por volver a vivir aquella mañana y tomar la decisión de no levantarse.

Hacía un calor abrasador. El sudor le resbalaba hasta los ojos y le escocía en las palmas de las manos, humedeciendo los rasguños que le había curado Olalla con su pañuelo. No debería haber ido al hospital. No tenía sentido. Debía marcharse, pero dejó que el tiempo pasara sentado en el banco de forja, mirando los chorros de la fuente, ocho arcos transparentes que empezaban en la boca de sendas ánforas distribuidas en un brocal circular y que terminaban en el centro del pilón, sobre la boca de un ánfora de mayor tamaño que las otras.

Qué fácil resultaba pensar que las cosas no cambian, que pueden permanecer siempre iguales, como aquellos chorros, equidistantes, idénticos, dibujados en el aire como si el agua no se moviera.

No, las cosas no pueden cambiar de un día para otro. No era posible que una sola vez pudiera cambiarle la vida, no habría un antes y un después de la carta de José Luis. La lotería no toca nunca, y menos a él, que no creía en la suerte.

Debería marcharse. O, mejor, entrar en la clínica y demostrarse a sí mismo que a él no podía pasarle. Que una sola vez no importa. La vida no podía portarse así con él. Había conseguido salir del peor de los infiernos. No era posible que otro aún peor le estuviera esperando. No podía ser.

Aunque a veces la vida se ríe de nosotros, nos sorprende con sus golpes de humor, nos desvía del camino en el que nos sentimos seguros y juega con nosotros tan tranquila.

No. No. No. Pero con él no. De él ya se había reído suficiente. No podía haberse infectado.

Él seguiría su vida como si no se hubiera levantado una mañana y hubiese encadenado una equivocación tras otra.

Hacía casi seis años desde que entró con José Luis en la chabola que no debería haber pisado. Él no tenía síntomas. No podía estar enfermo. No.

*La incertidumbre es un punzón
sobre una herida abierta,
insistente y preciso.*

42.

Hugo permaneció en el banco de forja durante casi dos horas, a la sombra de los árboles. Después se levantó y volvió al calor de la calle, a la vida real, a los coches, a la gente esperando en los semáforos, los parques repletos de niños, los hombres con corbata, las chicas con vestidos de tirantes y las mujeres cargadas con bolsas de la compra.

Cuando llegó a la colonia de Chamartín, encontró a Manuel delante de la puerta de su casa, colocando bultos en la autocaravana. Sus hijos correteaban a su alrededor, huyendo de unas abejas, y su mujer salía de la casa con una maleta en cada mano. Al ver a Hugo, los niños se lanzaron corriendo hacia él, esperando que los alzara por los aires y les diera una voltereta, como solía. En ese momento, sintió las rozaduras de las manos como si le estuvieran abrasando, y detuvo a los pequeños antes de que también los abrasaran a ellos.

—¡Quietos ahí! Que tengo las manos hechas polvo.

Yolanda acababa de dejar las maletas junto a la autocaravana y también se acercó al recién llegado, extendiendo sus manos hacia las de él con la clara intención de cogérselas.

—A ver, ¿quieres que te cure?

—No hace falta, no es nada, una caída tonta, pero me escuecen —contestó Hugo escondiendo las manos en los bolsillos—. ¿Qué hacéis aquí? ¿No trabajáis hoy?

–¡Nos vamos de vacaciones a los Pirineos, chaval! –le dijo Manuel mientras colocaba las maletas–. ¿Te animas?

–¡No, gracias! Las vacaciones las entiendo de otra manera. No volvería a subir a esa condenada caravana ni por todo el oro del mundo.

¡Qué ironía de la vida! Debería estarle agradecido a esa autocaravana, pero su sola visión le devolvía las náuseas, los temblores, la cabeza a punto de estallarle, el llanto desesperado.

Cuando su amigo terminó de colocar el equipaje, le tendió la mano para despedirse, tenía un brote de psoriasis que le había producido pequeñas heridas en las palmas, probablemente de rascarse. Hugo sacó las suyas de los bolsillos, se las mostró e hizo un gesto para rechazar el apretón.

–Lo siento, tío, hoy estoy más perjudicado que tú.

Al cabo de un momento, la familia le estaba diciendo adiós desde las ventanillas del vehículo, Pablo y Elia habían pegado la frente contra el cristal, alegres y juguetones, moviendo las manos a derecha e izquierda.

Los jardines de la colonia desprendían el olor a lilas que tanto le gustaba a doña Aurora. Desde el interior de algunas casas llegaban las voces excitadas de los niños y los gritos de las madres que los llamaban para sentarse a la mesa. Los pájaros alborotaban en los árboles. El sol continuaba en su órbita y las abejas entre las flores.

La vida y sus sarcasmos. Todo continuaba como siempre para todos menos para él, que debía averiguar si podría seguir estrechándole la mano a su amigo, y coger a sus hijos en brazos.

Esa noche tampoco durmió.

Al día siguiente volvió al hospital, entró directamente en el vestíbulo y se dirigió a la ventanilla de información, donde una chica vestida de enfermera le preguntó a voz en grito su nombre y sus datos personales. El primer sinsentido de los que le esperaban durante los siguientes doce años. ¿Qué necesidad había de que nadie supiera quién era y dónde vivía?

Hugo bajó la voz para contestar, y mucho más cuando, acto seguido, la enfermera repitió sus datos alzando aún más el tono.

–¿Qué piso? ¿No tiene piso?

–Es un chalé.

–No le entiendo. Hable por el interfono, por favor. ¿Me ha dicho que es un chalé?

–Sí, es un chalé. No hay pisos en los chalés.

–¿Me dice sus síntomas, por favor?

¿Por qué tenía que hablarle la enfermera en aquel tono? ¿Por qué tenía él que confesar en medio del vestíbulo, delante de todo el que pasaba, el error que le había llevado hasta allí?

Y cuanto más bajaba la voz, más empeño parecía poner ella en gritar, sin importarle que los demás la escucharan. Como si no fuera la primera vez que él se enfrentaba a una situación tan cruel. Como si estuviera acostumbrado a contarle sus miedos a una desconocida que no podía entender que su problema era único, diferente, angustioso, suyo, y le había quitado el sueño.

La enfermera continuó con su interrogatorio sin cambiar un solo gesto de la cara. Le hizo repetir sus datos personales varias veces, hasta que todo el hospital se enteró de su nombre, sus apellidos, su dirección, su número de teléfono y el de la cartilla de la Seguridad Social.

–Siéntese en la sala de espera. Le llamarán en unos minutos para la cita con el psicólogo.

–¿Psicólogo? No, no, yo he venido para hacerme unos análisis.

—Lo siento, señor, la visita al psicólogo es obligatoria si quiere hacerse la analítica.

Hugo se negó. No necesitaba ningún psicólogo, y menos aún antes de hacerse la prueba. Pero la enfermera insistió. Parecía haberse humanizado de repente. Ya no hablaba a voces ni le miraba como si tratase de arrancarle una confesión.

—No se ponga nervioso. El psicólogo le explicará con detalle todo el proceso. Le ayudará a mentalizarse por si el resultado fuera positivo.

Una sola visita para prepararse a escuchar la noticia que podría cambiar el resto de sus días. No podía creerlo.

En unos minutos le pincharían para extraerle sangre, volvería a sentir la excitación del compresor alrededor de su brazo y el calor le invadiría las venas. Eso sí merecería una visita al psicólogo. Pero para oír el resultado que le esperaba, tendría que haberse preparado la vida entera.

Tenía entonces treinta y un años.

43

La presión de la goma lo transportó a otro lugar, a otro tiempo, a otro sinsentido. Y de nuevo le asaltó el olor de la heroína, como tantas veces desde que volvió de Galicia.

La vena cargada de sangre le latía hasta las sienes, el compresor le apretaba los músculos del brazo y le agarrotaba los del resto del cuerpo. Otra vez aquel olor le taladraba la memoria y se hacía tan presente como cuando utilizaba un trozo de limón para desinfectar la aguja, algodón para filtrar el veneno del que había conseguido huir, y una cuchara para diluirlo.

La aguja traspasó suavemente su piel. Hugo miró hacia el techo para no verla. Apretó con fuerza el puño de la mano libre e intentó no reconocer las sensaciones que le llegaban desde el brazo que manipulaba la enfermera.

Fijó la mirada en el tubo fluorescente de la habitación, tratando de controlar el deseo de que aquella aguja no llegase vacía, mientras toda la sangre del cuerpo golpeaba sus sienes y un calor ácido le brotaba del estómago y le subía hasta la garganta.

A los pocos segundos, las luces se apagaron, el sonido de la sangre contra su cabeza se convirtió en un martillo que no dejó de golpearle hasta que oyó la voz de la enfermera, acercándose y apagándose, desde la lejanía.

—¡Hugo! ¡Hugo! ¡Despierta! ¡Hugo! ¡Mírame! ¡Así! ¡Abre los ojos! ¡Mira mi mano! ¿Cuántos dedos hay aquí?

44.

Los resultados de las pruebas tardarían quince días. No comía, no dormía, le costaba trabajo respirar y sudaba continuamente mientras buscaba información sobre la enfermedad que, hasta ese momento, se había cobrado la vida de treinta y siete personas en España y más de dos mil en el resto del mundo. Los telediarios y los noticieros radiofónicos abrían todos los días con las estadísticas de la pandemia que se estaba extendiendo por todo el planeta, «la peste gay», «el cáncer de los homosexuales».

Hacía dos meses que los investigadores franceses y estadounidenses se habían enzarzado en una guerra de patentes, en la que los dos equipos reclamaban la paternidad del descubrimiento de la probable causa de la enfermedad, un virus al que llamaban retrovirus, que podía permanecer en silencio durante años, alojado en las células encargadas de la defensa del organismo.

La alarma social crecía a medida que se conocían nuevos datos, y se extendía por todos los rincones del mundo.

El primer enfermo registrado se había diagnosticado en California en 1981 y, según la hipótesis más extendida, la enfermedad podría haber penetrado en Estados Unidos procedente de Haití. Algunos homosexuales americanos de vacaciones en el Caribe pudieron ser los portadores.

Las teorías conspirativas no tardaron en aparecer. Las primeras hablaban de un accidente biológico en un laboratorio, o de un complot armamentístico durante la Guerra Fría, que se les había ido de las manos. Algunos investigadores situaron el origen en la capital del Congo, a principios de los años veinte, y mantenían que se había extendido silenciosamente durante la década de los sesenta.

Después vinieron las donaciones de sangre y la propagación a los hemofílicos, dos de ellos acababan de morir en España. En algunos periódicos, se hablaba de los grupos de riesgo como de «las cuatro haches»: hemofílicos, heroinómanos, haitianos y homosexuales.

Hugo pensó en la inicial de su nombre y en la extraña broma macabra que se cernía sobre él.

Jamás hubiese imaginado que podría acumular tanta angustia, y soportarlo.

Guardaré tu amor en una caja
para abrirla y cerrarla,
si me dejas.

45.

El jueves siguiente a la celebración de su cumpleaños, antes de ir al fisioterapeuta, Helena le dijo a Olalla que esa tarde no iría a la compra, estaba cansada y se marcharía a su casa directamente.

—¿Cansada? Yo te noto mustia. No será por mi hermano, ¿verdad?

—Claro que no. ¿Por qué iba a ser por tu hermano?

—Porque lo invitaste al pueblo. Porque mientras te cantaba el *Cumpleaños feliz* no te diste cuenta de que se te cayeron al suelo tus papelillos. Porque se te empañaron los ojos cuando dijo que se volvía y no se quedó a la comida en las bodegas. Porque no dejas de suspirar. Porque no has vuelto a mi casa desde entonces. Porque te has puesto colorada... ¿Sigo?

Helena se echó a reír. Era cierto que se le habían subido los colores. No podía controlarlo. Soplaba un viento seco y pesado procedente del norte de África, y todo el calor del ambiente parecía haberse concentrado en sus mejillas.

—No sigas, o acabarás por convencerme de que es verdad. Y no lo es. Todo eso son casualidades.

—Tengo una amiga que dice que no cree en las casualidades. ¿La conoces?

—¿Una que hoy está cansada y se va a su casa?

—Una que va a venirse conmigo y se va a dejar mimar. Ahora mismo llamo a Josep para que nos haga una de sus tortillas de patata.

Helena se hizo de rogar durante un rato, pero acabó por aceptar. Cuando llegaron a la urbanización, Josep las estaba esperando con el coche en marcha, visiblemente nervioso.

—¡Hugo está en el hospital otra vez!

No habían pasado dos meses desde que le encontraron semiinconsciente en el pasillo de Chamartín. Por la mente de Olalla desfilaron de golpe los días de Santa Tecla, las tiritonas, los insultos, los picores y las tentaciones de tirar la toalla. Hacía un calor asfixiante, pero la abogada sintió un latigazo de frío que le recorrió de los pies a la cabeza, y se tambaleó. Al verla así, Josep bajó del coche, le pidió a Helena que se pusiera al volante y se colocó junto a su mujer en el asiento de atrás, abrazándola y temiendo con ella que su cuñado hubiera vuelto al infierno del que había conseguido salir. O aún peor, que la vida le estuviera cobrando los viajes. Al infierno no se va y se vuelve así como así. Él también lo había pensado durante muchas noches en vela, como Olalla. Se había hecho las mismas preguntas y le habían asaltado los mismos presentimientos. Pero tampoco se lo había contado a su mujer.

Hugo los esperaba en el vestíbulo del hospital. Aunque parecía tranquilo, presentaba un aspecto demacrado, pálido, sin fuerzas. Su hermana se precipitó hacia él nada más verle, empapada en sudor.

—¿Qué es lo que pasa? ¿Por qué venimos siempre a este hospital?

Hugo la sujetó por los hombros tratando de calmarla.

—¡Estás temblando! No pasa nada. Es que no me encuentro muy bien.

Helena también temblaba, conocía el hospital, un cliente del despacho había muerto allí hacía unos meses. Ella preparó la documentación que necesitó la familia para denunciar a la empresa que le había despedido. Helena sabía cuáles eran las enfermedades que se trataban allí, cuál de ellas era la más temida y en cuál se había especializado aquel centro. También sabía que un equipo de investigadores luchaba desde allí contra la epidemia más extraña que había conocido el siglo xx.

Hugo miró a Helena como si supiera en qué estaba pensando, sin abandonar la actitud de tranquilidad con que los había recibido.

–Gracias por venir. Me alegro de que estés aquí.

Lo dijo sin dejar de mirarla, sin prisas y sin disimulos, como si se estuviera liberando de un peso. Ella lo miró como si quisiera decirle que lo entendía, que estuviera tranquilo.

La abogada trató de no llorar, desconcertada y aturdida, apoyada sobre el brazo de Josep, pero no pudo evitar que se le llenaran los ojos de lágrimas.

–¿Y por qué hemos venido a este hospital?

–Porque es para enfermedades contagiosas. Y lo que yo tengo es contagioso.

–Pero ¿qué es lo que tienes?

–Un virus.

–¿No era una bacteria?

–Ahora también tengo un virus. Un herpes.

–¿Y por qué tienes que coger esas cosas? No entiendo por qué lo coges todo. ¿Qué es lo que te han dicho?

En ese momento, apareció la doctora que había atendido a Hugo cuando perdió el conocimiento. Parecía disgustada.

–Esto va más deprisa de lo que pensábamos. Hugo, tenemos que ingresarte para evaluar la situación.

Un camillero le ayudó a sentarse en una silla de ruedas y le empujó hacia el ascensor. La doctora se giró hacia Helena, Olalla y su marido y les indicó que la siguiesen hasta el ascensor de visitas. Al llegar a la segunda planta, cogió a Olalla por el brazo como si quisiera tranquilizarla.

–Soy la doctora Del Solar. Nos conocimos hace un par de meses. Puedes llamarme Pilar si lo prefieres. Hugo me ha hablado mucho de ti.

Olalla no salía de su desconcierto. Continuaba sudando y temblando.

–¿Cómo está? ¿Qué es lo que tiene?

–Nada que no podamos controlar de momento. El problema base es lo que me preocupa.

–¿Qué problema base?

La doctora Del Solar miró a Helena y a Josep tratando de averiguar si también ellos parecían ajenos al problema. Después, los tres miraron a Olalla, que intentaba disimular el temblor de sus labios y de sus piernas. Helena no la había visto nunca tan desvalida, tan inestable, como si su cojera se hubiera agudizado de repente. Josep la rodeó por los hombros. También él había entendido, pero dejó que su mujer continuase preguntándole a la doctora.

–¿Qué problema base?

–Lo siento, pensé que lo sabías. Será mejor que te lo cuente Hugo. Le han llevado a la habitación 205.

46

El pasillo que conducía a la habitación 205 era largo y estrecho, Olalla hubiera querido recorrerlo muy despacio, con la certeza de que eran los últimos metros de esperanza antes de encontrarse con lo irremediable. Al final del pasillo estaba Hugo, con su secreto intacto todavía. Olalla no quería saberlo, no quería tener que ser capaz de soportarlo. Trató de acortar el paso intentado que el tiempo se parase.

No quería avanzar y, sin embargo, sus pasos iban más deprisa que ella. La necesidad de abrazar a su hermano la impulsaba a una carrera que terminaría al final del pasillo.

No quería llegar. No quería saber. No quería correr. Pero sabía. Pero corría.

Corría y corría, como si no existiera diferencia entre el tamaño de sus piernas.

La puerta se encontraba abierta. A pesar del calor que se respiraba en todas partes, Olalla volvió a sentir frío, un frío que nacía de dentro, del miedo y la desesperación.

Hugo la esperaba sentado en la cama, de espaldas, mirando hacia el ventanal, con los brazos ligeramente extendidos hacia atrás y las palmas apoyadas sobre la colcha. Cuando oyó los pasos de su hermana, se giró hacia la puerta, se tapó la mano derecha con la manga de la camisa, se la tendió y esperó a que ella se la cogiera.

—Creo que ya es hora de que llores.

47.

Olalla no lo podía creer. Ya había sufrido suficiente con la muerte de sus padres, no le tocaba otra. Pero Hugo se moría. Su hermano mayor, con el que vivió de niña un tiempo donde todo era fácil y los domingos eran días de sol. El que la llevaba a cuestas cuando jugaban al escondite, porque ella tenía las piernas aprisionadas entre hierros. El que la cogía de la mano para bajar hasta el río, el que buceaba con ella y no la soltaba hasta que habían vuelto a la superficie. Con el que compartió el asiento trasero del coche que los trasladó a vivir a Madrid y la tristeza de ver a su padre obligado a vender los secaderos de tabaco que heredó de su abuelo, resignado a vivir como un enfermo cardíaco.

Con Hugo subió a la montaña por primera vez. La integró en su grupo de amigos y permitió que se sintiera igual a los demás, vestida de montañera, aunque solo fuera para esperarlos en el campamento base mientras ellos escalaban, y luego, cuando volvían, le hacía sentir que ella también había coronado la montaña. Gracias a él, se atrevió a sus primeras pintadas en los muros de la Facultad de Derecho. La acompañó a la universidad casi todos los días durante el primer curso, porque le daban miedo las armas de los grises, apostados en cada pasillo de cada edificio, y los caballos que esperaban entre los pinos del campus, dispuestos a sofocar el menor síntoma de manifestación o de protesta.

Su hermano mayor, su compañero, su tapadera cuando quería llegar a casa más tarde de las diez, el que le enseñó a fumar y le descubrió la poesía de César Vallejo y de Félix Grande.

El que mentía por ella. El que le presentó a su marido y se prestaba a ser el bastón que la sujetaba, cuando se empeñaba en ponerse zapatos de tacón para las fiestas de Nochevieja.

Su hermano se moría.

Olalla no se había recuperado aún de la muerte de sus padres, pero padecía su duelo como algo natural, los padres mueren antes que los hijos. Sin embargo, se resistía a pensar que su hermano pudiera dejarla sola. Él no. Él formaba parte de ella misma. Hugo y Olalla, Olalla y Hugo, dos caras de una moneda que existía desde que ambos tenían recuerdos.

Lo peor de la soledad es el silencio. Pero no el silencio de los otros. El de uno mismo. El que impide que salga la voz de la garganta. El que duele. El que se clava en el pecho para recordar que no hay nadie a quién hablar, nadie a quién decirle buenos días, buenas noches, tengo hambre, sueño o frío. Nadie con quién alejar las pesadillas.

Hugo se quedó solo cuando Olalla salió de la habitación. En silencio.

Le dolieron los ojos de su hermana. Tan tristes, tan sorprendidos. Echó de menos el silencio que había cultivado para huir de ellos, para protegerlos, para defenderlos del miedo, del suyo y del que tendría que combatir en los otros; y para defenderse a sí mismo, para no tener que enfrentarse a la certeza de que el final le esperaba, para huir de su propio miedo. Y de la culpa.

Él sabía que su enfermedad siempre buscaba culpables, que su condena no sería solo suya, sino de los que se quedarían después de él para dar explicaciones.

Sabía que la muerte no suele entretenerse en razones que la ayuden a justificarse. Pero la suya sí, la suya vendría cargada de preguntas que Olalla tendría que responder en su nombre.

Hacía doce años que la muerte le acechaba. Vivía con la espada sobre la cabeza desde que compartió la jeringuilla que le transportaba al paraíso. Una sola vez. Una.

Aunque habría dado igual si la hubiera seguido compartiendo: el único en el que había confiado, y hubiera seguido confiando si no hubiera decidido salir de aquel infierno, ya estaba infectado.

Una sola vez para contagiarse de un virus que se escondía detrás de sus células, silencioso, disfrazado, esperando la oportunidad de destruirle. Una sola vez para pasar a formar parte del grupo de personas que deben agachar la cabeza, callar y defenderse del tú te lo has buscado.

Él no quiso presentar esa batalla, prefirió dejársela en herencia a su hermana, no porque a él le faltase valor para librarla, sino porque no quiso que ella viviera como él, pendiente del número de células sanas e infectadas.

CD4. Recuento de carga viral. Antirretrovirales. Número de células por milímetro cúbico. Infecciones oportunistas. Leucocitos. Copias por milímetro de sangre. Macrófagos. Linfocito T cooperador.

No. No podía someter a Olalla a esa tortura. Él prefirió esperar hasta el final, hasta que no le quedara otro remedio que enfrentarse a la tristeza de sus ojos.

Helena y Josep esperaron el regreso de Olalla sentados en el banco del pasillo. Ninguno de los dos hablaba. No se miraban. No medió entre ellos ningún gesto que indicara que esperaban juntos. Observaban la pared, paralizados, contraídos, desolados, controlando la tensión, sin darse cuenta del tiempo que pasaba, quizá segundos, quizá minutos, quizá horas, quizá una vida entera.

Al cabo de un tiempo, que ninguno de los dos podría precisar, volvió la doctora Del Solar para informarles de que Hugo se quedaría unos días ingresado.

–Después podréis llevároslo a casa –dijo dirigiéndose a Josep–. Mañana os explicaré a Olalla y a ti todo lo que tenéis que saber. Os espero en mi consulta a las nueve.

Poco más tarde, Olalla apareció al fondo del pasillo. Cojeando más que nunca, sin muleta y sin bastón, rechazando la ayuda que algunas enfermeras quisieron brindarle.

Los familiares de los enfermos se retiraban a un lado para abrirle paso, conscientes de la situación por la que debía de estar pasando, la misma que les había tocado vivir a cada uno de ellos.

Caminaba con los ojos fijos en la nada, como los supervivientes de una tragedia o los soldados que vuelven heridos después de la guerra, ausentes del espacio y el tiempo que se les ha echado encima de repente, sin poder concentrarse en otra cosa que en su propio estupor.

Josep corrió hacia ella, la cogió en brazos y la llevó hasta el coche. Casi no parpadeaba.

En ningún momento, desde que salieron del hospital hasta que llegó a la urbanización acurrucada en los brazos de su marido, abandonó aquella mirada que miraba sin ver ni reclamar algún punto donde aferrarse.

El miedo es una serpiente venenosa
que se arrastra en zigzag
mentirosa y traicionera.

50.

Durante más de cinco años, desde que volvieron del monte de Santa Tecla hasta que comenzó a aislarse y a tomar unas precauciones exageradas con su salud, Hugo entrenó a diario en los gimnasios de Josep, primero en el del centro de la ciudad y después en el de la urbanización. No obstante, sin que su cuñado supiera por qué, abandonó su entrenamiento de un día para otro, y no volvió a verlo por sus instalaciones.

Cuando empezó con sus rarezas, Josep le dijo muchas veces que se podía duchar en los vestuarios, no hacía falta que se llevara su propia toalla o su propio vaso, porque la higiene de todos los servicios estaba garantizada.

Pero no sirvió de nada, Hugo continuó con sus extravagancias sin que Josep pudiera entenderlo. Habían compartido las duchas del CIR, habían bebido de la misma botella, comido del mismo plato y fumado del mismo cigarro. Sin embargo, Hugo se había convertido en la persona más escrupulosa que había pasado por sus gimnasios.

Y de repente, de un día para otro, dejó de entrenar.

Nunca le dio una explicación, sin embargo, en el coche en el que volvían a casa desde el hospital –con la peor de las noticias posibles sobre las causas que motivaron su aislamiento–, Josep no podía dejar de pensar que él mismo había provocado que no volviera a su gimnasio y que las visitas a su casa se espaciaran cada vez más, hasta reducirse prácticamente a las pocas ocasiones en que fallaba la canguro de los niños y, últimamente, a unas cuantas tardes de los jueves.

Habían pasado muchos años desde la última vez que vio a su cuñado haciendo sus ejercicios cardiovasculares en su gimnasio, pero lo recordaba muy bien. Unos clientes estaban comentando la noticia que apareció en la primera plana de todos los periódicos a principios de octubre de 1985:

El SIDA acaba con la vida de Rock Hudson. El fallecimiento del actor norteamericano incrementa la atención sobre una enfermedad que se ha convertido en la peste de los años ochenta.

Casi todos los comentarios de los clientes se enfocaron en la misma dirección, una actitud intolerante similar a la que adoptarían unos años más tarde Josep y Olalla cuando vieron aquel programa de *Informe semanal* que no tranquilizó a nadie.

–¡Nos acabarán contagiando a todos, ya lo veréis! –dijo el cliente que inició la conversación.

Y los demás siguieron elevando el nivel de intransigencia, ante un Hugo encerrado en su silencio, que se afanaba en un ejercicio de remos y aumentaba la intensidad con cada comentario.

–El otro día, tuvimos que plantarnos los padres de la guardería de mis hijos. Al final conseguimos que no dejaran pasar al hijo de una yonqui que se ha contagiado en el vientre de la madre. ¿Qué os parece?

–¡En el vientre de la madre! Hicisteis bien en plantaros. Esto ya no es solo un problema de maricones y de drogatas. Cualquiera puede arruinarte la vida cuando menos te lo esperas.

–¡Ya lo creo! Como esos pobres hemofílicos, a los que les han pasado el virus en una transfusión. ¡Hay que joderse! ¡Pobrecillos! Están cayendo como chinches.

Hugo continuó con sus ejercicios como si no los estuviera escuchando, los clientes estaban habituados a su mutismo y no le pidieron su opinión, hacía más de un año que entrenaba en el gimnasio como si fuera sordo, mudo y ciego. Sin embargo, Josep intervino desde el principio, sin reparar en las reacciones que se estaban produciendo en su cuñado. Sus hijos no habían nacido todavía, pero debía plantearse qué postura tomar con respecto a su negocio.

–Esto se está convirtiendo en una plaga. ¡Da miedo!

–¿Tú qué harías? –le preguntó uno de los clientes–. ¿Qué harías si se te presentara el problema con un cliente?

–Yo no asumiría semejante riesgo. Me sabría mal, pero la salud es la salud. Y estamos hablando de una enfermedad mortal.

Josep recordaba la respuesta, como recordaba que Hugo se bajó del remo y abandonó las instalaciones, pero no recordaba su cara, probablemente de sorpresa y de decepción.

Y ahora, después de tantos años, cuando acaba de dejarlo en el hospital, solo, resignado, con su derrota y su miedo, no puede apartar de su mente la frase que pronunció la doctora cuando Hugo se tumbó en la camilla. «Esto va más deprisa de lo que pensábamos.» Y sus ojos. Sus ojos buscando los de su médico, abiertos, entregados.

Y, mientras conduce en silencio, junto a una Olalla que aún no ha reaccionado, con Helena al volante, más callada que nunca, repasa mentalmente los carteles de la campaña institucional que tuvo colocados en el gimnasio en aquella época. Piensa en sus hijos, en Olalla, en él mismo, y en la capacidad de Hugo para guardar un secreto que le había marcado la vida, igual que se la marcaría a todos ellos de ahora en adelante. Piensa en los clientes del gimnasio, en la guardería donde le prohibieron la entrada al hijo de una enferma, en el actor americano que se convirtió en la primera víctima famosa de la enfermedad, en lo que ha dicho la doctora, en los anuncios del *Sí da, no da*.

No da jugando con portadores, pero ¿cómo pueden estar tan seguros? Está claro que las autoridades quieren tranquilizar a la población, pero los niños son niños, y si se hacen una herida jugando, no se paran a pensar en si da o no da.

No da utilizando los mismos servicios, bebiendo del mismo vaso o de la misma botella. ¿Y cómo pueden estar tan seguros de eso?

No da bañándose en las mismas piscinas o compartiendo las duchas. No da utilizando la misma toalla, ni dándose la mano, ni haciendo el amor con preservativo. Eso dicen, pero si dijeran otra cosa se produciría un caos que no podrían controlar.

Sí da intercambiándose el cepillo de dientes, la maquinilla de afeitar, las agujas de los tatuajes y las jeringuillas.

No da con un beso ni con un abrazo. Pero eso es lo que dice la campaña para evitar el rechazo social de los enfermos.

Lo que no nos cuentan es el verdadero número de muertos y de infectados.

Ni siquiera saben a ciencia cierta de dónde viene el virus ni por qué unas personas desarrollan la enfermedad y otras no.

El propio Hugo ha aguantado un montón de años sin síntomas, porque tuvo que contagiarse antes de su desintoxicación, y en enero se cumplieron diecisiete años desde entonces.

La doctora dice que nos lo podemos llevar a casa. ¿Y qué pasará con mis hijos?

51.

Olalla se refugia en los brazos de Josep. No llora. Ve pasar su vida vertiginosamente, incapaz de atraparla. Defraudada con un futuro en el que no habrá milagros. Las manecillas del reloj nunca giran hacia atrás. El tiempo se agota con cada movimiento. Las horas no esperan, ni los minutos, ni los segundos, porque no saben esperar, antes tendrían que aprender a detenerse. El reloj avanza siempre inexorable, sin la menor interrupción. Olalla sabe que no serviría de nada pararlo, porque la vida seguiría avanzando sin contar con los deseos de los que se van ni de los que se quedan.

Sin embargo, aún es posible que no caiga la maza sobre su cabeza, el cuchillo que la partirá en dos, cuando debería seguir siendo una con Hugo, la fatalidad que se fue fraguando sin que ella se diera cuenta, escondida en su propia vida, segura de que el futuro la esperaba, siempre mejor que el presente, con sus soluciones y sus sueños por cumplir.

Helena mira a sus amigos por el espejo retrovisor. Compadece a Olalla, que no puede reaccionar y busca en los brazos de Josep el asidero donde sujetarse. Y compadece a Josep, que tendrá que ser los brazos y las piernas de aquella familia que se desangra. Helena sufre con ellos. Quiere gritar y llora en silencio. Piensa en Hugo y comprende. Recuerda su mirada en la nuca y siente la caricia de los papelillos que caían sobre sus ojos cerrados. Le gustaría volver al hospital. Dejar a Olalla y a Josep en su casa y volver a la habitación 205 para decirle que no importa lo que venga después, que los sentimientos acaban por desbordarse y ya no hay vuelta atrás. Que no sufra por ella, que cuando llegue el momento también se desbordará, y llorará todo lo que ahora está dispuesta a controlarse, pero aún podrían compartir muchas cosas.

Desea volver al hospital, pero no lo hará, hoy no, Hugo necesita su tiempo, no sería prudente. Esperará a mañana.

No sabe que él se ha quedado esperándola, que cuando se marchó Olalla, le preguntó a la enfermera si no había nadie más que quisiera pasar a verle, y ese nadie tenía un nombre, con hache, que él no pronunció.

Y Hugo piensa en Helena, en el momento en que la vio en el pasillo del hospital, con su cara de niña asustada. Piensa en las preguntas que habría querido hacerle si el destino les hubiera dado más tiempo. Su amigo el destino, manipulando a su antojo las casualidades con las que les había cerrado todas las puertas.

No sabe si le gusta Mercedes Sosa, Quilapayún o Violeta Parra, o si ha leído a Marguerite Yourcenar.

Nunca irán juntos al cine ni a pasear por el parque del Oeste. No podrá enseñarle la casa donde nacieron Olalla y él, ni la llevará a los secaderos de tabaco, ni a la poza del río donde se bañaban cuando eran pequeños. No se lanzarán al agua al mismo tiempo, no le dará la mano, ni tirará de ella hacia el fondo para que descubra la cueva que se esconde bajo la cascada. No tomarán el sol en las rocas del desfiladero, no dormirán al cielo raso en las noches de lluvia de estrellas. No verán amanecer ni se asombrarán juntos de la blancura de la montaña cuando florezcan los cerezos.

Y piensa en Josep, en la decisión que tendrá que tomar. Quisiera ayudarlo, no tener que depender de nadie, volver a su casa de Chamartín y liberarlos a ellos de una carga que puede destrozarlos. Porque sabe que Josep tiene dudas, y miedo, y un negocio, y dos hijos. Él le escuchó en el gimnasio cuando la teoría solo era teoría, una declaración de intenciones que no exigía compromisos, sin riesgos, sin daños, sin nombres. Y ahora le toca ponerla en práctica.

Y, por supuesto, piensa en Olalla. Le gustaría haberla protegido más, haberle ahorrado aquellos ojos tan tristes, haber evitado que estrellase los nudillos contra el suelo después de que él le dijera que había llegado el momento de llorar. Le hubiera gustado sobrevivirla, igual que sobrevivió a sus padres y a su tata, y evitarle la desazón que impedía que sus piernas desiguales sostuvieran su dolor. Haber sido él quien tuviera que enfrentarse a aquella angustia, porque no estaba seguro de que su hermana pudiera soportarla.

No sabía que la muerte los esperaba otra vez, que el tiempo se les agotaba. Ese tiempo que la doctora no podía precisar, y que solo se mediría después, cuando hubiera sucedido lo irremediable.

Hugo creía que se había acostumbrado a vivir en su cuenta atrás. Pero ahora que llegaba a su fin, aunque pareciera que el principio se podía tocar con la mano, le costaba admitir que la medida se había reducido, que pasó de los años a los meses sin apenas enterarse, y que tendría que reducirse aún más, que llegarían las semanas, los días y las horas, para contar el tiempo que faltaba.

Hasta entonces se había revelado en silencio contra todo. En silencio y sin llanto. No era justo no poder hacer nada por evitarle el dolor a su hermana, no haber podido abrazar a sus sobrinos ni una sola vez, tener que controlar sus sentimientos durante más de doce años. No era justo. No. No lo era. El destino no debería haberle permitido controlarse. Pero, sobre todo, no tendría que haber puesto en el final del camino a la mujer con la que debería haber bailado al compás de la música de *Hotel California*. No era justo. No. El destino debería haberse portado mejor, haberle dejado acercarse hasta ella, acariciarle la espalda y averiguar a qué sabe su boca.

El murmullo del río no se debe al agua,
sino a la tierra del fondo, a los barcos de papel,
a los peces y a los siglos.

54

Cuando Josep, Olalla y Helena llegaron a casa, tras dejar a Hugo en el hospital, la canguro estaba entreteniendo a los niños con un teatro de marionetas que les había construido su padre. El mayor, Antonio, cumpliría nueve años ese mismo verano y, unos meses después, Aurora los ocho.

La canguro se despidió sin apenas esperar a que los recién llegados cruzaran la puerta del salón. Josep la había llamado aquella tarde para un par de horas, sin prever que se retrasarían hasta el anochecer.

Los niños no se movieron de su pequeño teatro ambulante. Absortos en sus juegos, dejaron que los mayores se acercasen a darles un beso y continuaron pendientes de sus títeres, ajenos a la tragedia con la que habían regresado sus padres.

Olalla se desplomó en un sillón nada más llegar, con la mirada perdida todavía, a punto de romperse. Josep se sentó a su lado con los mismos ojos perdidos. Al día siguiente, debían regresar al hospital a primera hora de la mañana para hablar con la doctora, y Helena se ofreció a llevarse a los niños a su casa para que pudieran descansar.

—Estáis agotados. Mañana por la mañana os los traigo.

Olalla la miró sin responder, como si no la viese ni entendiese de qué hablaba. De haberla entendido, le habría agradecido la oferta y la habría aceptado, pero su marido respondió en su lugar, mientras ella cerraba los ojos y se recostaba contra el respaldo del sillón.

–Te lo agradezco, pero es muy tarde. Me sabe mal. Tú también estarás cansada. Y mañana has de trabajar. Dentro de un rato los meto en la cama y se acabó. ¿Te llevo a tu casa?

Helena no consintió en que Josep se moviera. Se marchó hacia la parada del autobús y se dispuso a caminar un rato siguiendo su recorrido.

Las luces de la ciudad se divisaban a lo lejos, perdidas como ella en la calima, difuminadas entre una nube de polvo sahariano que se había adueñado de Madrid.

Anduvo casi una hora hasta el final de las urbanizaciones, intentando no llorar, repasando cada minuto de aquella tarde que suponía un giro radical en su aspiración de que Hugo se abriese algún día.

Si hubiera podido hablar con él.

Si hubiera podido decirle…

¡Quién podía imaginarse algo así!

¡Quién iba a pensar que huía porque…!

No debería haberse ido andando.

¡Y con este calor insoportable…!

Unos minutos después, se subió a un autobús con la intención de dirigirse a un multicine donde se proyectaban películas en versión original y programaba sesiones de madrugada. Una oferta que obtuvo un notable éxito entre los amantes del séptimo arte, desde el primer día en que las salas abrieron sus puertas al público.

Eligió una película en francés, como solía hacer cuando le obsesionaba algún problema, para obligarse a concentrarse en entender los diálogos sin leer los subtítulos. Después, en el camino de vuelta a casa, repasaría el argumento como si tuviera que contársela a alguien y, cuando se metiera en la cama, intentaría dormirse pensando en francés, en los diálogos que más le habían gustado, en cada verbo y en cada adjetivo con que alejaría a Hugo de su pensamiento.

Pero las intenciones no bastan cuando comienza a derrumbarse el mundo. También ella, como Hugo, había escuchado en cierta ocasión que es imposible no pensar en un elefante blanco cuando alguien te dice que no pienses en él.

55

El timbre del teléfono la despertó a las ocho de la mañana. Contestó medio dormida, alarmada por la hora. Al
otro lado del hilo telefónico, escuchó la voz de Olalla.
Sin un buenos días, agitada, directa al problema.

—Los niños ya están de vacaciones y la cuidadora solo
puede quedarse hasta las dos. ¿Podrías venir a la hora de
la comida? La vecina se ha ofrecido a quedarse con ellos
por la tarde, pero me da un poco de corte dejarlos también a comer. ¿Me harías ese favor? Después de comer
los puedes dejar con la vecina para irte al despacho.

Helena no se atrevió a decirle que no pensaba ir a trabajar, que le gustaría ir al hospital y que prácticamente
no había dormido.

—Sí, sí, claro, cuenta conmigo.

—Perdona que te llame a estas horas, es que desde el
hospital resulta imposible, apenas hay cobertura de móvil y siempre están ocupadas las cabinas. Salimos ahora
mismo para allá, la doctora quiere vernos. Lo siento si te
he despertado.

—No importa, estaba levantada.

Helena se fue a trabajar sin tener en cuenta los planes
que había hecho antes de que llamara Olalla. A la hora
de comer, avisó al despacho de que se tomaría libre el
resto de la jornada, y se marchó a casa de Olalla pensando en ir a ver Hugo por la tarde. Pero Josep regresó del
hospital cuando los niños estaban terminando el postre,

y sus planes volvieron al mismo saco donde habían terminado los de la mañana.

–¿Podrías quedarte esta tarde también? No me gusta que los niños anden de acá para allá, y no quiero dejar sola a Olalla en la clínica.

Josep intentó sonreír. Procuraba disimular su nerviosismo jugando con las llaves que llevaba en el bolsillo del pantalón. A veces las sacaba y se las pasaba de una mano a la otra, o se rascaba la cabeza en un gesto que Helena le había visto muchas veces.

–Helena, verás…, yo sé que…, seguramente, no hace falta decirte lo que te voy a decir, pero es que…

Parecía un gigante vencido. Ella le interrumpió antes de que terminase la frase.

–Tranquilo, no diré nada.

–Gracias, Helena. Me horroriza pensar que puedan marginar a los niños en la urbanización.

–No te preocupes, nadie sabrá nada por mí. ¿Cómo está Hugo?

–Pronto le darán el alta. Le han recetado un medicamento para el herpes.

–¿Os lo traeréis aquí?

–No lo sé. Estoy hecho un lío. La doctora dice que los niños son más peligrosos para él que él para los niños. Pero yo no sé qué pensar.

–¿Y Olalla qué dice?

–Está empeñada en traérselo. Él dice que preferiría irse a Chamartín y contratar a una enfermera. Pero ya conoces a mi mujer; aunque sea una locura, se empeñará en traérselo y no habrá manera de hacerla entrar en razón.

Helena se levantó, le puso las manos en los hombros y lo empujó hacia una silla.

–Ven, siéntate, tienes mala cara. He hecho una tortilla de verduras, ¿te apetece un poco?

–No puedo comer, gracias, no me entra nada. No paro de pensar en la estupidez humana. ¿Cómo se le ocurrió compartir una jeringuilla? ¿Acaso no sabía las consecuencias?

Helena apreciaba a Josep casi tanto como a Olalla. Su relación con él no se limitaba a la que tenía con las parejas de sus otras amigas, hombres que a veces estaban y otras no, con los que no solía tener confianza. Con Josep era distinto, a él le consideraba amigo, de manera que se sintió en la obligación de intervenir.

–Ten cuidado, Josep, estás a punto de juzgarle.

–¿Y crees que no tengo derecho? Ha expuesto a mis hijos al peligro de contagio de un virus mortal. Y a todos nosotros.

Tenía una expresión muy dura en la cara, entre la negación y el cansancio. De vez en cuando hacía un gesto de insatisfacción con la boca, como si quisiera apostillar algo que se quedaba en el tintero y les restase fuerza a sus palabras.

Se marchó sin tomarse la tortilla que le ofreció Helena y sin terminar la conversación, porque los niños llegaron gritando a la cocina, reclamando la atención de su padre.

Cuando llegó al hospital, encontró a Olalla en la sala de espera, con los ojos hinchados y rojos, dándole golpes a una máquina de café.

–¿Tienes cinco duros? Se los ha tragado este cacharro.

Josep la abrazó por la espalda intentando tranquilizarla.

–La máquina no tiene la culpa. ¿Has hablado con la doctora Del Solar?

–Dice que nos lo podremos llevar en unos días. Que hagamos una lista de dudas para planteárselas antes de irnos.

La abogada se giró y se abrazó temblando a su marido, pero él se apartó de ella, sacó cinco duros del bolsillo del pantalón y los introdujo en la ranura. Cuando la moneda desapareció como la anterior, descargó su ira contra la máquina, que escupió las monedas lanzándolas contra al suelo.

–¡Qué espabilada la doctora! ¡Una lista, dice! Y la primera duda de todas será la que no podrá resolvernos.

Estaba tan alterado que Olalla apenas podía reconocerle. Había recogido las monedas del suelo y se había colocado frente a la ventana, de espaldas a su mujer. Olalla le obligó a girarse tirándole del brazo, y buscó en sus ojos su paciencia de siempre.

–¡Esa ya te la contestó esta mañana! A los niños no les va a pasar nada. ¿Crees que, si corrieran peligro, mi hermano consentiría en venirse con nosotros?

Josep no contestó, volvió a la máquina para no mirar a Olalla, e intentó sacar un café hasta que lo consiguió, no sin antes haber vuelto a golpear el aparato varias veces.

–Hugo nos necesita –insistió su mujer.

–Sí, pero él es más sensato que tú. Ha dicho que se quiere quedar en Chamartín.

–¡Ya! Pero, como tú comprenderás, yo no lo puedo consentir.

–¿Tú? ¿Y yo? ¿Qué pasa conmigo? ¿Comprenderás tú que yo lo pueda o no lo pueda consentir?

Para rebajar la tensión, Olalla le cogió la mano, lo llevó hasta uno de los sofás que se distribuían por la sala y se sentó junto a él procurando parecer condescendiente.

–Josep, hemos vivido muchas cosas juntos, me conoces muy bien. Sabes que no haría nada que pudiera hacerte daño. Pero también sabes que ninguna cosa de este mundo conseguiría que abandonase a Hugo.

–¿Ni siquiera tus hijos?

—Mis hijos estarán perfectamente, ya oíste a la doctora Del Solar esta mañana.

—¡Claro que la he oído! *¡I tant!* Pero la doctora no ha dicho más que vaguedades. Nadie sabe todavía qué coño de enfermedad es esta. ¿De verdad te has creído eso de que los niños son más peligrosos para él que él para los niños? ¿No te das cuenta de que no pueden decirnos otra cosa? ¿Qué harían con los enfermos si no consiguieran tranquilizar a las familias?

Josep se levantó y se apoyó en la máquina del café. Aún no había visto a su cuñado desde que le ingresaron. Por la mañana había ocupado su tiempo en recorrer los pasillos abajo y arriba, pensativo y taciturno, rehuyendo a su mujer y sin hacer ademán de entrar en la habitación 205 en ningún momento.

Olalla se colgó de su brazo y adoptó un tono conciliador, como solía hacer después de sus discusiones.

—La doctora no nos iba a engañar en una cosa así. Ningún doctor lo haría. ¡Son médicos! No pondrían en peligro la vida de los niños. No seas exagerado.

—¿Exagerado? ¿Te das cuenta de lo que estamos hablando? No es una gripe. No se trata solo del peligro de contagio, está también la gente de la urbanización.

—¿Me estás diciendo que a estas alturas te importa el qué dirán? ¡No puedo creerlo, Josep!

—Sabes que eso no es verdad. Pero ¿qué pasará cuando empiecen las clases? ¿Qué pasa si no dejan entrar a los niños en el colegio? ¿Y si dejan de venir los clientes al gimnasio?

—¡Ya veo! ¿Estás seguro de que el problema son los niños? ¿O lo más importante es que el negocio es el negocio?

—No me vengas tú ahora con tópicos. Las cosas no son tan sencillas.

Y se miraron por primera vez como dos desconocidos. Intentando reconocer cada uno en el otro al compañero de toda la vida. Al que nunca le habían fallado.

Olalla volvió a la habitación de su hermano y Josep se marchó hacia el ascensor a grandes zancadas. Salió del hospital, se metió en su coche y condujo hasta un parque situado al oeste de la ciudad, el primer lugar en el que había estado con Olalla, recién llegado a Madrid, con sus árboles exóticos, sus estanques, sus fuentes, sus montículos y sus laderas cubiertas de césped recién cortado, como los jardines ingleses.

Necesitaba encontrar razones, darle alguna explicación al absurdo de que Hugo se hubiera buscado la muerte, con lo fácil que hubiera sido evitarla. Necesitaba saber si el cariño que sentía por él podría vencer la rabia que empezaba a provocarle.

Su cuñado conocía muy bien las vías de contagio, no debió exponerse. Mientras estuvo enganchado, no cometió ninguna locura irreparable. No se metió en líos, ni robó, ni se dejó arrastrar hasta el fondo. Vivió al borde del abismo procurando que los otros no le vieran, y lo consiguió, acorraló a su infierno particular entre las cuatro paredes de su habitación, primero en la del piso de Vallecas, después en su cuarto de la colonia de Chamartín e incluso en el cuartel de Salamanca. Un infierno bajo control, limitado y pequeño, que nunca dejó salir al exterior. Trabajaba para consumir y consumía para seguir de pie, ese era su tormento. Hacía tiempo que se habían acabado los viajes al paraíso.

Y Josep se preguntaba por qué no se protegió hasta el final. Si consiguió huir de lo más difícil, de la indigencia y de la miseria en la que acababan muchos otros, ¿por qué no huyó de la muerte?

56

Olalla entró en la habitación 205 furiosa contra todos, contra Josep, contra el propio Hugo, contra la doctora y contra el mundo. Se sentó en el sillón del acompañante y le comentó al enfermo que Josep había tenido que marcharse. Trató de quitarle importancia y no mencionó la discusión que acababan de mantener, pero Hugo los conocía demasiado bien a los dos.

–Tienes que darle tiempo, hermanita.

Ella le miró como si acabara de descubrir la razón por la que estaba rabiosa contra él. Sus sentimientos se confundían en una mezcla de dolor, negación, desesperación, miedo y un reproche contenido que aún no había conseguido verbalizar.

–¿Y tú? ¿Cuánto tiempo me has dado tú a mí?

–Te he dado doce años que habrían resultado insoportables para ti.

–No, Hugo. Me has robado doce años que no he podido compartir contigo.

La abogada se tapó la cara con las manos para controlar el llanto. Impotente y sin fuerzas.

Su hermano se moría y su marido acababa de marcharse sin mostrar un solo gesto de compasión hacia él, reaccionando de un modo que jamás hubiera podido imaginar.

En aquel momento, le vinieron a la mente unos versos de César Vallejo que tenía subrayados en uno de sus libros de cabecera: *Hay golpes en la vida tan fuertes... ¡Yo no sé...!*

Hugo le retiró las manos de la cara y la abrazó tapándose las suyas con las mangas del pijama.

–¿Qué habrías hecho tú en mi lugar? ¿No me habrías protegido?

–Yo habría confiado en ti.

–¿Estás segura? Piénsalo bien.

Olalla no contestó, se sentó en el sillón del acompañante y pasó toda la tarde esperando a Josep. Pero no apareció.

A las nueve de la noche, aún no había llegado, de modo que decidió dejar de esperarle y coger un taxi.

El sol lucía como si fuera media tarde. Siempre le había gustado el principio del verano, con sus días largos y sus puestas de sol dilatadas. Le recordaban a su niñez, cuando jugaba con su hermano a pisarse las sombras, o cuando su madre los llevaba de excursión a las gargantas del río y se bañaban hasta que oscurecía, como si la vida no fuese a cambiar nunca. Hugo la cogía de la mano y la llevaba buceando hasta una roca en forma de cueva, donde los niños jugaban a contener la respiración.

Ella se sentía libre en el agua, sin los hierros de las piernas, nadando como cualquiera de sus amigas, como si nunca hubieran tenido que operarla. Su madre le había enseñado a nadar, y aprovechaba cualquier rayo de sol para llevarlos al río. De ahí que le gustase tanto el verano y sus días interminables; se le habían quedado en la memoria como una bendición. El recuerdo de una época feliz. Sus raíces. Su tierra. La vida sin complicaciones en un pueblo donde todo parecía perfecto. Su arcadia. Donde nada malo podía suceder.

Sin embargo, cuando salió del hospital, hubiera preferido encontrarse con una noche cerrada y lluviosa, en

la que todos caminasen encogidos debajo de sus para-
guas.

El informativo de la televisión había anunciado que
la ola de calor ya estaba empezando a remitir, pero los
termómetros seguían marcando treinta y cinco grados a
esa hora. El aire era tan denso que daba la impresión de
poderse moldear para darle forma.

Mientras el taxi se acercaba a su casa, Olalla no dejó
de pensar en las palabras de Hugo. No sabía qué habría
hecho ella, pero ya no tenía sentido preguntarse si habría protegido a los suyos a base de silencios. Probablemente, todas las respuestas resultarían equivocadas. Al
fin y al cabo, también ella le estaba ocultando a su hermano la reacción de Josep. Cada cual encuentra sus propias razones para elegir el silencio.

Acababa de decirle a Hugo que, de encontrarse en su
caso, ella habría confiado más en él. Pero no se trataba
de una cuestión de confianza. Tampoco era esa la razón
por la que Olalla le ocultó a su hermano la discusión con
su marido. Es más, ¿cuántas veces había ocultado ella
sus sufrimientos a causa de la polio, ante Josep, ante
Hugo, ante sus padres? La cuestión no está en el silencio,
sino en determinar las causas por las que preferimos
guardarlo. ¿Quién no lo ha hecho alguna vez? ¿Cuál es
el límite en el que cada uno se siente obligado a callar
para proteger a los suyos? ¿Hasta dónde estamos dispuestos a llegar? ¿Hasta cuándo?

57

El sol todavía no se había puesto cuando el taxi de Olalla llegó a la puerta de su casa. Helena la estaba esperando en el jardín delantero y se precipitó hacia ella muy nerviosa.

—¿Cómo está Hugo?

Olalla se acurrucó en el hombro de su amiga y permitió que la tensión que había acumulado a lo largo del día se liberase en sus brazos. Lloró dejándose llevar, sin tratar de controlarse, en busca del desahogo que no se había permitido hasta entonces, con un desconsuelo por el que poco podía hacer Helena.

Cuando consiguió calmarse, miró a su alrededor como si no reconociera su casa, como si viera por primera vez las cosas que la habían rodeado siempre. Sus libros, sus muebles, sus lámparas, sus estanterías, sus velas aromáticas, sus sillones, sus mesas auxiliares. Su vida registrada en las cosas que había ido acumulando año tras año. Necesidad tras necesidad. Capricho tras capricho.

—¡Es extraño! Mi mundo se derrumba, pero los cuadros siguen estando ahí.

Helena miró los cuadros intentando controlarse, no quería llorar delante de Olalla, pero cuando esta la miró y comprobó que temblaba, la atrajo hacia sí y la abrazó.

—Llora, amiga. No te hagas la fuerte por mí.

Y entonces fue Helena la que se derrumbó, apretada contra el cuerpo de Olalla.

–Lo siento, yo no debería llorar.

–Si no lo hicieras, no sería capaz de entenderte.

Los niños se encontraban en ese momento en el garaje, jugando con sus marionetas, imitando la voz con que su padre le daba vida a la bruja de la estaca, que daba golpes a diestro y siniestro.

Olalla sonrió al escucharlos y volvió a apretar a su amiga.

–¿Me podrías hacer un favor?

–Todos los que quieras.

–Quédate conmigo hasta que llegue Josep.

Pero Josep no llegó.

A las dos de la madrugada, desde el otro lado de la pared del cuarto de invitados, Helena oyó el móvil de Olalla, su voz al contestar, sus pasos cruzando la habitación de un lado a otro, mientras mantenía una fuerte discusión en la que, en cada silencio, se adivinaba a Josep al otro extremo de la línea.

Durante tres días y tres noches, Helena permaneció en casa de su amiga sin hacer una sola pregunta sobre su marido. Olalla se iba muy temprano al hospital, para regresar bien entrada la tarde, y Helena se encargaba de los niños. Olalla no le contó lo que había sucedido con Josep, pero era fácil de imaginar.

La mañana siguiente a la de la discusión, unos minutos después de que Olalla se marchase, él había vuelto a la casa y, sin decir una sola palabra, subió a su dormitorio y bajó al cabo de un rato con una bolsa de deporte. Antonio y Aurora no se habían levantado aún.

–Lo siento, Helena, me sabe mal que Olalla te haya metido en medio de todo esto. Por favor, no les digas a los niños que he estado aquí.

Desde entonces, no se le había vuelto a ver ni se puso en contacto con nadie.

A media mañana del cuarto día, Olalla llamó desde el hospital para decirle a Helena que esa misma tarde, en cuanto la doctora firmara el alta, volvería a casa con su hermano.

Tu cuello es un camino silencioso
donde se posa el aleteo
de mi boca.

58.

Helena espera su encuentro con Hugo con la mente abierta a lo que pueda suceder. Dejará al destino que hable; al fin y al cabo, él fue quien permitió que Hugo la mirara como nadie. No fue casualidad que él estuviera en el porche de Olalla cuando ella entró en la cocina, ni que tuviera unos libros de Prolog sobre la mesa, justo unos días después de haber asistido ella a una conferencia sobre lenguajes de programación. No. No fue casualidad. Las casualidades son puertas que abre el destino para unir a la gente. Puertas abiertas que ella traspasó sin detenerse, sin plantearse que quizá deberían permanecer cerradas. Pero ya era tarde para volver al punto de partida y evitar la herida que se escondía detrás de aquellos ojos. Él la miró. Y ella guardó aquel instante para saborearlo una y otra vez, deseando que volviera a mirarla de la misma forma, entregándose a la ilusión de que algún día sería suyo, para descubrir que no podía ser ni de ella ni de nadie.

Helena aguarda la llegada de Hugo con el deseo de que exista alguna esperanza para ellos, algún clavo al que poder aferrarse para recuperar el derecho al futuro. Ese extraño derecho que él se niega a ejercer.

59

En su visita de la mañana, la doctora le había prometido a Hugo que le daría el alta a primera hora de la tarde. Él se había vestido en cuanto terminó de comer y esperaba sentado en el sillón del acompañante, mientras Olalla entraba y salía de la habitación a cada momento.

–¿Qué te pasa, hermanita? ¿Quieres estarte quieta de una vez?

–Es que son las cinco y media. La doctora debería haber venido ya, ¿no?

–Tendrá lío en la consulta.

–Pero la esperamos desde hace cuatro horas. Debería tener más consideración.

Olalla volvió a salir al pasillo. Se había pasado la mañana tarareando una copla que solía cantar con la tata cuando era pequeña.

Eres mi vida y mi muerte, te lo juro, compañero, no debía de quererte.

No podía ocultar que su inquietud no se debía exclusivamente al retraso de la doctora Del Solar, sino a la falta de noticias sobre Josep. Hacía más de tres días que no se ponía en contacto con nadie y ella le esperaba con el alma encogida.

Y sin embargo te quiero.

Mientras canturreaba, el enfermo se entretenía mirando por el ventanal. Antes de que llegase la doctora con el alta, vio a Josep traspasar la puerta del jardín, y llamó a Olalla para que se acercase.

—¡Mira! Por ahí vienen tu vida y tu muerte.

A Olalla se le escapó un suspiro, se tapó la boca para reprimir el siguiente y dejó caer la cabeza contra el cristal. Josep caminaba cabizbajo, con las manos a la espalda y los hombros echados hacia delante, como si estuviera agotado. Cuando llegó a la plazoleta del centro del jardín, se sentó junto a la fuente y encendió un cigarrillo.

Hugo nunca le había visto fumar.

—¡Pobrecillo! No le tengas en cuenta nada de lo que haya dicho o hecho. Es lícito que tenga miedo.

—Lícito sí, pero no es justo que se escude en el miedo para cerrarse en banda. Las cosas hay que discutirlas.

—¡Mira quién fue a hablar! ¿Le has dado alguna opción?

—¿Opción? ¿Y qué me dices de que todavía no haya subido a verte? ¿Te parece normal?

—Pues claro que sí, Olalla, cada uno necesita su tiempo. ¡Mírale, le comen las dudas! Deberías bajar y hablar con él.

Olalla se retiró del alféizar y se sentó en el borde de la cama, de espaldas a la ventana.

—Él es el que lleva tres días desaparecido.

Hugo no solía entrometerse en las discusiones que la pareja mantenía en su presencia, por mucho que a veces Olalla las provocase delante de él, precisamente para buscar su apoyo. Conocía la testarudez de su hermana y la tendencia de su cuñado a terminar por ceder ante los argumentos y las carantoñas de su mujer. Pero, en la situación en la que se encontraban, no estaba dispuesto a convertirse en la causa de sus problemas.

—¡Hablo en serio, hermanita! No me iré a tu casa si para que yo entre tiene que salir tu marido. Antes prefiero quedarme en el hospital, o buscar una enfermera por horas.

Olalla quiso protestar, pero su hermano la empujó hacia la puerta y la dejó en el pasillo.

—¡Anda, ve! Ninguno de los dos os merecéis esto. ¡Y no le pidas cosas que estén más allá de su capacidad!

Hugo se quedó en la ventana hasta que vio a Olalla salir al jardín. Hacía calor, el verano se había pegado al asfalto de las calles, pero aquel lugar se mantenía siempre fresco, protegido por las copas de los castaños, de los pinos y los setos de arizónica que lo separaban del resto del mundo.

La primera vez que vio el jardín, buscando la dirección que le había dado José Luis, lo percibió como un espacio íntimo y seguro, donde nada malo podía suceder. Hacía muchos años desde entonces, pero no había podido olvidar cada minuto del día que cambió su vida para siempre. También era verano y también hacía calor. El sonido del agua de la fuente le atrajo hacia el banco donde ahora se sentaba su cuñado. El mismo banco, resguardado del sol por la sombra del mismo abeto, en otro día de junio, poco después de otra noche de San Juan, cuando aún no había transcurrido suficiente tiempo como para que se cumplieran los deseos quemados en la hoguera.

60.

Antes de salir al jardín, Olalla se miró al espejo del pasillo, se arregló la blusa y la falda y sacó un estuche del bolso, donde guardaba su anillo de pedida y los pendientes que le regaló Josep en su primer aniversario. No solía usar aquellas joyas más que en contadas ocasiones, pero la mañana en que se despertó sola en su cama, por primera vez en sus diecisiete años de casada, decidió que las llevaría puestas cuando se reconciliara con Josep, un rito que hacía con frecuencia y a él le enternecía.

Su hermano tenía razón, no podía exigirle más de lo que podía darle. Estaba dispuesta a perdonarle los tres días con sus noches de abandono, incluso antes de que él se lo pidiera, de modo que se acercó a la plazoleta con el propósito de aceptar sus excusas y escuchar la solución que debía de haber encontrado. Porque así era él, capaz de cuadrar un balance aunque el debe y el haber se hubieran vuelto locos.

Josep, pálido y demacrado, se levantó del banco cuando la vio llegar. No la saludó ni le propuso que se sentasen, sino que comenzó a caminar hacia la salida del jardín, en silencio y mirando al frente. Cuando Olalla intentó cogerse de su brazo para equilibrar el vaivén de su cojera, él se deshizo de ella con un pequeño movimiento del hombro. La dejó tan sorprendida que fue incapaz de decir una palabra.

La pareja caminó en dirección contraria al edificio, sin hablarse y sin mirarse. Josep llevaba en las manos las llaves de la casa, prendidas al mismo llavero que las del coche y el gimnasio. Cuando llegaron a la puerta de la calle, sacó del manojo las llaves de la cancela de su jardín y de la puerta blindada y extendió el brazo para entregárselas a su mujer.

–¡Dáselas a Hugo! A mí ya no me hacen falta. Me voy con los niños a casa de mi madre.

Olalla guardó las manos en los bolsillos sin cogerle las llaves, y giró hacia la palma el brillante del anillo de pedida.

–¿Cómo que te vas con los niños? ¿De qué estás hablando? ¿A Barcelona?

Josep seguía sin mirarla. Abrió la puerta del jardín del hospital y le contestó después de haberla traspasado.

–Lo he pensado muy bien. No vengo a discutir. Creo que tienes todo el derecho del mundo a cuidar de tu hermano, no te lo puedo negar, pero yo tengo todo el derecho del mundo a proteger a mis hijos, y ese no me lo puedes negar tú.

–Pero Josep…

Olalla no lo reconocía. Lo sujetó por el brazo y se colocó frente a él para forzarle a mirarla.

Cuando le vio los ojos, duros, resentidos, huidizos, se dio cuenta de que estaba ante una declaración de guerra.

–No voy a permitir que te lleves a mis hijos –le dijo sin dejar de mirarlo, con determinación, pero todavía con la esperanza de que Josep diera marcha atrás.

Como toda respuesta, Josep sonrió con un gesto de desdén que Olalla no había visto jamás. Aquel no era su marido. El que había jurado ante Dios y antes los hombres que la acompañaría el resto de la vida, en lo bueno y en lo malo, en la escasez y en la abundancia, en la salud y en la enfermedad; y nunca había faltado a su juramento.

—Josep, te lo advierto, te arrepentirás si tocas a mis hijos. No se te ocurra hacer algo así.

Pero Josep la miraba con unos ojos que no eran sus ojos, cargados de amenaza, desencajados, rotundos, virulentos, unos ojos que daba miedo mirar.

—No son tus hijos, Olalla, son nuestros hijos. Y ningún juez arriesgaría su salud si pudiera evitarlo. Puedes demandarme si quieres. Eres abogada. Haz lo que creas que debes hacer. Nadie te lo puede impedir, pero yo que tú me lo pensaría muy bien.

No se despidió al marcharse.

No le dio un beso.

No le dejó claro si su decisión era provisional.

No le preguntó por Hugo, ni cuándo le darían el alta.

No le dijo cuándo se irían a Barcelona.

No buscó más opciones.

No dijo te llamaré, o llámame cuando cambies de idea.

No se volvió para verle la cara de espanto.

61

Olalla lloró en los brazos de su hermano hasta que la doctora entró en la habitación con el alta firmada, sin apenas llamar, solo un par de golpes en la puerta al tiempo que se precipitaba en el interior, sin tener en cuenta lo que pudiera estar ocurriendo.

Cuando vio la forma en que Hugo abrazaba a su hermana, tapándose las manos con las mangas de la camisa, le retiró los brazos y ella misma la rodeó con los suyos.

–¿Cuántas veces tengo que decirte que no se transmite con un abrazo? ¡Quítate esas mangas de las manos y aprende a abrazar de verdad! ¡Deja que yo consuele a tu hermana!

Olalla se apartó. No le gustaba la familiaridad que la doctora utilizaba con ella, nunca le había gustado, y menos le gustó su abrazo, chocante y fuera de lugar.

–No hace falta, gracias. Estoy bien. ¿Podemos irnos ahora mismo?

–Sí, nos vamos –contestó Hugo anticipándose a su doctora–, pero yo a Chamartín, y tú a tu casa, con tu marido y tus hijos.

Olalla miró a la doctora y le pidió con los ojos que la apoyara. No solía tutearla ni llamarla por su nombre, pero tenía que ponerla de su parte. Así es que fingió la misma confianza que había rechazado hacía unos segundos.

–Díselo tú, Pilar. No puede quedarse solo en Chamartín, no está en condiciones.

Su hermano también buscó con la mirada el apoyo de la doctora Del Solar, que permanecía callada a la espera de que solucionaran por sí mismos el problema.

—No soy un inválido, ¿verdad, Pilar? —continuó Hugo—. Puedo vivir solo perfectamente… —Y antes de que la doctora pudiera decir nada, añadió—: Todavía.

Pero no era cierto. La doctora Del Solar lo sabía, y no tuvo otro remedio que intervenir en su contra.

—Lo siento, Hugo, las enfermedades oportunistas ya están apareciendo. El citomegalovirus te lo hemos podido controlar por ahora, pero estás muy débil, en cualquier momento puedes contraer una neumonía, una toxoplasmosis o una pneumocistosis. Hay que extremar las precauciones, y tú solo no deberías.

Olalla rompió a llorar. Había hablado muchas veces con la doctora Del Solar sobre la gravedad de la situación, y en todas ellas cerró los oídos y el entendimiento ante aquellas enfermedades cuyos nombres imposibles se negaba a memorizar.

—¿Qué es lo que está controlado? No me habíais dicho que tenía otra cosa más.

—Es el herpes —respondió la doctora—, pero no te preocupes, ha mejorado muchísimo. Este tipo de herpes es muy frecuente, lo tiene mucha gente sin saberlo. Tú misma podrías tenerlo. Algunos estudios dicen que más del 40 % de la población mundial. No produce síntomas. El problema es cuando bajan las defensas. En el caso de Hugo, tenemos que estar muy vigilantes.

La doctora miró a su paciente como si ya no tuviera más que añadir. Debía aceptar la ayuda de su hermana, que continuaba llorando, tan indefensa y vulnerable que cualquiera diría que era ella la que necesitaba la ayuda de su hermano.

Hugo volvió a abrazarla protegiéndose las manos con las mangas de la camisa, y le hizo un gesto a la doctora Del Solar para rogarle que los dejara solos en la habitación.

—Está bien, deja ya esas lágrimas, me iré contigo. Pero tienes que prometerme que, si hay problemas con Josep, me lo dirás y dejarás que me vaya. ¿Me lo prometes?

Olalla se limpió la cara con las manos y respiró hondo antes de responder.

—Te prometo que te lo diré.

—Y que me dejarás que me vaya a Chamartín.

—¿Con una enfermera?

—Con lo que haga falta. Prométemelo.

—Te lo acabo de prometer.

—Solo has prometido la primera mitad. Falta la segunda. Tienes que hacer la promesa completa. Un medio no sirve para nada.

—Por lo que más quieras, no me hables de matemáticas ahora.

—Te conozco, hermanita. Sé que utilizarías ese subterfugio para salirte con la tuya. ¡Vamos, prométeme que dejarás que me vaya a Chamartín!

La abogada sonrió por primera vez desde el ingreso de su hermano, se abrazó a él, le dijo que tenía la virtud de sacarla de sus casillas y cruzó los dedos de las dos manos para completar la promesa que ya había empezado a incumplir.

62

Cuando los dos hermanos llegaron a la urbanización de Olalla, Josep estaba colocando el equipaje en el maletero de su coche, frente a la puerta abierta del garaje. Los niños ocupaban el asiento trasero, y Helena trataba de ocultar su desolación apoyada en la verja de entrada al chalé.

Olalla salió del taxi muy despacio, como si quisiera evitar que su marido se asustase. Se dirigió hacia el automóvil y abrió la puerta de atrás para que salieran sus hijos. Después de besarla, Antonio y Aurora corrieron a saludar a Hugo, que aún permanecía en el taxi.

La abogada cerró la puerta del coche con la misma lentitud con que la había abierto. En ese momento, su marido cerró el maletero, se acercó a ella, también muy despacio, y la sujetó por un brazo dándoles la espalda a los demás.

—Les he dicho a los niños que nos vamos de vacaciones. No se te ocurra meter la pata.

Olalla se liberó de la mano de Josep controlando la furia que se le estaba acumulando en el estómago. Luego se apoyó contra la puerta trasera del coche, para impedir que su marido la abriese y Antonio y Aurora subieran de nuevo.

—Pues ahora les dices que han cambiado los planes.

La tensión entre ellos era enorme, pero ambos utilizaban un tono de voz muy bajo, de manera que nadie podía escucharlos.

Josep volvió a mirarla con aquel gesto que Olalla no podía reconocer. Se giró hacia los niños, les hizo un ademán para que se acercasen al coche y después agarró nuevamente a Olalla por un brazo y la apartó de la puerta.

–Si quieres un escándalo, solo has de proponértelo –le dijo en susurros, interponiéndose entre ella y los niños–, pero seguro que tu hermano y tus hijos te agradecerían que no lo hicieras.

Olalla comprobó desconcertada como los niños ocupaban el asiento trasero del automóvil, revoltosos y felices, como si aquel día fuera uno más entre otros, el comienzo de un verano cualquiera que volvería a repetirse cada año como se habían repetido los anteriores. La madre introdujo medio cuerpo en el habitáculo y les ofreció la cara a sus hijos para que la besaran. Después cerró la puerta, apoyó la espalda contra la carrocería y dejó que Josep le diera un beso en la mejilla simulando que no había problemas entre ellos. Un beso que Olalla aceptó porque no le quedaba más remedio.

Todo sucedió en un par de minutos.

Habían medido las fuerzas del otro con una precisión que saltaba a la vista, hablando en voz baja, con movimientos calculados, lentos, como si el único error que no pudieran permitirse fuera el de la precipitación.

Cualquiera que los conociese se asombraría ante el resentimiento que comenzaba a fraguarse entre ambos.

Finalmente, Josep abrió la puerta delantera y se dispuso a subir al automóvil, mientras Olalla intentaba tragarse las lágrimas y el orgullo.

–¡No tienes derecho!

–Y tú no tienes alternativa.

Helena y Hugo contemplaron la escena desde la verja y el taxi, respectivamente. Atónitos, mudos, desconcertados ante el comportamiento de Josep, que los ignoró en todo momento. Sin saludos y sin despedidas.

A Helena le hubiera gustado que su encuentro con Hugo hubiera sido diferente. Haberse podido mirar como lo hicieron en la clínica, retrasándose en los ojos del otro. Pero no hubo ocasión. Hugo pagó el taxi, la saludó con un gesto de la cabeza y se acercó a su hermana ofreciéndole el brazo.

Olalla intentó inútilmente aparentar normalidad mientras se encaminaba hacia la verja.

—¡Me lo prometiste! —le dijo Hugo en tono de desaprobación.

—Te prometí que si pasaba algo te lo diría, pero no pasa nada. Nos han hablado de un piso en el paseo de las Camelias, y Josep quiere tantear al propietario. Así aprovecha y lleva a los niños a ver a los abuelos.

Entraron en la casa sin decir una palabra más. Helena les siguió hasta el porche y se sentó junto a ellos. Los días eran tan largos que resultaba imposible sentir que la noche se había echado encima; sin embargo, era muy tarde, mucho más de lo que ninguno de los tres sospechaba. Permanecieron en silencio hasta que Helena miró el reloj y reparó en la hora.

—¡Son casi las diez! Me voy. A menos que me necesitéis aquí…

Los dos hermanos se levantaron para acompañarla hasta la puerta. Olalla se colgó del brazo de su amiga y se apretó contra ella.

En cualquier otra ocasión, Helena se hubiera despedido de Hugo con un saludo al aire y se habría marchado, pero todo había cambiado desde que la miró en el hospital, así que esperó a que Hugo tomase la iniciativa. No tenía sentido mantener la aparente frialdad con la que jugaban al ratón y al gato, pero no se atrevía a ser ella la que rompiera las distancias.

Él debió de imaginar lo que estaba pensando, porque vaciló antes de esconder la mano bajo la manga de la camisa y apoyarla después en su hombro para decirle mirándola a los ojos:

–Nos veremos pronto, ¿verdad?

–Claro, vendré a veros siempre que queráis.

Y él sonrió.

A ella se le subieron los colores y se marchó preguntándose por qué había contestado de aquella forma. Tenía que haberle dicho que sí, que se verían muy pronto, que volvería a la mañana siguiente para continuar hablando de matemáticas y de filósofos, y para contarle que la primera vez que le vio, con su cuaderno repleto de secuencias lógicas encima de la mesa, pensó en Wittgenstein, en su soledad y en su forma enigmática de mirar el mundo. Pero no se atrevió.

Si en lugar de «vendré a veros siempre que *queráis*» le hubiera dicho «… siempre que *quieras*», aquella tercera persona del singular habría impedido que su despedida sonase a frase de cortesía, y habría dejado abierta una puerta que acababa de cerrar de un portazo ella sola.

63.

Hugo durmió en la buhardilla, si es que se le puede llamar dormir a cerrar los ojos. Olalla había vaciado los armarios y dejado toallas limpias en el cuarto de aseo, como siempre que Hugo ocupaba aquella habitación. Había colocado la cama debajo del tragaluz, como a él le gustaba, para seguir el recorrido de la luna y pasarse horas enteras mirando las estrellas. El ventanuco tenía una lona, a modo de toldo, que Olalla descorrió cuando preparó la habitación.

Prácticamente no había hablado con su hermana desde que se bajaron del taxi. Cuando Helena se marchó, regresaron al jardín, se tomaron una tila y permanecieron hasta bien entrada la noche mirando los rosales. Con el silencio de los niños de fondo.

Hugo pensaba en Helena, que le decía con todo su cuerpo lo mismo que él le diría si fuera posible, y Olalla, en lo vacía que se había quedado la casa, o su vida. Los dos sujetaban su taza como si el calor que desprendía la tila no fuera solo calor, sino el consuelo que necesitaban y no se daban el uno al otro.

Antes de separarse para subir cada uno a su cuarto, Olalla le pidió que la abrazara.

—¡Ay, hermano! Dime que todo saldrá bien. Que esto solo es una pesadilla.

Y Hugo la abrazó, pero no quiso decirle nada.

La ventaja de las pesadillas es que, cuando despertamos, la vida sigue en el mismo punto donde la habíamos dejado.

Solo basta una fracción de segundo para recuperarse de una experiencia que no podríamos soportar despiertos. Ese horror que parece desencadenarse en un tiempo extraño, inexistente, porque no se puede medir con relojes ni con almanaques.

Y después, cuando volvemos, nada, absolutamente nada. Incluso el olvido. A veces, si acaso, una sensación de malestar, una historia incongruente que contamos a los otros, convertida en un relato que ya no nos espanta.

Los sueños son así. Volátiles y superables. Pero Hugo no estaba viviendo un sueño. No habría vuelta al lugar y al momento anterior a quedarse dormido. Hacía tiempo que lo había aceptado.

Su hermana, sin embargo, estaba tan asustada que se negaba a mantener los ojos abiertos. Le hubiera gustado consolarla, pero debía afrontar la realidad, sin esperanza, sin preguntas y sin despertares.

Podría haberle dicho que no se entristeciera, que él había sido feliz y ella era muy valiente. Hacerle entender que él no le temía a la muerte, que la aceptó hacía mucho tiempo, y ahora le tocaba aceptarla a ella.

Sí. Debería haberla consolado, pero solo la abrazó. Solo eso, un simple abrazo que no servía para alejarla del abismo.

*No le temo a la ausencia,
le temo a la luna que se esconde.*

64.

Hugo contempla la luna en cuarto menguante, apenas una línea sonriente y luminosa, en el centro de la oscuridad que se cuela por el tragaluz.

Recuerda la mañana en que fue al hospital para recoger el resultado de los análisis, tras quince días de angustia en que deshojó una margarita tras otra y falseó el recuento de los pétalos para que todos dijeran que no se había infectado.

Tendrá que llamar a Manuel, después de tanto tiempo, para contarle que el día en que ellos se dirigían a los Pirineos para empezar sus vacaciones, él se precipitaba hacia la cuenta atrás que le alejó otra vez de los suyos. Doce años ya.

Había ido conduciendo al hospital, para huir del calor del sofocante mes de julio de 1984.

En la radio hablaban de las caricaturas anti-OTAN que habían ardido en Alicante en las hogueras de San Juan; de los incendios que estaban destruyendo cientos de hectáreas en distintas zonas de la Península; y de las negociaciones de España y Portugal para su entrada en el Mercado Común Europeo. Pero Hugo no le prestaba atención al locutor. Solo quería llegar al hospital cuanto antes.

La enfermera le dio el informe en un sobre cerrado que él debía entregar a la doctora Del Solar esa misma tarde. Hugo se lo guardó con la intención de abrirlo en el coche. Quería leer el veredicto a solas. Sí o no, blanco o negro, condenado o libre.

Salió del edificio con un periódico en las manos, que perdió en algún punto del camino, entre el vestíbulo y el aparcamiento, cuando sus pasos comenzaron a correr más deprisa que él.

¡Al coche! ¡Corre! ¡Al coche!

Sus piernas corrían sin saber si estaban huyendo o tenían prisa por llegar, mientras su mente trataba de aferrarse a la esperanza de que aquella locura era imposible. ¡Corre! ¡Corre!

El aire caliente le empujaba en dirección contraria. Cuanto más corría, más lejos parecía el automóvil, como si la distancia entre él y el resultado de la prueba aumentase con cada paso.

¡Corre! ¡Al coche!

El calor era asfixiante. Las piernas le pesaban. El sudor le resbalaba por la nuca y le empapaba el cuello de la camisa. No podía respirar.

Hasta que se dijo que se calmara, que se detuviese allí mismo y abriera el sobre.

Mientras lo rasgaba, no podía ver otra cosa que la chabola donde utilizó la jeringuilla equivocada. La cara de José Luis cuando le ofreció la aguja con la que acababa de pincharse. ¡Es de primera, chaval! ¡Será el mejor pico que te metas en tu puñetera vida! ¡Sin cortes!

El sobre contenía tres folios, un original y dos copias hechas con papel carbón, una para la doctora y otra para el psicólogo.

Cuando leyó el resultado, todo se volvió irreal. Las cosas siempre les pasan a los otros. Comenzó a caminar de nuevo muy deprisa.

¡Al coche! ¡Al coche! Pero el coche parecía aún más lejos, y le pesaban tanto las piernas… Tenía un nudo en la garganta y otro en el estómago.

¡Al coche! ¡Corre! ¡Al coche! Y el coche se alejaba a cada paso, aparcado bajo un sol de justicia que se había vuelto contra él.

Nunca supo cómo llegó ni cómo abrió la puerta del conductor y se sentó ante el volante. Ni siquiera hizo el gesto de meter la llave en el contacto. Dentro del coche, la temperatura debía de alcanzar los 45 grados.

Tenía ganas de llorar, se preguntaba qué iba a hacer y se decía a sí mismo que se tranquilizara.

¡Respira hondo! ¡No te puedes hundir! ¡Tiene que ser un error! ¡No es posible! ¡Ahora, no! ¡Ahora estoy limpio! ¡Tienes que ser fuerte! ¡Controla la respiración! ¡Sécate la frente! ¡Abre los ojos! ¡Tiene que haber un error! ¡No puedes llorar! ¡No! ¡No! ¡No!

Pero hay lágrimas que no necesitan salir de los ojos.

65

Cuando la doctora Del Solar examinó los resultados de los análisis, le explicó que de momento solo se detectaba la existencia de anticuerpos, ni rastro de carga viral. Su cuerpo había estado en contacto con el virus y había reaccionado, únicamente eso. Ni siquiera podía saber si llegaría a desarrollar la enfermedad. Es más, su cuerpo era fuerte, cabía la posibilidad de que se mantuviera dormida para siempre, tal y como estaba sucediendo con otros infectados.

—Eso sí, tendrás que tomar precauciones, y si tu sangre o tu semen han entrado en contacto con los de otra persona, tendrán que hacerse también la analítica. ¿Recuerdas si se han dado esas circunstancias en los últimos cinco años? Piénsalo bien. Son fluidos de alto riesgo.

No le hacía falta pensarlo, había tenido algunas relaciones sentimentales esporádicas, nada serio, y, desde luego, siempre dejó claro que la paternidad no entraba en sus planes. De modo que nunca había dejado de ponerse un condón, aunque algunas le jurasen que tomaban la píldora anticonceptiva.

En cuanto a la sangre, nadie, absolutamente nadie, había entrado en contacto con su sangre en los últimos cinco años. ¡Nadie! No se había hecho una herida ni siquiera afeitándose, porque desde que terminó la mili no había vuelto a usar la maquinilla ni las cuchillas.

Estaba completamente seguro, nadie había entrado en contacto con sus fluidos en los últimos cinco años, excepto Olalla, en los últimos tres días.

Si le hubiera llegado la carta antes... Si no hubiera ido a celebrar la noche de San Juan... Si no hubiera saltado las hogueras... Si se hubiera presentado en el piso de Vallecas para hablar con José Luis sin esperar al lunes... Si... Si... Si...

No sabía cómo decirle a Olalla que debía hacerse la analítica, sin tener que hablarle del pañuelo manchado y de los besos del *Sana sana*. Tenía que engañarla, pero cuanto más pensaba en la forma de hacerlo, más seguro estaba de que acabaría por averiguar la razón.

Hasta que ella misma le dio la clave una tarde en que apareció en la cocina con una jeringuilla que se había encontrado en el parque.

–Mira, no es la primera que recojo del suelo –le dijo indignada mientras la envolvía en varias bolsas y la tiraba al cubo de basura–. Cuánto irresponsable anda suelto, por Dios.

Desde que empezaron a conocerse los primeros contagios en España, la psicosis se había disparado. Las historias sobre el contagio de una enfermera, un dentista o un niño que se había pinchado con una jeringuilla en un parque no dejaban de circular. Los rumores, producto de la histeria colectiva que las autoridades sanitarias no conseguían controlar, se escuchaban un día sí y otro también. Pero, ciertos o no, se convirtieron en verdades de las que nadie dudaba, y comenzaron a correr como pólvora encendida.

Al día siguiente, Hugo se guardó en el bolsillo del pantalón una jeringuilla recién sacada del envoltorio y acompañó a su hermana y a los niños al parque.

–¡Mira! ¡Otra! –dijo mientras dejaba caer la jeringuilla con disimulo.

Olalla se agachó para recogerla al mismo tiempo que él.

No fue difícil simular que un forcejeo involuntario acababa en un pinchazo en la mano de su hermana, quien metió la jeringuilla en una bolsa y corrió al teléfono para avisar a Josep.

Al cabo de unos minutos, los tres estaban en el coche de Josep, camino del centro de salud.

Durante los quince días siguientes, Olalla y su marido apenas comieron, durmieron o hablaron de los análisis. Quince días de angustia que procuraban no transmitirse el uno al otro, pero se colaba en sus miradas y en sus actos como una malaventuranza a punto de cumplirse.

Olalla se trató el pinchazo como si le hubiera mordido un perro rabioso. Se echó mercromina, se lo desinfectaba por la mañana y por la noche, y se lo tapaba como si estuviera infectado o fuese una fuente de infección.

Durante esos quince días, no consintió que nadie la tocase. Dejó de ir al despacho, se encerró en su dormitorio, les prohibió a sus hijos que entrasen y mandó a Josep a dormir a la habitación de invitados.

Hasta que llegó el momento de recoger los resultados del análisis y les dijeron que había tenido suerte.

TERCERA PARTE
El silencio de la memoria

66.

Hace quince días que Hugo volvió del hospital. Desde entonces, Helena siente que la mira de otra manera. No es la mirada del día en que la conoció, cuando recogía la compra de Olalla, ni la de la noche de su cumpleaños, cuando le tiró los papelillos azules desde el balcón, ni la de la tarde en que ingresó en el hospital, cuando le hizo entender que estaba infectado. No es ninguna de esas miradas. Es otra. La mira sabiendo que ella sabe. Que ya no hace falta que le explique. Que no quiere quererla. Que no puede. Que se niega a dejarle esa carga.

Sin embargo, ha dejado de esconderse. Sus ojos, cada vez más hundidos, pero también más amables y serenos, la miran sin escabullirse, aunque continúa tapándose el lunar del cuello con un pañuelo, y siempre lleva las manos bajo las mangas de la camisa.

A veces, Olalla se enfada por la forma en que exagera sus precauciones. Cuando le dieron el alta, la doctora les dejó muy claras las vías de contagio. No hace falta tanta prudencia, él lo sabe, y Olalla también.

—No sé por qué te empeñas en cosas que no tienen sentido. Comprendo que escondas la maquinilla de afeitar, pero todo lo demás...

Pero Hugo se ríe, se pone la camisa delante de los labios y se acerca a su hermana para besarla a través de la tela.

—Mis virus son míos, hermanita, y no tengo ninguna intención de compartirlos con nadie, diga la doctora lo que diga.

Olalla mira a su amiga, le dice que tiene un hermano de lo más insoportable y ríen los tres.

La primera vez que Helena volvió a visitarlos, cuatro días después de despedirse con una fórmula que la obligó a esperar a que se lo pidieran, llevaba en las manos una biografía de Wittgenstein que había ido leyendo en el autobús.

Hugo le abrió la puerta sin darle tiempo a tocar el timbre.

—¡Vaya, qué sorpresa! No sabía que ibas a venir.

—Me ha llamado Olalla. ¡Bueno! Hablamos todos los días, pero hoy me ha pedido que viniera.

No tenía que haberle dado tantas explicaciones, pero se las dio para que no pensase que había ido por él. Él la siguió, se sentó a su lado y enseguida se fijó en el libro.

—¿Te gusta Wittgenstein? —le preguntó señalando el libro.

—Me fascina, siempre me ha encantado, era tan enigmático... Aunque él decía que los enigmas no existen.

—También tú dices que las casualidades no existen, y mira, otra casualidad, a mí también me gusta.

Helena sonrió y reprimió el deseo de hablarle otra vez sobre la forma que tiene el destino de unir a la gente. Hugo se tapó las manos con las mangas de la camisa para coger el libro, y le dijo que a él le gustaba porque era matemático, como él, y filósofo, como le hubiera gustado ser.

—¿Me lo prestarás cuando lo acabes?

—Lo he leído dos veces. Te lo regalo.

Desde entonces, Helena fue a visitarlo todas las tardes y Hugo no se separó del libro.

Los días transcurrían prácticamente iguales para ambos, entre deseos reprimidos y conversaciones en el porche, encerrados en una espera que no sabían cuándo iba a terminar, mientras la vida continuaba a su alrededor.

Miguel Induráin había empezado en Holanda su carrera hacia el sexto título del Tour de Francia. El Tribunal Internacional de La Haya reconoció el derecho de los Estados a ejercer la jurisdicción universal en materia de genocidio, tras el conflicto serbobosnio que había desangrado el corazón de Europa, en una guerra que no tenía que haberse producido nunca. El papa Juan Pablo II, en su primera visita a Berlín, había sido recibido con abucheos en la Puerta de Brandeburgo por no rechazar expresamente la postura de Pío XII ante el nazismo. El *lehendakari* Ardanza le había puesto plazo a ETA para responder al Pacto de Ajuria Enea, suspender los atentados y liberar al funcionario Ortega Lara –secuestrado desde hacía seis meses–, como muestra de su disposición a abrir el camino hacia la paz. En todos los medios de comunicación se informaba del divorcio de la princesa de Gales y de la propuesta del Gobierno socialista de España para la plena integración en la nueva estructura militar de la OTAN. El famoso «OTAN, de entrada, no», que había enarbolado el Partido Socialista Obrero Español en numerosas manifestaciones, había cambiado la coma de sitio y se había convertido en un eufemismo.

Pero en casa de Olalla no se hablaba de las noticias del periódico ni se veía la televisión. Se vivía cada día, cada hora y cada minuto respirando hondo, huyendo del calor bajo la marquesina del porche, intentando no pensar.

67

Desde que Josep se marchó con los niños, Olalla deambula por la casa buscando la razón por la que su marido reaccionó tan mal. No habían hablado suficiente. Deberían haber barajado otras opciones. Haberlas buscado juntos. Si le hubiera propuesto que los niños pasaran el verano en Barcelona, ella lo habría considerado y probablemente admitido. Pero él no confió en ella, tomó la decisión sin consultarla, sin darle la oportunidad de aceptar.

Olalla camina de un lado a otro con las manos crispadas, gesticulando exageradamente al hablar, como siempre que intenta contestarse a sí misma las preguntas para las que no encuentra respuestas.

Josep la ama, vive para ella desde hace más de una vida, y ella vive para él. Y, sin embargo, en el momento más crítico, él huye como si no fuera posible el diálogo, sin tener en cuenta los años que han dormido y soñado juntos, y solucionado juntos cada problema.

Su hermano la necesita y ella necesitaba a Josep. Pero no sabe cómo ayudar a Hugo y no puede acurrucarse en los brazos de su marido.

Su vida se desploma, cuando debería seguir en pie, como siempre, con sus rutinas y su monotonía, sus dolores, sus relajantes musculares, su fisioterapia y la preocupación de todos centrada únicamente en que su polio no la atormentase.

Hugo la oye llorar por las noches desde su cama de la buhardilla. No le ha contado lo que sucede con Josep, pero está claro que las cosas no andan bien entre ellos.

Aunque trata de disimularlo, Olalla está cada día más decaída. Las bolsas de los ojos se le marcan como nunca, y la cojera se le ha acentuado de tal forma que no le ha quedado más remedio que utilizar uno de los bastones que Hugo suele regalarle en sus cumpleaños y acaban sistemáticamente en el paragüero, sin estrenar.

A menudo, Hugo le recuerda la promesa que le hizo antes de salir del hospital. Pero Olalla se escabulle entre rodeos y excusas que nunca convencen a su hermano.

68.

Las noches de Hugo se han convertido en espacios en blanco que él llena de recuerdos y reflexiones. Sin planes, excepto los más inmediatos, tal y como está acostumbrado. Contempla las horas sin entretenerse en controlar que todas tengan sesenta minutos, sin calcularlas, solo recreándose en ellas. Aprendió a vivir así y es feliz. Lo es desde que asumió que conocer el final del trayecto no implica renunciar al camino, solo requiere andar más despacio, más solo, más concentrado, atrapando cada instante como si fuera el único, aunque no sea distinto del anterior ni del siguiente. Desde entonces es feliz, aunque ha de reconocer que echa de menos a sus amigos, sobre todo a Manuel.

Tiene que llamarle. Tiene que despedirse de él. Podría no hacerlo, y permitir que se entere como es probable que lo haga el resto de los amigos. En una boda, un bautizo, una comunión o cualquier acontecimiento que vuelva a reunirlos a todos. Quién sabe si dentro de unos meses o de unos años, cuando repasen lo que ha sido de cada uno de ellos, durante una conversación intrascendente. ¿Qué fue de Hugo? ¿Ah, no lo sabes?

Pero Manuel es distinto, Manuel es su hermano.

69

–Lo siento, Manuel, no podía contártelo antes.

–¿Me estás diciendo que me has apartado durante más de doce años porque no confiabas en mí?

–No, te estoy diciendo que te he evitado un sufrimiento inútil durante más de doce años.

–¿Inútil? ¿Recuerdas cuando le dijiste lo mismo a tu hermana, antes de iros a Santa Tecla? ¡Joder! Ella tenía razón al enfadarse de aquella manera. Inútil o no, el dolor hubiera sido mío, solo mío. ¡Joder, macho, no tenías derecho!

Manuel se levantó, dio un golpe en la mesa de la cocina y le dio la espalda a su amigo. Se sentía perdido, ofendido por la decisión con que Hugo le había apartado, y horrorizado con la idea de perderle.

–¡Tienes la manía de creerte Dios! ¡Siempre la has tenido!

Hugo también se levantó, e intentó gastarle una broma para que se relajase.

–Entonces, te perdono todos tus pecados. Olvidaré que acabas de utilizar mi nombre en vano.

Pero Manuel no tenía ganas de bromear, se volvió hacia él con los ojos llorosos y le gritó.

–¡No me jodas, tío! ¡No me jodas! ¡Esto no tiene maldita gracia!

Y comenzó a caminar a grandes zancadas a lo largo y ancho de la cocina, como un animal enjaulado. Miraba hacia el suelo y se tocaba la cabeza con las dos manos, como si necesitase ese gesto para poder entender lo que estaba viviendo.

—¡O sea que por eso desapareciste!

Hugo volvió a sentarse. Habría sido absurdo esperar que Manuel asumiese la noticia sin rebelarse, de manera que dejó que se desahogara.

—¡Por eso no dabas señales de vida! ¡Me estabas protegiendo! ¡Joder, tío! ¡Joder! ¿Y ahora qué? ¿Eh? ¿Cómo vas a protegerme ahora?

Por la mente de Manuel pasaron de golpe todos los momentos que había vivido con su amigo. El día que se conocieron, el colegio, los partidos de rugby, las Alpujarras, el piso de Vallecas, su vuelta a la facultad y el vacío de los años siguientes.

Odiaba llorar. Nunca lo hacía. Ni siquiera de pequeño, a pesar de que en su casa no se había escuchado jamás la mentira de que los hombres no lloran. Pero no podía contener las lágrimas.

—¡Dime! ¿Cómo vas a protegerme ahora?

—Lo siento, colega. De verdad que lo siento.

Y se miraron como si no hubieran pasado los años. Como si el tiempo que los había separado no fuera más que un paréntesis que solo esperaba la llamada de Hugo para cerrarse.

Ahora su amigo estaba frente a él, despidiéndose como si la muerte fuera algo natural, como si no tuviera importancia, aceptando el final del viaje con una sonrisa burlona.

—¿Así es que te vas a morir?

—Eso parece.

—¿Y no tienes miedo?

—No.

—¿Por qué?

–¿Te acuerdas de cuando calentábamos banquillo en el equipo de rugby?

–¡Claro!

–Ninguno de los dos sabía cuándo saldría al campo, pero estábamos seguros de que tarde o temprano el entrenador nos sacaría.

–¿Y eso qué tiene ver?

–Que yo ahora sí sé cuándo voy a empezar el partido. Tú todavía no lo sabes, pero ya verás como tampoco tendrás miedo cuando te toque salir.

–¿O sea que crees que habrá algo después? ¿Crees que vas a empezar otro partido?

–Yo no sé si habrá algo. No creo en el Dios que nos enseñaron de pequeños, pero creo que algo sí habrá. No es posible que todo termine aquí. De todos modos, ahora es cuando voy a enterarme.

–¿Y lo dices así? ¿Tan tranquilo?

–¿Conoces a alguien que haya tenido un accidente? ¿O que, durante un viaje en avión, le hayan saltado las máscaras de oxígeno por una descompresión? ¿Sabes lo que dicen todos? Que no tuvieron miedo, que solo pensaron que había llegado el momento y estaban tranquilos. No te preocupes, yo estoy tranquilo.

–¿Estás seguro? ¿De verdad estás bien?

Manuel no esperó su contestación. Se sentó frente a él, le miró fijamente a los ojos y volvió a quejarse.

–¿Por qué no me lo dijiste?

–Lo siento, Butanero, pensé que era mejor así. Ahora ya no tiene sentido plantearse otra cosa. Por favor, cuéntaselo tú a Yolanda.

–Me gustaría poder hacer algo por ti.

El libro de Helena estaba sobre la mesa de la cocina. Hugo le hizo un gesto a su amigo para que lo mirase y le preguntó:

–¿Sabes quién era Wittgenstein?

–Ni idea.

–Un filósofo que parecía vivir dentro de sí mismo. Tuvo una vida extraña, solitaria, muy hacia dentro. Cualquiera diría que fue un amargado, pero al final, en el último momento de su vida, le dijo a la persona que estaba en la cabecera de su cama: «Dígales que he tenido una vida maravillosa».

–¿Eso es lo que quieres que haga?

–Sí, diles a todos que he tenido una vida maravillosa.

70

Cuando Manuel le contó a Yolanda su conversación con Hugo, ella se llevó las manos a la boca en un gesto de espanto y comenzó a gritar.

–¡No le habrás tocado, ¿verdad, Manuel?! ¡Dime que no le has tocado!

Manuel la miró desconcertado, sin capacidad para reaccionar. Habría esperado compasión, dolor o estremecimiento, pero nunca aquella expresión de terror que no hizo por disimular ni aquellas palabras que le dejaron clavado en la silla.

–¡Por lo que más quieras, Manuel, ¿le has tocado o no le has tocado?! ¡Habla!

Pero Manuel no podía articular palabra. Yolanda ni siquiera le preguntó cómo estaba Hugo, ni el tiempo que le quedaba de vida. Abrió aún más sus ojos desorbitados e insistió.

–Espero por tu bien y por el de tus hijos que no le hayas tocado.

Manuel la miró sin entenderla. No era propio de ella. No podía ser. Pero Yolanda seguía gritando aterrorizada.

–¡Por Dios, Manuel! ¡Contéstame! ¿Has visto cómo tienes las manos?

Y entonces él se miró las palmas, descamadas y ensangrentadas por un brote repentino de psoriasis. No las tenía así cuando salió de casa de Olalla, ni siquiera había notado el picor que solía acompañar aquellos episodios, una mezcla de quemazón y de hormigueo que la mayoría de las veces acababa por desesperarle.

—Por lo que más quieras, Manuel, ¡dime! ¿Le has tocado?

Él se tapó la cara y se echó a llorar como un niño, balbuceando frases que apenas podían entenderse.

—¡Se muere! Por eso no me llamaba. ¡Se muere el muy cabrón!

Por un momento, parecía que iba a derrumbarse, pero se puso de pie, levanto la cabeza hasta cruzar sus ojos con los de su mujer y, sin dejar de llorar, le dijo lo único que ella quería saber.

—¡No! ¡No le he tocado! ¡Ha estado escondido un montón de años para protegernos! ¿Crees que ahora permitiría que le tocásemos? ¡Dios! ¡Qué poco le conoces!

Yolanda trató de acercarse para consolarle, pero él volvió a taparse la cara y se desplomó en la silla. Desde que se conocían, su mujer había compartido con él las consecuencias de su enfermedad, el rechazo que había sufrido en numerosas ocasiones a causa de su piel enrojecida y con escamas. En la peluquería, en los probadores de las tiendas, en las piscinas y en tantos otros lugares donde no se preocuparon por preguntar si existía peligro de contagio. Yolanda se había mostrado siempre muy beligerante con la falta de sensibilidad de los que se habían apartado de él o le habían expulsado de sus establecimientos. Y ahora era ella la que demostraba falta de sensibilidad preguntado si había rozado a su amigo.

—Lo siento, cariño, perdóname, me volvería loca si te pasase algo.

Manuel se abrazó a su cintura y continuó llorando.

—¡Se muere! ¡Se muere! ¡Y se lo ha comido él solo durante doce años!

Yolanda le rodeó la cabeza con los brazos, le apretó contra su vientre y empezó a mecerlo como a un niño pequeño.

Quería a Hugo, pero no podía evitar el terror que sentía por su enfermedad ni las ganas de huir que le producían las manos de su marido, más ensangrentadas que nunca.

–Lo siento, cariño –le repetía una y otra vez–. Llora, mi amor, llora todo lo que tengas que llorar.

A ella también se le saltaron las lágrimas, pero se las secó, volvió a decirle a Manuel que llorase todo lo que le hiciera falta y le prometió que siempre estaría a su lado y al de su mejor amigo.

71

Desde que se marcharon a Barcelona, los hijos de Olalla la llaman por teléfono todas las noches. Antes de colgar, la abogada siempre les pregunta por su padre, pero Josep evita ponerse. Olalla sabe que ha vuelto un par de veces a Madrid. Pero no la llamó, se citó con Helena en una cafetería, le pidió noticias sobre ella y sobre Hugo y tomó el puente aéreo para Barcelona esa misma tarde.

Es la primera vez que cierra el negocio antes del uno de agosto, pero ha puesto un cartel en la puerta avisando de que las instalaciones necesitan unas mejoras, y nadie se ha planteado otro motivo.

En alguna ocasión, le ha pedido a Olalla, a través de Helena, alguna ropa para Antonio o algún juguete de Aurora, pero ninguna palabra que induzca a pensar en un acercamiento. Tampoco por parte de Olalla.

Ella no está acostumbrada a pedir perdón, desde muy pequeña se educó en que eran los otros los que tenían que disculparse, incluso la vida tenía motivos. Ella no. Ella siempre fue la víctima, la enferma, la que sufría. Se acostumbró a perdonar incluso antes de que se hubiera producido la ofensa. Como la última vez que vio a Josep en el hospital, después de tres días y tres noches desaparecido. Ella ya le había perdonado antes de bajar al jardín, aunque Josep no tuviera ninguna intención de pedírselo.

Pero aquellos tres días había llorado tanto, lo echó tanto de menos, lo necesitó tanto…

Igual que lo necesita ahora, como lo echa de menos ahora, a él, a sus hijos y la vida tranquila que se ha evaporado.

Josep sabe que ella es como es o, al menos, debería saberlo. La conoce muy bien. Nunca admitirá una solución que no pase por cuidar de su hermano.

No está acostumbrada a pedir perdón, tampoco a que su marido no dé marcha atrás en las cuestiones que a ella pueden causarle daño. Pero a pesar de todo, a pesar de que no sabe qué palabras tendría que utilizar para recuperarlo, buscaría una solución si se pusiera al teléfono.

Mientras tanto, Josep vaga por Barcelona con el pensamiento puesto en Olalla. Él también podría perdonarla si ella se lo pidiese.

Así es el perdón; para que exista, hay que pedirlo y concederlo.

Él podría aceptar las disculpas de Olalla, la ama más de lo que puede soportar. Pero ella nunca le pediría perdón, sino explicaciones.

Y el miedo no puede explicarse.

Teme por sus hijos, por sí mismo, por Olalla, que está compartiendo la vida con alguien que ha tirado la suya por la borda, sin plantearse que puede arrastrar a su hermana con él.

Hugo se ha buscado lo que le está pasando, pero él no, y Olalla tampoco. Ellos han construido un mundo seguro para su familia y tienen la obligación de conservarlo.

Le duele, pero así están las cosas. Hugo se ha encargado de destruir su futuro, mientras que ellos han trabajado cada día para mejorar el suyo.

Y no es justo. Hugo sabía dónde se metía, y Olalla tiene que entender que los demás tienen todo el derecho a protegerse.

Ella debería saber que no es el momento de los reproches, ni de las amenazas, ni de las quejas, ni de mirarse el ombligo. Olalla es mucho más fuerte de lo que piensan todos, incluso de lo que piensa ella misma, tiene que admitir que los demás también sufren, verlo con sus propios ojos, palparlo, compadecerse de ellos y secarles las lágrimas.

Olalla tiene que entender, tiene que venir a Barcelona. Porque él podría perdonarla si se lo pidiese, desde luego que sí, pero nunca lo haría por teléfono.

En la distancia, él no puede explicarle que tomó la decisión en el banco del jardín del hospital, nada más verla aparecer con su perdón regalado, su actitud condescendiente y su anillo de pedida. Como si no hubiera ocurrido nada, y hubieran sido inútiles los tres días que él pasó en la habitación de un hotel, mirando por la ventana, tratando de encontrar una solución.

Por teléfono no puede explicarse ni pedirle explicaciones. Ha de obligarla a venir a Barcelona, para mirarla a los ojos y decirle que él también sufre por Hugo, pero no es capaz de interpretar su dolor, porque no sabe si le odia o le compadece.

72

Josep pasa la mayor parte del tiempo con sus hijos en el parque. No ha cambiado mucho desde que él era pequeño. Continúa siendo un parque familiar, repleto de niños en bicicleta, madres con la cesta de la merienda y jubilados que buscan la sombra.

Todo sigue prácticamente igual, con los cambios propios del paso del tiempo, pero igual. Su barrio de Guinardó, su Carrer de Les Camelíes, su Parc de Les Aigües. A veces le parece que nunca se ha marchado. Siempre que vuelve, nada más pisar el suelo catalán, los pulmones se le abren y respira de otra manera, absorbiendo recuerdos que le devuelven la infancia.

La humedad en la piel. El color del cielo, diferente al de cualquier otra parte del mundo. Los buñuelos de bacalao. El perfil de la Sagrada Familia. La certeza de que su madre había tostado azúcar para su postre preferido nada más pisar el portal. La escalibada. La fideuá. Los paseos con su padre al monte para recoger setas.

Y el mar. Sobre todo, el mar.

La biblioteca también sigue igual, frente al parque, encerrando misterios. Allí asistió a su primera reunión clandestina, allí escuchó por primera vez el nombre de Tarradellas y se enamoró del chelo de Pau Casals, de su *Cant des ocells*, de la versión de Marina Rossell, en los versos de Salvador Espriu: *Escolta cants d'ocells / el vent en els penells / de la claror, no gaire…*

No le apetece llamar a los amigos, no sabría de qué hablarles. O mejor sería decir que no sabría cómo ocultarles el tema del que no quiere hablar. A sus padres no ha tenido más remedio que contarles lo que pasa. Han reaccionado mal, tal y como era de suponer. Dicen que Olalla se ha vuelto loca y que Hugo es un insensato, que no solo le permite a su hermana salirse siempre con la suya, sino que los ha expuesto a todos al contagio sin haber tenido el coraje de avisarles. Eso sí, el pretexto de que no quería que sufrieran le ha venido al pelo. Mejor estar callado que tener que enfrentarse a la verdad. Y la verdad es que debería haberlo dicho desde el principio, para que cada uno tomara las decisiones que le pareciesen, le gustaran a él o no. ¡Menudo egoísta disfrazado de considerado! ¡Y su hermana otro tanto!

Josep los escucha tratando de justificar lo injustificable, porque tienen razón, aunque se resiste a admitirlo delante de ellos. Hugo debería haberles contado todo desde el principio. No tenía derecho a exponer a sus hijos así, sin su consentimiento. Y Olalla tampoco.

Sin embargo, se arrepiente de habérselo contado a sus padres, tenía que haberles dicho que Olalla se quedó en Madrid para atender a un detenido. Aunque él no podía llegar a Barcelona sin avisar, con los niños y sin fecha de regreso. Sus padres le conocen bien. A ellos no puede engañarlos. Pero debería haberles dulcificado las cosas.

Olalla no es perfecta, él lo sabe mejor que nadie, pero no le gusta que otros lo digan. Es terca. No para hasta conseguir que las cosas se hagan a su manera, aunque haya pedido opinión a todo el que se pone delante. Su orgullo no le permite consentir que la pisoteen ni que ofendan a los suyos. A veces, es demasiado franca, casi bocazas. Jamás llega a su hora a una cita. Le encanta poder decir eso del ya te lo dije. Manirrota, impaciente y, aunque parezca una contradicción, demasiado cabal para las cosas importantes.

Es verdad que es un desastre, pero también que nunca permite una injusticia si puede evitarlo. No miente, no enreda, si tiene que asumir un error, lo hace. Tiene la conciencia tranquila porque puede tenerla, nunca haría daño a nadie conscientemente. Es tierna, se deja querer por todos los que muestran el mínimo interés por hacerlo. Valiente para algunas cosas, y para otras se convierte en un ser indefenso que se esconde del miedo, como un gatito mojado al que hay que abrigar con las manos. Acepta sus fallos, los busca, los corrige, o por lo menos lo pretende. Es dulce, divertida, lista, generosa, le gusta que le hagan cosquillas en la espalda y que los niños la peinen cuando está viendo la tele. Sus ojos atraen tanto que resulta imposible dejar de mirarlos, como las llamas de una chimenea o las olas del mar.

Y él le entregó la vida hace ya muchos años.

73.

De vez en cuando, Josep llama a Helena y le pregunta qué tal van las cosas. Ella le cuenta que Olalla no está demasiado bien. Todavía no han hablado con nadie sobre la enfermedad de Hugo, excepto con Manuel y Yolanda.

En Madrid el tiempo pasa tan despacio como en Barcelona. Olalla no ha tomado vacaciones aún, prefiere guardarlas para cuando Hugo la necesite permanentemente a su lado. De momento va a trabajar, aunque solo atiende los asuntos más urgentes. Acude a la Audiencia, al despacho y a la penitenciaria, donde tiene asignados un par de internos del turno de oficio. Pero procura estar de vuelta a la hora de comer.

Hugo ha ingresado en el hospital en varias ocasiones debido a su problema de estómago, se queda un par de días y luego vuelve con un nuevo tratamiento que le procura cierta mejoría. Olalla le ha pedido un poder notarial para denunciar a la directiva del colegio por un delito de discriminación en el empleo por razón de enfermedad, ya está buscando jurisprudencia. A pesar de su miedo al rechazo, está decidida a no dejar títere con cabeza hasta que el nombre del director aparezca en todos los periódicos del país. Si bien no lo hará inmediatamente, no quiere someter a Hugo a esa presión.

La cuidadora de los niños ha seguido yendo a casa hasta hace poco, mientras Olalla está trabajando. Hugo protestó, pero ella dice que se queda más tranquila sabiendo que siempre hay alguien con él. A la chica tampoco le dijeron nada. Solo le advirtieron de que las cosas de Hugo no se tocan. Pero sospechaba algo. Un día se presentó con su novio muy enfadada y le dijo a Olalla que no tenía vergüenza. El novio se encaró con Hugo y le amenazó con contarlo todo en la urbanización.

–Tú te has creído que mi novia se chupa el dedo, ¿no? ¡Pues te vas a enterar de lo que vale un peine! ¡Te voy a demandar por peligrosidad laboral!

Hugo se levantó del sillón y se dirigió hacia ellos tratando de explicarles que no tenían nada que temer, pero el novio se colocó delante de la chica y los dos dieron un paso atrás.

–¡A mí no te acerques, y a ella, menos!

–Nunca me he acercado a ella, no te preocupes.

–¡No! ¡Si yo no me preocupo! Aquí el único que se tiene que preocupar eres tú, que vas a tener que explicar a la inspección de Sanidad por qué un maricón ha engañado a mi novia. O a lo mejor es peor, a lo mejor eres un yonqui de mierda que ha dejado por ahí las jeringuillas, para que cualquiera se pinche y la cague como tú.

Hugo estuvo a punto de responder a la provocación, pero Olalla se interpuso, sacó el talonario, firmó un cheque y se lo entregó a la cuidadora.

–Aquí tienes tu liquidación. Si quieres que nos veamos en los tribunales, no tienes más que poner la demanda. A mi hermano no le faltarán abogados. ¡Y ahora, fuera de mi casa!

Se marcharon dando voces, repitiendo una y otra vez «¡Ya lo creo que nos veremos!». Pero no han vuelto a dar señales de vida ni ha llegado ninguna demanda, aunque desde entonces a Olalla se la ve más triste que nunca. Dice que siente cómo se apartan de ella en la carnicería, en la pescadería y en la caja del supermercado. El otro día se encontró con la madre de un compañero de colegio de Aurora y, cuando fue a darle un beso, dio un respingo hacia atrás y salió corriendo. Está claro cómo se han enterado.

Desde que no está la cuidadora, Manuel, Yolanda y Helena se turnan con ella para no dejar solo a Hugo. Muchas veces Yolanda y Manuel aparecen a la hora de comer con una sopita de pescado, que a él le encanta, o con un buen plato de jamón ibérico. Hugo prueba un poco para no desairarlos, pero apenas come nada que se salga de su régimen. Cada día está más débil. Lee mucho, resuelve supuestos de programación lógica, pasea por el jardín, y adelgaza. Adelgaza mucho. Ha perdido tanta masa muscular que las terminaciones nerviosas casi le rozan la piel. Su lunar en el cuello sigue ahí. Le duele hasta el contacto de la ropa, pero no se queja nunca. Por lo menos, no delante de Helena. No permite que se le acerque nadie a menos de medio metro, porque dice que no le gusta el olor que desprende. Pero no es verdad, huele a limpio, si acaso, a medicinas y desinfectantes.

A Yolanda se le nota que no se siente cómoda. Trata de disimularlo, pero está claro que tiene que esforzarse por aparentar normalidad. A pesar de que Hugo sigue utilizando su propia vajilla y jamás la comparte ni consiente que la toquen, Yolanda nunca toma nada en casa de Olalla. Se excusa con un supuesto régimen de adelgazamiento con falta de apetito, pero es obvio que la causa es bien distinta, y que el mero hecho de compartir mesa con él le supone un esfuerzo.

Olalla no se lo tiene en cuenta, al contrario, se lo agradece, porque no hay un solo día que no acompañe a su marido. Eso sí, a Manuel se le ha escapado la broma de que su mujer va a conseguir que, además del agua del riego, racionen las de los baños y las lavadoras, porque se ducha por lo menos tres veces al día y cada vez que vuelven del hospital echa al cesto toda la ropa. Han enviado a sus hijos a Estados Unidos, Pablo cumplirá veinte años en septiembre, y Elia, diecinueve. El chico estudia Ciencias Químicas, y la chica, Derecho. Ninguno de los dos quería interrumpir sus estudios, pero Yolanda dice que sin el inglés no van a llegar a ninguna parte, y los ha obligado a irse.

–Un añito fuera de España debería ser obligatorio para todo el mundo –dijo cuando volvió de llevarlos al aeropuerto.

Y todos en casa de Olalla le dieron la razón.

Helena también le cuenta a Josep que todavía no se ha roto la costumbre de la compra de los jueves. Es el único día en que Olalla va al despacho por la tarde. Aunque Helena está de vacaciones, aprovecha también esa tarde para dar una vuelta por la oficina; a cambio, luego podrá cogerse unos días, como Olalla, cuando le hagan falta a Hugo.

Siguen quedando en el mismo sitio, en la parada del autobús, después de las sesiones de rehabilitación, y turnándose para llevar el coche un jueves cada una. Después, como siempre, a llenar el carro y a disfrutar de aquellos pasillos repletos de tentaciones. En esos momentos, casi consiguen olvidarse del drama que están viviendo. Cada una elige su capricho preferido: una lata de sucedáneo de caviar, arenques ahumados, anacardos o aguacates con gambas, una receta que lleva causando furor en las cocinas desde que los invernaderos de Almería cultivan productos tropicales que antes no conocía nadie. También se han aficionado el kiwi, una fruta que cuando la partes por la mitad parece un cuadro psicodélico de los que se pintan en las máquinas del parque de atracciones.

Josep sonríe al otro lado del teléfono y vuelve a pedirle que le hable de su mujer.

Necesita saber si ha cambiado de opinión, si Helena piensa que existe alguna posibilidad de que vaya a Barcelona, pero solo le pregunta si está fuerte y soporta la presión. Helena le responde que Olalla procura aparentar que está bien, pero no puede disimular las ojeras ni las bolsas de los ojos. Apenas duerme ni come. Echa de menos a sus hijos y le ha pedido que interceda ante Josep para que los traiga de vez en cuando, aunque solo sea para pasar una tarde. Ella les pagará el puente aéreo si hace falta. También lo echa de menos a él, pero le ha dicho que no se lo cuente.

–Dile que puede venir siempre que quiera. El puente aéreo vale tanto para mí como para ella –le contesta Josep, a sabiendas de que ella no se moverá de Madrid.

–Eres tú el que te los has llevado. Si no lo haces por Olalla, piensa al menos en los niños. No es justo que no vean a su madre. Ya hace casi un mes…

Helena continúa argumentando y consigue convencerlo para que los traiga cada quince días, bajo promesa de que se encontrarán en terreno neutral y él no estará presente.

Y así lo harán a partir ahora, los llevará a casa de Helena un domingo sí y uno no, llamará al telefonillo y ella misma bajará a buscarlos para que pasen la tarde con su madre. Después, los recogerá de la misma forma y se marcharán al aeropuerto.

Ha de quedar muy claro que él no quiere ver a Olalla, a menos que ella decida que quiere verlo a él.

No le temas a los idus de marzo,
los de junio llegarán sin previo aviso,
y las hojas secas del otoño,
y la nieve.

74.

El verano avanza denso y plomizo en el jardín de Olalla. Los matorrales se están secando a causa de la prohibición de regar, y los abejorros se han hecho dueños del aire con sus zumbidos circulares y monótonos.

A Helena le gustaría interceder para que Olalla y Josep se reconcilien sin medir el daño que se están haciendo. El uno sin el otro no son nada, un bastón sin mano que lo ponga de pie.

Helena sabe que Josep acabará reconociendo que Hugo no buscó su muerte. Es cuestión de tiempo. El problema está en que los días pasan y tanto Olalla como Josep se están enrocando en sus posturas y no hay manera de sacarlos de allí.

A veces Olalla se siente culpable por ocultar la enfermedad de su hermano y no sabe cómo perdonarse a sí misma ni si podrá perdonar algún día a su marido.

−¿Te das cuenta, Helena? A mí también me horroriza que me den la espalda. Ya has visto cómo están reaccionando los vecinos. Imagínate a los clientes del gimnasio o a mis propios clientes.

−A lo mejor te llevas una sorpresa y resulta que ellos sí lo entienden.

−No, Helena. Tengo que ser realista. ¿Por qué crees que se ha ido Josep? ¿Por los niños? Si fuera así habría vuelto después de dejarlos en Barcelona. Se ha ido porque no soportaría el contacto con Hugo. Ni siquiera ha ido a verlo una sola vez. No puedo esperar que los demás acepten lo que no ha aceptado mi propio marido. Porque la sociedad no es más fuerte que él, ni más inteligente, ni más generosa, ni más sensible, ni quiere tanto a Hugo como lo quiere él.

–Entonces, ¿abandonas la idea de interponer la demanda contra el colegio?

–Por supuesto que no. Pero ahora no puedo. Ni yo tengo fuerzas, ni Hugo está en condiciones de pasar por un juicio. Pero cuando llegue el momento, contaré la verdad. Aunque tenga que ir de tribunal en tribunal, reclamando los derechos que le han negado a mi hermano. Aunque me cueste la vida convencer a medio mundo de que los enfermos no son culpables, sino víctimas y, por lo tanto, no merecen un castigo. Los errores no se calculan *a priori*, se lamentan después de cometerse, o se asumen, con la carga de horror que puedan arrastrar. Mi hermano asumió el suyo con todas sus consecuencias. Pero está claro que no ha sido suficiente, que su error se ha convertido en una deuda ante los otros, incluso ante Josep, en una culpa que tiene que pagar. Y el precio es tan desproporcionado...

75.

El día de la Virgen de la Paloma, Hugo sorprendió a Helena dedicándole un guiño. Lo hizo sin querer, instintivamente, solo una forma de cerrar los ojos para darle énfasis a una broma.

Helena había encontrado abierta la puerta y pasó directamente a la cocina, donde Hugo se estaba preparando un café.

—¡Hombre! ¡Helena con hache! ¡Felicidades!

—¿Felicidades? ¿Por qué?

—Hoy es el día de la Paloma.

—Pero yo no me llamo así.

Entonces fue cuando Hugo le guiñó un ojo. Se notaba que había sido un gesto involuntario, pero lo guiñó, y ella recibió aquel guiño como si fuera el primer beso de todos los que no le daría nunca.

—Aunque no te llames Paloma, hoy me apetece felicitarte.

A ella le habría gustado responderle «Hoy me llamaré Paloma solo para ti», pero se dio media vuelta temiendo que se le subieran los colores y simuló buscar a su amiga en el jardín.

Hugo la siguió en el disimulo. Estaba preciosa. Llevaba puesto el vestido verde del día en que se conocieron, anudado al cuello y escotado en la espalda hasta casi la cintura, y se había peinado con la misma cola de caballo.

La tenía tan cerca que habría bastado un solo paso para rozarle la nuca con los labios. Olía a recuerdos de infancia, a sueños por cumplir, a campo abierto, a prados verdes, a nieve sin pisar, a montañas recién coronadas.

Helena lo sintió a su espalda conteniendo la respiración, dispuesta a aceptar que el pasado no existe y que el futuro no es más que un presente que se alarga, un presente que era solo suyo, de ellos y de nadie más, y del beso que deberían darse, largo, vehemente, decidido a no ser el último, porque cometerían un error si no subieran al único tren que pasaría para ellos, aunque ambos tuvieran la certeza de dónde terminaría el viaje.

Hugo dio un paso hacia ella. Estaba a punto romper la promesa que se había hecho a sí mismo. Deseaba dejarse llevar sin reparar en el daño, sin culpa, sin freno, sin remordimiento. Rodearle la cintura con las manos y darle la vuelta para besarla y volverse loco.

No la besó ni le rodeó la cintura, pero no se resistió a acercarse hasta casi rozarla. Se inclinó para poner la boca a la altura de su cuello, sopló como si estuviera apagando una vela pequeña y se marchó sin haber sido capaz de encontrar las palabras con las que debía pedirle perdón.

Y Helena continuó en el jardín, saboreando aquel beso que no llegó a ser, sin querer darse la vuelta para verle marcharse.

Al día siguiente, se arregló para ir a casa de Olalla con la misma sensación que la asaltaba cuando se vestía para una primera cita, una mezcla de ilusión y de miedo que la acompañaba en su relación con los hombres desde que le dieron el primer beso en la boca. Desde entonces, invariablemente, siempre que se arreglaba para un encuentro amoroso, recordaba aquel beso, el que nunca se olvida. Se lo había dado el amigo de uno de sus primos, poco después de saltar las hogueras de su decimoquinto cumpleaños. Aquel chico, el que se quedó en su memoria para toda la vida, la besó como si quisiera descubrir los secretos del mundo en su boca.

Hasta entonces, ella no conocía más que los besos censurados del cine.

Había soñado muchas veces con ese momento, pero cuando llegó, pensó que algo fallaba: o él no sabía lo que hacía, o a ella la habían engañado. Aquel beso no era como el de las películas. Sin embargo, después de la sorpresa inicial y de su intento fallido de cerrar los labios, dejó que el beso siguiera su curso, y que hubiera otro más, y otro y otro y otro.

Faltaban un par de horas para volver a ver a Hugo. No paraba de mirar el reloj y darse los últimos retoques. Se miró al espejo por enésima vez y se tocó la nuca.

Su estado de excitación se parecía mucho a la felicidad. Al placer de la espera. Momentos únicos en los que las expectativas del encuentro permanecen intactas. Una sonrisa al espejo. Un gesto de coquetería que no se atrevería a repetir para él. Una mirada caída. Un beso al aire.

La noche anterior había revuelto el armario mentalmente una y otra vez hasta encontrar el vestido que más le favorecía. Pero a la mañana siguiente decidió que era demasiado corto y buscó otras opciones. La cama se llenó entonces de ropa que la hacía gorda, que le quedaba ancha, demasiado oscura, pasada de moda o demasiado moderna. Hasta que recordó una frase que solía decirle su abuela, «La primera idea es la que vale», y se decidió por el primer vestido en que había pensado, un camisero rojo sin mangas y sin cuello que se acababa de comprar en las rebajas de unos grandes almacenes.

Olalla la había invitado a comer, junto a Yolanda y su marido, para celebrar su victoria en segunda instancia, en un proceso que la traía de cabeza desde hacía más de dos años. Un caso difícil cuya sentencia acababa de firmarse. Olalla le había dedicado muchas horas y mucho empeño a aquel asunto y, contra todo pronóstico, la apelación se había fallado a favor de su cliente.

Helena fue la última en llegar. Habían dejado abierta la cancela del jardín delantero y entornado la puerta de acceso a la vivienda, y la esperaban en la cocina preparando los aperitivos. Estaban bromeando sobre cualquier cosa cuando entró en la cocina con un gran ramo de flores.

—¡Enhorabuena, amiga! —le dijo a Olalla ofreciéndole el ramo, después de separar tres rosas rojas, una para cada uno.

Yolanda y Manuel cortaron el tallo y se colocaron la flor detrás de la oreja, y Hugo se tapó las manos con las mangas de la camisa, recortó el tallo de su rosa y se la puso a Helena.

—A ti te queda mejor. Hace juego con tu vestido.

Y la miró sin conseguir disimular el deseo.

Ella volvió a sentir su soplo en la nuca, su respiración pegada a la espalda, su boca acercándose al cuello, la emoción de pensar que por fin daría un paso al frente. Pero, acto seguido, se sentó a la mesa y no volvió a mirarla ni a dirigirse a ella. Otra vez la decepción de la huida.

Sin embargo, durante los postres, sucedió algo que cambiaría en adelante su actitud.

Los dos se encontraron solos de repente en el jardín. Sin saber muy bien cómo ni por qué, todos, menos ellos, parecían hacer falta en la cocina.

Olalla los había obligado prácticamente a quedarse en la mesa, uno junto al otro, frente a los rosales que la sequía aún no había marchitado, en espera de la tarta que había hecho ella misma para celebrar el acontecimiento del día.

Él había dejado sus libros en una mesita auxiliar, cogió uno de ellos y se distrajo en pasar rápidamente las hojas, rozándolas solo por el filo, como los tahúres que parten un mazo de cartas en dos mitades y las entremezclan con una facilidad que a Helena le maravillaba. Ella permaneció absorta en el sonido de las páginas que se deslizaban entre los dedos del tahúr, con la mirada fija en los rosales.

Hacía calor. Nada se movía en el jardín excepto las hojas que resbalaban por el pulgar de Hugo. Ni una brizna de aire que moviera las copas medio secas de los árboles, que permanecían mudos, quietos, como si esperasen que terminara la siesta para volver a la vida. Ninguna cigarra, ningún abejorro.

Helena hubiera preferido no moverse para no romper el silencio, pero no quedaba cava en su copa y decidió rellenarla. La de Hugo estaba al lado de la suya, igual de vacía. Él también hubiera preferido no moverse. Se había delatado cuando le puso la rosa en la oreja, y evitó exponerse de nuevo durante la comida. No quería hacer ningún movimiento que le obligara a mirarla otra vez, pero se inclinó hacia la mesa para rellenar su copa al mismo tiempo que ella y tropezó con su brazo. El cava se derramó entonces sobre el mantel, se precipitó hacia los bordes y cayó como una cascada, de la que ambos intentaron huir retirando sus sillas. En ese momento, se cruzaron las miradas y sonrieron, sin la timidez de ella y sin las fugas de él, como si ya se hubieran dicho lo que sentían.

Durante un instante, se perdieron el uno en el otro, enredados en el lazo invisible que los mantenía unidos.

Libres, despreocupados, desinhibidos, ajenos al mundo, al calor, al silencio y al cava que les había caído en la ropa.

Cualquiera diría que se estaban besando sin rozarse los labios.

Después vinieron las risas, las primeras carcajadas y las miradas sin disimulos.

Olalla, Manuel y Yolanda acudieron al jardín asombrados por lo que estaban viendo y oyendo. Helena trató de secarse la falda con una servilleta, sin parar de decir «¡Dios mío, Dios mío!». Y Hugo hizo lo propio con su pantalón, riéndose como un adolescente y coreando a la joven con un «¡Dios tuyo, Dios tuyo!», ante los ojos atónitos de su hermana y de sus amigos, que enseguida se unieron a las risas y a las exclamaciones, mojando un dedo en el cava y tocándose detrás de la oreja.

Las mujeres se enredaron entonces en un debate sobre la comodidad de las prendas de vestir. Pantalones para el invierno, calentitos y cómodos; faldas para el verano. Los hombres se reservaron su opinión, pero, una vez terminado el debate, Hugo remató la discusión mientras miraba las piernas de Helena disimuladamente.

—A mí me gustan las mujeres con faldas.

Jamás, ni Olalla, ni Yolanda, ni Manuel, ni mucho menos Helena, habrían esperado un comentario suyo sobre sus preferencias con respecto a las mujeres. Ninguno de ellos pudo ocultar su extrañeza mientras se miraban unos a otros, convencidos de que en ese momento abandonaría el jardín. Sin embargo, para sorpresa de todos, continuó en su silla mientras Manuel le daba la razón.

—A mí también me gustan las mujeres con medias.

—No he dicho con medias, he dicho con faldas.

—Tú y tu precisión matemática. ¡No te soporto, Integrales!

Plantaré un árbol, tendré un hijo
y escribiré la historia que te negaste a vivir.

76.

Durante el resto del verano, Helena se convirtió en una presencia constante en casa de Olalla, y su relación con Hugo se fue afianzando.

Ella intentaba reprimir el deseo de mirarle como si la vida fuera larga, y él la miraba manteniendo la distancia con la que quería salvarla de algo que ya resultaba irremediable, pero había dejado de huir.

Conversaron mucho durante esos días. Él le contó su vida como si el pasado pudiera compensarles por el futuro que no podrían tener. Con él viajó a las Alpujarras granadinas, se bañó en la poza del río que pasaba junto a los secaderos de su padre, vivió en Vallecas, hizo la mili, le acompañó al infierno de la droga y al viaje de vuelta en la autocaravana de Manuel, acudió a la cita con José Luis después de recibir su carta, saltó las hogueras de San Juan con el sombrero panamá, se hizo los análisis, recogió el informe, que resultó positivo, estudió Ciencias Exactas y construyó un mundo donde los otros quedaban a salvo, mientras él ejercía la profesión que sus padres habían soñado, en el colegio que acabaría despidiéndole cuando sospechó su enfermedad.

Olalla se volcaba en cuerpo y alma en su cuidado. Cada día más delgada también. A medida que avanzaba la enfermedad de su hermano, ella parecía debilitarse. Trataba de aparentar normalidad, pero sus ojeras, sus bolsas bajo los ojos y su cojera, cada vez más pronunciada, demostraban que no podía con el peso. La enfermedad de Hugo, la separación de Josep, el trabajo y los problemas de sus clientes, que solía llevarse a casa a pesar de proponerse todo lo contrario.

Por las mañanas, en cuanto llegaba al despacho, llamaba a su casa por teléfono para ver si todo seguía bien, aunque se hubiera marchado media hora antes.

Desde la Audiencia, desde los juzgados, desde la cárcel o desde cualquier otro lugar, controlaba la evolución del enfermo temiendo una mala noticia. En una ocasión, incluso llamó desde el supermercado.

—Helena, ¿está todo bien?

—Todo en orden. Hugo está durmiendo.

—Es que he sentido una punzada muy rara en el corazón. Por favor, comprueba que está dormido. Si no, no me quedo tranquila.

Fueron días extraños en los que Olalla y Helena compartieron las confidencias, las tristezas, el esfuerzo por encontrar un motivo para no desesperar, los momentos en que se olvidaban de todo, las risas, el miedo y a Hugo, sobre todo a Hugo.

La esencia del enigma está en la imposibilidad de descifrarlo.
La del silencio, en la capacidad de romperlo.
La de la vida…

77

Recién terminado el verano, cuando todos se habían acostumbrado a una vida que resultó ser solo un paréntesis, Hugo sufrió un empeoramiento e ingresó de nuevo en el hospital. Después de una semana de pruebas y de análisis, la doctora les comunicó que debía quedarse.

Josep todavía no había vuelto a casa y no había hablado con su mujer.

A pesar de que Olalla le rogó que no lo llamara, Helena marcó su número y le contó lo que sucedía en el hospital.

—Deberías venir.

—¿Cómo está Olalla?

—Más tranquila de lo que cabría esperar. Aunque también nos preocupa bastante.

—¿Te ha pedido ella que me llames? Dime la verdad, Helena.

—Te llamo porque creo que tu sitio está ahora aquí, Josep.

—Dile que me llame ella.

Olalla no le llamó. Helena había intentado convencerlos de que debían deponer su actitud, aunque solo fuera por sus hijos. Tal y como había prometido, Josep los había llevado a Madrid en domingos alternos para que vieran a su madre, pero no consintieron en verse ellos.

—¿No crees que deberías darle una oportunidad? —le dijo Helena a su amiga, tratando de convencerla una vez más de que llamase a Barcelona–. Solo necesita saber que él también cuenta.

–Él lo sabe. Lo ha sabido siempre. Ha sido él quien ha empezado esta guerra, y él debería terminarla.

–Te equivocas, Olalla, esta guerra no es entre vosotros.

–¿Estás segura de eso? Cuando termine todo voy a emprender acciones legales contra el colegio de Hugo y contra todo el que se haya atrevido a discriminarlo. ¿Acaso tengo que medir a Josep con una vara distinta? ¿Acaso él es diferente? ¿Es distinto su miedo? No, Josep no tiene razón, nunca la ha tenido y no la tiene ahora. Los doctores se han cansado de decirle que Hugo no supone peligro alguno para los niños, pero él no quiere escucharlo.

En el fondo, Olalla se alegraba de que sus hijos se hubieran marchado, pero sus razones eran distintas. Se alegraba de que no hubieran presenciado el deterioro de Hugo. No haber tenido que evitar que se acercasen a él para que no le contagiasen cualquier cosa. La bacteria más inofensiva para ellos podría ser mortal para Hugo. Los niños estaban mejor en Barcelona. Olalla no habría soportado ver como su hermano se alejaba de ellos para no contagiarles, porque tampoco Hugo quiso escuchar a la doctora cuando le dijo que las vías de contagio se limitaban al semen y la sangre. Ni los besos, ni las caricias, ni las lágrimas, ni el sudor, ni la saliva podían transmitir la enfermedad. No se conocía ningún caso. Ni siquiera los mosquitos podían transmitirla, aunque muchos se empeñaban en afirmar lo contrario.

Olalla prefería saber a sus hijos lejos del dolor y de la angustia. Pero Josep no tenía razón.

El problema no estaba en los niños. Las cosas no deberían haber llegado tan lejos. Hay peces que se muerden la cola sin que nadie los haya enroscado.

Olalla podría perdonar a su marido si admitiera que el miedo le había paralizado, que su huida no se debía a un rechazo hacia Hugo, sino a una fuerza irracional que le impedía moverse. Es posible que le hubiera perdonado si se hubiese explicado. Pero nunca podría olvidar que algunos supieron salir de la misma situación a base de cariño y de generosidad, y que otros nunca lo intentaron.

Ella no podía olvidar, porque solo la memoria es capaz de reparar las heridas que se quedaron abiertas, solo ella puede devolvernos al instante que precede al daño, a los días previos, a la vida anterior. Solo a través de la memoria recuperamos la cordura. Con el olvido no. El olvido, ni para Josep, ni para nadie.

Josep, por su parte, dejó de esperar a Olalla cuando comprendió que ella nunca daría el primer paso. A principios de octubre, decidió matricular a los niños en un colegio del barrio de Guinardó, hasta ver qué pasaba con la vida, con la de él, con la de ella, con la de todos.

La rabia que había ido acumulando contra Olalla se había convertido en una costra. Se habían querido durante más de veinte años, pero, de repente, sin que ninguno hiciese nada para remediarlo, se interpuso entre ellos un precipicio sin fondo. El vértigo los había vencido a los dos.

En la urbanización ya se había corrido la voz sobre la enfermedad de Hugo, y a Olalla le habían hecho el vacío. No había día que no sintiera la mirada de algún vecino cuchicheando a su espalda o dando un paso atrás cuando la abogada se acercaba.

Había llegado a sus oídos que los padres del colegio habían preparado una carta para entregarla en la dirección en cuanto sus hijos volvieran. Por lo que no puso inconveniente cuando Helena le informó de la decisión de Josep de matricularlos en Barcelona, siempre que continuara llevándoselos a Madrid un domingo sí y uno no. Aún no había llegado el momento de presentar ninguna batalla.

Aunque Olalla se pasaba la mayor parte del día en el hospital, sus amigos le propusieron establecer turnos para que descansase, y para no dejar nunca solo a su hermano. Ella eligió los de noche. Helena solicitó un permiso sin sueldo para poder hacer los de la mañana, y Yolanda y Manuel acompañaban al enfermo todas las tardes hasta que los sustituía Olalla, si es que no se encontraba ya allí. Una rutina que se mantenía en precario, siempre pendiente del hilo que se tensaba sin remedio cada día un poco más.

Ninguno de ellos podía sospechar que se rompería por el lugar equivocado.

78.

Desde que ingresó por última vez, la doctora Del Solar sometió a Hugo a un tratamiento con nuevos fármacos antirretrovirales que actuaban como inhibidores, previniendo la infección de células sanas.

—¿Crees que dará resultado? —le preguntó Hugo cuando le dio el primer cóctel de pastillas.

—No perdemos nada probando, ¿no te parece?

Se trataba de la primera luz que se encendía para Hugo desde que se infectó. Una luz muy tenue, intermitente, ámbar, que podía apagarse de la misma forma que se había encendido, pero una luz al fin y al cabo, la primera a la que podían aferrarse.

El tratamiento se encontraba en fase experimental, pero lo cierto era que, desde que falleció el primer paciente en España, hacía quince años, por primera vez había descendido el nivel de mortalidad de los enfermos. De 5.857 fallecidos en España en 1995, la cifra había pasado a 5.749 a finales de noviembre de 1996. En términos estadísticos, la disminución no llegaba al 2% de la media anual de víctimas mortales, pero en términos absolutos, la cifra no podía ser más esperanzadora, 108 personas habían salvado la vida gracias al nuevo tratamiento, una gran lista de nombres y apellidos a la que quizá podrían añadirse los de Hugo.

La doctora Del Solar no quería echar las campanas al vuelo, la cifra total de víctimas mortales en España, en ese momento, sobrepasaba los 32.000; no obstante, había que intentarlo.

–Parece ser que está dando resultados en pacientes en los que aún no se han manifestado los síntomas. No se trata de una cura ni de una vacuna, aunque también se han encontrado beneficios en algunos enfermos que ya han desarrollado la enfermedad. Pero deberás tener paciencia, Hugo, y hay que estar muy atentos a los posibles efectos secundarios.

El cansancio, los vómitos y las náuseas se alternaron con periodos de mejoría irregulares. Un carrusel que subía y bajaba, con la supervisión constante de la doctora. Tenía la flora intestinal muy dañada. Apenas retenía los alimentos, y la falta de masa corporal le producía enormes dolores.

Olalla asistía al proceso con el alma en vilo. Hugo pasaba dormido la mitad del tiempo, bajo la influencia de los sedantes que le administraban para que sobrellevase los efectos secundarios.

Todas las tardes, a última hora, la doctora le despertaba para controlar sus reacciones, y después esperaba a Olalla en la sala de visitas para darle el último parte. A veces, trataba de tranquilizarla diciéndole que el cuerpo de su hermano parecía responder al tratamiento, pero otras, caía sobre ella como una borrasca, pesimista y sin piedad.

A finales de noviembre, unos días antes de la desaparición de la abogada, Hugo había experimentado un empeoramiento que la doctora Del Solar no sabía si achacar a los efectos secundarios o a la carga viral, que había conseguido detener, pero continuaba amenazante.

Olalla se encontraba en la sala de espera cuando la doctora se acercó y la avisó de que debía prepararse.

–Convendría que arreglases las cosas por si acaso. Hoy está peor. ¿Tenéis algún tipo de seguro?

Olalla no la entendió, o quizá no quiso entenderla. La doctora llevaba en las manos unos impresos que Olalla ya había visto anteriormente, cuando Hugo se encargó de organizar el traslado de sus padres al pueblo.

–¿Qué cosas? ¿Qué quiere decir?

–Lo siento, Olalla, tienes que ser fuerte. Nadie puede precisar en qué va a terminar todo esto. No sé si habremos llegado a tiempo con los antirretrovirales. No hay más remedio que ser prácticos. Si lo prefieres, el hospital puede encargarse de todo.

Olalla sintió que le faltaba la respiración. No quería ser fuerte. A los fuertes se les exige más de lo que pueden dar, y ella ya había dado todo lo que la vida le había pedido. Las manos le temblaban, y la pierna sana se negaba a soportar el peso que no resistía la enferma.

El sol estaba a punto de ponerse. El cielo se había convertido en un paisaje de nubes enrojecidas, brillantes, furiosas, estrelladas contra un azul que se oscurecía más y más.

Olalla se acercó al ventanal de la sala de visitas y contempló el anochecer. ¿Cómo podía caber tanta belleza en un día tan triste? ¿Cómo era posible que la tierra continuase girando mientras su mundo se detenía?

La doctora Del Solar le entregó los impresos e intentó ponerle una mano en el hombro, pero ella la rechazó retirándose hacia atrás. Su relación siempre había sido muy tensa, en cierto modo, parecía que Olalla culpaba a la doctora de la enfermedad de su hermano.

–Me ha pedido que le trate como si fuera mi hijo –dijo la doctora intentando encontrar un tono de voz que facilitase el entendimiento–. Que haga lo que considere necesario, si tú estás de acuerdo.

Olalla hizo un gesto con la mano como si no la entendiera o no quisiera entenderla.

−¿Si yo estoy de acuerdo?

Y la doctora volvió a intentar un tono de voz que demostrase que no solo quería a Hugo, sino que también había desarrollado un cariño sincero por su hermana.

−Supongo que quiere evitarme problemas contigo. Porque, si tú estás de acuerdo, yo no tendré ningún reparo en hacer lo que haría por mi hijo.

A Olalla se le cayeron dos lagrimones. Los ojos abiertos y asustados. La boca temblorosa. El corazón detenido.

−¡Así es Hugo! Tiene que controlarlo todo. No se preocupe. No habrá problemas. Solo le pido una cosa: por mucho que él insista, no consienta que se vaya sin despedirse de mí.

En ese momento, pasaron por delante de la puerta las madres de dos enfermos que llevaban un tiempo ingresados, con sus zapatillas y sus confidencias. Olalla se compadeció de ellas y pensó en sus padres. Quizá las teorías de Helena sobre el destino no fueran tan descabelladas. Viendo a aquellas madres, entendía por qué la suya había muerto tan pronto. No lo habría soportado. No habría podido caminar en zapatillas de un lado a otro del pasillo que conducía a la habitación 205 ni charlar con las otras madres, disimulando el dolor.

Su amiga estaba en lo cierto. El destino le había evitado a su madre la sinrazón.

Antes de marcharse, Olalla se acercó al cuarto de enfermeras, sacó el formulario de su bolso, lo rellenó y se lo entregó a la supervisora.

Los restos de Hugo deberían ser incinerados en el pueblo, después de una misa-funeral que se celebraría en la misma capilla donde despidieron a sus padres hacía menos de un año. Sus cenizas se esparcirían en la poza donde habían aprendido a nadar, bajo la cascada que escondía la cueva a la que ella solo lograba llegar de su mano.

79

Durante los días y las noches siguientes, Olalla permaneció a la cabecera del enfermo sin apenas moverse. Yolanda y Manuel continuaron con sus turnos de tarde, pero Helena se tomó las vacaciones que aún le debían en el despacho y también pasaba casi todo el día en el hospital.

Hugo dormía la mayor parte del tiempo, bajo los efectos de la morfina que le calmaba los dolores. A veces, cuando despertaba, le pedía a su hermana que le cantase una canción o que le leyese los fundamentos jurídicos en los que había basado su último recurso. Olalla protestaba invariablemente, pero terminaba por ceder ante la insistencia de su hermano.

—Me gusta imaginarte delante del juez, con tu toga, convenciéndolo con tu verborrea. ¿Te acuerdas de lo que le gustaba escucharte a mamá cuando estudiabas? Decía que te iba en el nombre: Olalla, la que bien habla.

—Y si hubiera significado la que habla mal, habría buscado otra excusa para hacerme recitar el Código Civil.

—Pues yo no necesito excusas. Por favor, léeme el recurso otra vez.

Y Olalla le leía un otrosí digo tras otro, hasta que se quedaba dormido.

Cuando volvía a despertarse, le pedía que abriese el grifo de la bañera, que le refrescase los labios con un cubito de hielo y que volviera a leer.

La víspera de su desaparición, a última hora de la tarde, Helena la vio tan agotada que le pidió que se marchase a descansar. No podía apurar todas sus fuerzas.

—Esta noche me quedo yo —le dijo como si le estuviese dando una orden—, mañana te espera un día duro.

Y la obligó a prometerle que a la tarde siguiente irían a fisioterapia. Hacía varias semanas que habían abandonado sus sesiones, y su cojera era cada día más pronunciada.

La abogada protestó, pero acabó aceptando la orden de su amiga. Era cierto que al día siguiente le esperaba una jornada intensa. Debía llevar un caso al Tribunal Supremo y no le quedaba más remedio que ir al Centro Penitenciario de Valdemoro para resolver algunos detalles con su cliente. De manera que decidió dormir en su casa; no obstante, cuando se disponía a marcharse, apareció la doctora y le pidió que la acompañase a la sala de visitas.

—¡No puedo traer mejores noticias! ¡Ha mejorado! ¡El recuento de los CD4 se mantiene! ¡Y se ha reducido la carga viral!

Olalla se dejó caer en el sofá y la miró sin querer dar crédito a sus palabras.

—¿Cuánto?

—Lo suficiente como para estar contentos.

La doctora intentaba no sonreír, aún era pronto para echar las campanas al vuelo, pero su optimismo era evidente.

—Voy a decírselo a Hugo —dijo Olalla levantándose del sofá.

—¡Espera! No nos precipitemos. Ni siquiera te lo tenía que haber dicho a ti. Esto puede dar un vuelco. Mañana será un día clave. Quiero consultarlo con un grupo de especialistas de Barcelona. Volveré a hacerle una analítica a primera hora de la mañana. A las doce en punto la recogeré del laboratorio y llamaré a mis colegas. Te esperaré aquí mismo después.

–Gracias, Pilar.

Y por primera vez miró a la doctora como si no fuese el enemigo, buscando en sus ojos la complicidad que la unía a su hermano.

Cuando se quedó sola en la sala de visitas, procuró no pensar en el vendaval que un día la lanzaba a las nubes y otro la aplastaba contra el suelo.

A través de las ventanas, se colaba otro anochecer cuya belleza no podía soportar. Se giró para no mirarlo, se tumbó llorando en el sofá y se acurrucó de espaldas a los cristales. No sabía si lloraba de alegría, de miedo o de impotencia. Estaba tan agotada que ni siquiera era capaz de parpadear. Hasta que, poco a poco, sin darse cuenta, se le fueron cerrando los ojos y se quedó dormida.

*Yo te daré el instante
que contiene todos los instantes.*

80.

Helena pasó la noche en un sillón de plástico cubierto por una sábana, procurando no moverse para no despertar al enfermo. Se había descalzado y había colocado otro sillón donde reposar los pies, a modo de cama improvisada.

En la habitación había dos radiadores que habían estado encendidos toda la noche. Hacía mucho calor. Helena llevaba una falda de paño de lana verde y una camiseta blanca de hilo. Encima de la camiseta se había puesto una rebeca abotonada hasta el cuello, del mismo tono que la falda. Sudaba por cada uno de sus poros. Cuando despertó, se levantó muy despacio, se desabrochó los primeros botones de la rebeca y se dedicó a mirar por la ventana.

Faltaban tres semanas para que empezase el invierno, pero ya había nevado en la sierra y el viento del norte traía el frío a la ciudad. De día, se podían distinguir las montañas desde la ventana, imponentes, grandiosas, con sus picos nevados. Pero aún no había amanecido.

Helena contemplaba ensimismada la oscuridad cuando escuchó a su espalda la voz de Hugo.

—Estás preciosa.

Ella se volvió hacia él, se atusó la rebeca como si la planchara con las manos, y simuló no haberle entendido. Nunca le había dedicado un piropo.

—¿Qué?

–Digo que estás preciosa. Te sienta muy bien el verde, te hace juego con los ojos. Deberías vestir siempre así.

–Gracias, la verdad es que no sabía que hacía tanto calor aquí por la noche, tenía que haberme puesto algo más fresquito. Este sillón es un auténtico horno. Mira cómo me ha dejado la rebeca.

Hugo sonrió. El sillón estaba forrado de plástico, y no era la primera persona que se quejaba.

–Quítatela.

–No puedo, se me transparenta mucho la camiseta que llevo debajo.

–¿Y qué?

–Nada, pero me da vergüenza.

–¿De mí?

–No sé, de todos, de cualquiera que pase.

Hugo extendió una mano para que se acercase. Cuando se colocó a la altura de la cabecera de la cama, se envolvió la mano en la manga y le tiró suavemente de la rebeca.

–¡Vamos! ¡Quítatela!

Había bajado el tono de voz. Helena le miró desconcertada, procurando disimular el nerviosismo que empezaba a cerrarle la boca del estómago.

–Quítatela.

–Pero…

–¡Vamos!

Ella se situó frente a él sin perderle la mirada, y se desabrochó el resto de los botones hasta dejar al descubierto la camiseta de hilo. Después se echó hacia atrás la rebeca y dejó que resbalara desde sus hombros hasta los codos. Ni siquiera pensó en que no se había ruborizado.

Cuando la chaqueta cayó al suelo, Hugo le puso la mano en la cintura y la presionó ligeramente, acoplándose a su cuerpo, deteniéndose en ella, como si estuviera acostumbrado.

El sujetador se transparentaba a través del blanco de la camiseta. Hugo recorrió su cuerpo con la mirada. Su respiración entrecortada, sus pechos, sus pezones erectos bajo el sujetador, su vientre, sus muslos, sus piernas, sus pies descalzos.

Ella se estremeció.

Él siguió presionando su cintura sin dejar de mirarla mientras comenzaba el recorrido inverso, desde los pies hasta volver a sus ojos.

No duró más que unos segundos, pero fueron suficientes para que ella sintiera que Hugo era suyo. Por unos instantes, más suyo que de nadie. Y también que ella era de él, que aquella suave presión de la mano en su cintura la hacía suya, más suya que de nadie.

Y así hicieron el amor. Sin sexo, sin jadeos, sin arrebato, pero con la misma pasión, la misma intensidad y el mismo nerviosismo que dos amantes en su primer encuentro.

Él no dejaba de mirarla. Había cruzado la tierra de nadie en la que se había mantenido hasta entonces. Ese lugar situado a ambos lados de la frontera que Hugo se había negado siempre a traspasar.

—Sabes que te quiero, ¿verdad?

—Sí, lo sé. ¿Y tú? ¿Lo sabes?

—No quiero hacerte daño, Helena.

—Tú no me haces daño.

—Pero te haré sufrir.

Helena le hizo un gesto para que se callase.

—Ahora soy feliz, no importa lo que venga después.

—Pero...

—Schhhhhh, no se admiten peros. ¿Eres tú feliz ahora?

—Más de lo que podía imaginar. Pero no es justo.

—La justicia es cuestión de medidas, y ahora no es tiempo de medir. Vuelve a dormirte, es muy temprano todavía.

Hugo sonrió, sacó las piernas de debajo de las sábanas e hizo un ligero movimiento con los pies, como si estuviera dando un paso de baile.

—Debería haber bailado contigo el *Hotel California*.

Después, cerró los ojos y, en cuestión de segundos, se quedó completamente dormido.

A Helena le llamaron la atención las uñas de los pies, perfectamente cortadas, limpias, blancas, hermosas —como sus ojos, como su boca, como sus manos—, dibujadas en los dedos de aquellos pies que ella había soñado besar.

Al cabo de unos minutos, se despertó de repente, igual que se había dormido, y le pidió que abriera el grifo de la bañera.

—Por favor, déjalo abierto un momento. Me gusta el ruido del agua. Me recuerda al de la poza donde me bañaba de pequeño.

La primera vez que se bañó en aquella poza, su madre le cogió de la mano para enseñarle a bucear hasta la cueva que se escondía bajo la cascada. Desde entonces, siempre asociaba el sonido del agua con la mano que le sujetaba cuando apareció la gruta ante ellos, cargada de misterios por descubrir.

El agua del grifo lo transportaba a los días en que competía con sus amigos para aguantar más tiempo ante la boca de la cueva, conteniendo la respiración alrededor de una lata que representaba la victoria, porque solo el último que salía a la superficie podía hacerlo con ella en la mano.

Años después, cuando leyó el resultado de los análisis que frustraron sus planes de futuro, se dirigió directamente hacia el pueblo para refugiarse en el sonido de la cascada.

Llegó a la poza aturdido ante las decisiones que le tocaba tomar, se desnudó, se lanzó al agua, buceó hasta la cueva y buscó la mano de su madre, las risas de sus amigos y la lata que casi siempre acababa en sus manos.

Y bajo aquella agua clara, fría, limpísima, que caía en cascada sin otro objetivo que el de caer, decidió que la enfermedad no le impediría encontrar un punto de equilibrio entre la nada y el vacío. Averiguaría la forma de alcanzar la felicidad, si es que existía, dejando que corriera la vida igual que el agua de la cascada, gota a gota, día a día, hora a hora, minuto a minuto.

81

A primera hora de la mañana, Olalla se despertó con el ir y venir de los zuecos de las enfermeras y los pasos arrastrados de las madres recién levantadas.

Manuel y Yolanda acababan de llegar al hospital. Llevaban un termo con caldo para Hugo. Cuando Olalla los vio aparecer en la sala de familiares, miró el reloj.

–Pero ¿qué hacéis aquí tan temprano?

–Ayer me dijo Hugo que le apetecía tomar sopa. He preferido traérsela antes de irnos al banco; así, si le apetece un poco para comer, ya la tiene aquí –contestó Yolanda mostrándole el termo.

–Gracias, amiga –dijo cogiendo el termo y metiéndoselo en el bolso–, yo se lo llevaré, no quiero que os echen del banco por nuestra culpa.

Y se colgó de los brazos de ambos para obligarlos a marcharse.

–Por cierto, Yolanda, no estará tu coche hoy aquí, ¿verdad? No sé qué he hecho con las llaves del mío. Se me han debido de caer del bolso.

A veces, cuando Yolanda y su marido iban por separado al hospital, regresaban en el de Manuel, y Yolanda dejaba las llaves del suyo en la mesilla de Hugo, por si Olalla había ido en autobús y quería utilizarlo. Se trataba de un coche automático que le había comprado a un primo de Manuel, aquejado también de poliomielitis desde pequeño. En esa ocasión, las llaves de Yolanda se encontraban en el cajón de la mesilla.

—Has tenido suerte. Cógelas.

—Gracias. Luego nos vemos.

Pero no volvieron a verse más.

Lo último que Yolanda y Manuel recordarían de Olalla sería la prisa, esa urgencia con que les obligó a salir de la sala de espera sin siquiera tomarse un café. Y el contacto de sus manos mientras los acompañaba hasta el ascensor, apoyada en sus brazos, caminando entre ellos a un ritmo forzado.

Aquel tacto de sus manos, aquel correr, aquella prisa se quedarían para siempre en los recuerdos de Yolanda y de Manuel como toda despedida.

Segundos después, Olalla entró en la habitación de su hermano, dejó el termo sobre la mesilla y abrió el cajón para tomar prestadas las llaves. Hugo dormía plácidamente. A su lado, Helena dormitaba en el mismo sillón en el que había pasado la noche. La rendija de luz de la puerta entreabierta le dio directamente en la cara y abrió los ojos, pero Olalla le indicó con un gesto que no se moviera, se acercó a la cabecera de Hugo y le hizo una caricia en un hombro.

—No trabajes tanto —le dijo él al sentir el tacto.

—Descuida, solo voy a solucionar unas cosas urgentes, luego me vengo para acá. Duérmete, es muy temprano.

Antes de cerrar los ojos, Hugo se envolvió la mano en la manga del pijama como siempre, cogió la de su hermana y la retuvo durante unos segundos.

—Adiós, hermanita.

Olalla le besó la mano a través de la tela y después se dirigió en susurros a Helena para informarle de que tenía que ir al Supremo y a Valdemoro.

—Tú deberías irte a casa a dormir un poco. ¿A qué hora nos han dado cita para el fisio?

—A las dieciséis treinta.

Helena tenía la costumbre de utilizar esa fórmula horaria. Una deformación profesional de la que Olalla siempre se reía.

—¿Nos vemos en la parada del bus a las dieciséis? —preguntó la abogada enfatizando la hora, en tono de broma.

—Eso, a las dieciséis. Yo llevaré el coche.

—Adiós, amiga.

Helena no contestó, se despidió levantando la barbilla con un pequeño movimiento de cabeza, como se saludan en los pueblos los que se encuentran en la calle y no tienen intención de detenerse. Lo hizo sin pensar, no era un gesto que utilizara habitualmente, pero le salió como si lo tuviera por costumbre.

Olalla siempre añadía la palabra «amiga» cuando se despedía de Helena, igual que hizo aquel día: «Adiós, amiga». Y ella siempre la abrazaba y la besaba. Excepto aquella mañana, porque iban a verse después.

Debería haberle dicho lo mucho que la quería, que tuvo suerte cuando coincidió con ella en la parada del autobús y la reconoció como la chica de la sala de espera de fisioterapia. La hermana con la que había soñado desde pequeña, la primera persona con la que se intercambiaba la ropa, los pendientes y los bolsos, la única que le había pedido que se pusiera los zapatos de tacón que ella se empeñaba en comprarse, a sabiendas de que no los podría estrenar. Y Helena se los ponía para ella. Siempre el mismo ritual: Olalla se los probaba, caminaba unos pasos, se sentaba, los miraba y, después, le pedía a su amiga que los llevara puestos aquella tarde. No importaba si los zapatos no hacían juego con su vestido y con su bolso, el armario de Olalla se abría para buscar otros que combinaran mejor.

Tendría que haberle dicho muchas cosas, pero no lo hizo, se recostó en el respaldo del asiento y se durmió pensando en las manos de Hugo, rompiendo las fronteras.

Y aquel «Adiós, amiga», acompañado de un movimiento de cabeza, se convertiría muy pronto en su último recuerdo, junto al beso que no le dio porque iban a verse por la tarde.

82.

Unos minutos después de que saliera Olalla de la habitación, llegó la enfermera de turno con una bandeja de jeringuillas y varios viales, y le pidió a Helena que esperase en el pasillo mientras le extraía sangre al enfermo. Después la dejó pasar y le dio un recado de parte de la doctora.

–Me ha dicho que puedes marcharte. Ella estará hoy con Hugo todo el día y no quiere a nadie aquí.

No había amanecido, pero en el horizonte ya se apreciaba una línea de claridad, que pronto se extendería sobre la capota de contaminación que cubría el cielo de Madrid.

Helena miró el vial que contenía la sangre de Hugo, roja, densa, mortal, y se sentó en el sillón como si acabaran de darle un mazazo.

–No quiero irme –dijo mirando a Hugo, tragándose las lágrimas mientras la enfermera salía de la habitación–. Me quedaré en la salita y no molestaré.

–¡Vamos, no seas niña, ¿de qué sirves en la salita?

–Me sirve a mí.

–Pues a mí me sirve saber que estás durmiendo en tu cama.

–Pero…

–Pero nada. Pilar llegará enseguida y Olalla vendrá en un par de horas. No quiero verte hasta esta tarde, cuando salgáis del fisio.

Ella se tragó las lágrimas de nuevo, se acercó a la cabecera de la cama y colocó su cara frente a la de él, provocadora e insinuante, cómplice, como si entre ellos existiera una relación madurada por los años.

—¿Es una orden? ¿O tienes ganas de discutir?

—Es pura lógica.

—¿Matemática?

—Razonable.

—Yo no soy razonable.

—Lo sé.

Y entonces volvieron a mirarse como hacía unas horas, cómplices, locos, irresponsables. Helena le señaló la manga de la camisa y le hizo un gesto para que se cubriera la mano. Después la cogió y se la llevó a la cintura. Y él la miró como si todo fuera posible, presionando su cuerpo con los dedos, al otro lado de la frontera que nunca debería haber cruzado.

—Ojalá hubiera podido entregarte la vida. Lo siento, Helena.

Ella quiso protestar, pero se le llenaron los ojos de lágrimas y él volvió a pedirle perdón.

Aún no sabían que se había entreabierto una puerta que quizá podrían traspasar juntos, y que el vial de sangre que se acababa de llevar la enfermera era la clave para que la puerta se cerrara del todo o se abriese de par en par.

La sangre que había mirado Helena reprimiendo las lágrimas. La misma sangre, la única que había visto de él, podría ser la que lo salvase. Una de esas casualidades que Helena habría atribuido al destino.

No huyas del salto al vacío,
sino de las redes que no saben de caídas.

83.

Helena durmió en su casa hasta las tres de la tarde, después se preparó una ensalada para comer y salió en busca de Olalla. A las cuatro en punto estaba en la parada del autobús, aparcada en doble fila, tal y como habían quedado. Después de veinte minutos, y de dejar un mensaje tras otro en el contestador de Olalla, empezó a dudar de la hora en la que habían quedado.

Cualquier otro día, no le habría extrañado que Olalla se retrasara, tenía la mala costumbre de no llegar nunca a su hora, pero les habían dado cita a las cuatro y media y la iban a perder.

Quizá no la entendió bien. Aquella mañana estaba tan aturdida por lo que había vivido con Hugo que debía de haber confundido las dieciséis con las seis. De modo que decidió telefonear al hospital, desde donde le contestó Manuel muy excitado.

—¡Gracias a Dios que llamas! Tu móvil no para de comunicar.

La voz de Manuel se cortó durante unos segundos, como si alguien le estuviera hablando y tuviera que atender a dos conversaciones al mismo tiempo. Helena creyó reconocer la voz de Hugo —entrecortada, más cansada que cuando lo dejó, pidiéndole que no le dijera nada—, y se le fue el corazón a la boca.

—¿Qué pasa, Manuel? ¿Qué es lo que no me puedes decir?

–Tengo que colgar. Te llamo en cuanto pueda.

–¿Está peor Hugo?

Pero Helena se quedó con la pregunta en los labios y un nudo en la boca del estómago que apenas la dejaba respirar.

Manuel tardó en llamarla un par de minutos de reloj. Dos minutos nada más. Dos puntos marcados en la esfera. Solo dos. Ni un segundo más.

Pero el tiempo de los relojes no sabe de la angustia y la desesperación.

Las lágrimas le brotaron solas, sin parpadeos, saladas, constantes. ¡Ahora no! ¡No podía ser! Aún tenían que hablar de muchas cosas. Les quedaban muchas noches todavía, muchos despertares con su mano en la cintura. ¡Llama, Manuel, llama!

Por la mañana parecía que estaba mejor. Pero dicen que pasa muchas veces. Lo llaman la mejoría de la... ¡No, no! ¡No podía ser! Si al menos pudiera despedirse, si pudiera decirle otra vez que le quería, si el tiempo se compadeciera de ellos y les concediera un día más, o unas horas, o los minutos perdidos mientras esperaba la llamada de Manuel.

¡Llama, por lo que más quieras! ¡Llama!

Y Manuel llamó.

–Escucha, Helena.

–¿Qué ha pasado? Dime la verdad. ¿Está peor?

–¡Cálmate, mujer! No es eso. Al revés, está mejor, pero quiere daros una sorpresa.

–¡Una sorpresa!

Y rompió a llorar, sin darse cuenta de que había dejado de pensar en Olalla.

–¡Venga, deja de llorar y venid corriendo! Pero no le digas nada a Olalla.

–¿A Olalla? ¿No está ahí? Hace media hora que la estoy esperando.

Manuel tomó aire e intentó parecer intrascendente.

–¿Y dónde coño se habrá metido esta mujer?

–¿Le habéis preguntado a la doctora?

–Ha sido ella quien ha dado la voz de alarma, no se presentó esta mañana para lo del informe, y llevamos todo el día intentando localizarla.

–Se le habrán complicado las cosas en Valdemoro.

–También he llamado allí, y al bufete y a las Salesas. ¡Nada! No la ha visto ni Dios.

–¡Le ha tenido que pasar algo! ¡O a sus hijos! ¿Y si se ha ido a Barcelona? ¿Has llamado a Josep?

84

Manuel y Yolanda habían llegado al hospital a las tres y media de la tarde, como siempre. Hugo estaba dormido, vigilado en todo momento por la doctora Del Solar, que les pidió que esperasen en la sala de visitas e intentasen localizar a Olalla.

–Estoy empezando a preocuparme, habíamos quedado a las doce y no ha venido. A estas horas habría llamado ya cien veces.

–Es un desastre con el móvil, se lo habrá dejado en cualquier sitio. Había quedado a las cuatro con Helena, luego la llamo.

Después de numerosas llamadas sin respuesta al teléfono de Helena, Manuel también comenzó a preocuparse y llamó a los números que Olalla les había dejado por si se producía una urgencia.

–Ya no sé dónde preguntar –le dijo a Yolanda después de llamar al centro penitenciario.

–Ha pasado la noche en la sala de visitas. Seguro que no ha pegado ojo. Habrá anulado lo de Valdemoro y habrá desconectado los teléfonos para intentar dormir. Y si ahora está en el fisio, tendrá el móvil en silencio.

–¿Y el de Helena comunicando todo el tiempo? ¡No! Aquí hay algo que me está oliendo fatal. Y para colmo, nadie nos dice nada sobre cómo está Hugo.

Desde que habían llegado, las enfermeras habían estado entrando y saliendo de la habitación, siempre con prisas y sin querer informarles, no lo tenían permitido. Y la doctora tampoco parecía querer explicarse.

–¿Va todo bien? –le preguntaba Manuel cada vez que la veía pasar.

Y cada vez obtenía la misma respuesta.

–No te preocupes, ¿has localizado a Olalla?

–Todavía no.

–Sigue intentándolo.

–Pero ¿va todo bien?

–Todo va como tiene que ir.

«Como tiene que ir.» No le decía todo va bien, o está mejorando, o estacionado o empeorando, la doctora le decía que todo iba como tenía que ir. ¡Y Olalla seguía sin contestar al móvil! Era como si se hubiese evaporado. De vez en cuando, Manuel se acercaba a la habitación cuando alguien entraba o salía, y asomaba la cabeza para ver a su amigo, que seguía en la misma postura en la que lo vieron al llegar, dormido, con el suero puesto, estirado sobre las sábanas, tan delgado que costaba trabajo reconocerle.

–¡Qué raro se me hace a mí todo esto! No le han despertado para comer algo –le comentó a su mujer–. No han tocado el termo de la sopa que le trajimos esta mañana.

–Dicen que dormir alimenta tanto o más, por lo menos a los niños.

Pero a Yolanda también le extrañaba tanto entrar y salir de la habitación, tanto todo va como tiene que ir, tanto misterio.

Manuel estaba a punto de estallar. No soportaba aquel mutismo. El hecho de que la doctora tuviese tanto interés en localizar a Olalla solo podía significar una cosa, la que todos temían desde que Hugo ingresó.

–Esto no me gusta un pelo.

Cuando la doctora Del Solar volvió a aparecer en el pasillo de la sala de familiares, Yolanda la abordó decidida a no dejarla marchar sin que les confesase lo que ocurría, sin evasivas y sin paños calientes.

—Ya no puede engañarnos más, doctora. ¿Volverá a despertarse?

—Me dio instrucciones muy precisas. No quiero que sufra más de lo necesario, por eso lo he sedado.

Manuel la miró aterrado. Sabía lo que significaban las palabras de la doctora, él también había hablado con Hugo sobre cómo quería que fuese el final.

—¿Ya?

—No, tranquilo, no se trata de esa sedación. Le estoy ajustando las dosis de retrovirales y los efectos secundarios son muy fuertes. He preferido que los pase dormido.

—¿Entonces? ¿Está mejor?

La doctora se mordió los labios como si necesitase unos segundos para estar segura de su respuesta. Después intentó modular la voz en un tono profesional que a duras penas conseguía.

—Acabo de despertarle. Parece que está reaccionando bien. Aunque todo puede dar un vuelco. El tratamiento es experimental y no sabemos si revertirá la situación.

—¿Podemos entrar a verlo?

—Solo un momento. Volveré a sedarle enseguida.

Manuel y Yolanda se miraron sin saber qué pensar ni qué decir y se dirigieron corriendo a la habitación, donde Hugo les esperaba medio dormido, sin apenas fuerzas para hablar.

—Siento no haber podido probar vuestra sopa.

Yolanda se tapó la boca para no gritar, envuelta en lágrimas, y Manuel se quedó al pie de la cama del enfermo, mirándolo fijamente.

—¡Joder, Integrales! Otra vez me la has jugado.

Unos minutos después, entró la llamada telefónica de Helena que había contestado Manuel. Hugo creyó que se trataba de su hermana, y pronunció la frase que Helena escuchó a medias, con su voz débil y entrecortada.

–¿Han salido ya del fisio? No le digas nada. Quiero darles una sorpresa.

En ese momento, Manuel decidió que el enfermo no debería escuchar el resto de la conversación. Si Olalla no estaba con Helena, Hugo no debía saberlo. Así es que le dijo a Helena que la llamaría enseguida.

–Escucha, Helena –le había dicho antes de colgar por segunda vez–. A Hugo lo van a volver a dormir…

–No, por favor, esperad a que llegue yo –interrumpió ella–, no tardaré ni veinte minutos.

–¿Y qué vas a decirle cuando te pregunte por Olalla? No podemos consentir que se duerma sabiendo que no da señales de vida desde esta mañana. Y te puedo asegurar que no se va a tragar cualquier cosa.

85

Tras cortar la conversación con Helena, Manuel llamó a Barcelona. Pero la última esperanza de encontrar a la abogada se disipó en cuanto su marido descolgó el teléfono.

—No he vuelto a verla ni a hablar con ella desde que me vine.

—Ya no sabemos qué hacer, Josep. Tendremos que denunciarlo en la policía.

—Ahora mismo cojo el puente aéreo.

Cuando Josep llegó al hospital, pasadas las seis de la tarde, Manuel lo recibió con un abrazo y palmadas en la espalda. Algún día hablarían sobre la actitud que había mantenido con respecto a Hugo. Algún día le diría que admiraba a Yolanda por no haber escondido la cabeza, y que él tendría que explicarles a sus hijos, cuando pudieran entenderlo, porqué la había escondido él. Sin embargo, no era momento para reproches.

Josep le devolvió el abrazo y las palmadas y se mantuvo en silencio mientras Manuel le detallaba los últimos pasos que habían dado para buscar a su mujer. Helena había ido a su casa y al despacho, y había llamado a todos los hospitales, por si había tenido un accidente, y Manuel acababa de hacer el recorrido de ida y vuelta a Valdemoro, para ver si encontraba el coche en la cuneta.

—Ya lo habrían retirado —le respondió Josep—; además, está a mi nombre, me habrían avisado hace horas.

–No sabemos si llevó el vuestro. No encontraba sus llaves y Yolanda le prestó las del suyo. Pero en el aparcamiento no está ninguno de los dos.

–Está bien. He visto que hay una comisaría ahí enfrente. No sé cuánto tardaré, llámame si hay alguna novedad.

Y entonces empezó la pesadilla de Josep. Las preguntas absurdas de la policía, la demora en la búsqueda, el plazo de cuarenta y ocho horas, la espera insoportable en la sala de visitas y la sinrazón.

Por qué no se puso nunca al teléfono. Por qué no quiso verla cuando trajo a los niños a casa de Helena. Por qué no fue ella a Barcelona. Por qué ninguno de los dos fue capaz de romper aquel círculo que nunca debió cerrarse. Por qué se enrocaron así, impidiendo cada uno el movimiento del otro. Por qué. Por qué. Por qué dejaron que el tiempo pasara. Por qué la última imagen que conservaba de ella era la de su cuerpo contra la puerta del coche, su indignación, su sorpresa y sus ojos asustados.

86.

A veces el tiempo se confunde y altera inesperadamente el orden de los acontecimientos. Para bien o para mal, no siempre se puede intervenir para controlar el curso de la vida. Hugo quiso controlar la suya hasta el último detalle, pero no sabía que el daño no vendría de su lado.

Hubiera dado cualquier cosa para que su hermana no sufriera con su muerte o para que supiera sobrellevarla. Lo que nunca pudo imaginar era que él tendría que sufrir con la de ella.

La doctora no le dio opción a esperar y volvió a sedarle antes de que Helena llegase. Antes de que Manuel terminase de remover cielo y tierra. Antes de que Josep volviese de Barcelona. Antes de que la noche cayese sobre Madrid, fría y húmeda, oscura, eterna, presagio de la noticia que la Guardia Civil llevaría al hospital de madrugada. Antes de que el 29 de noviembre se congelara para siempre en una fecha que volvería año tras año para recordarles a todos que Olalla se había ido, y a Hugo, que nunca volverían a ser dos, que la soledad que había buscado durante más de doce años no podía llamarse soledad, que a partir de ese momento tendría que aprender a vivir con un hueco que nada ni nadie podría rellenar nunca. Nunca.

87

Hacía meses que Helena sabía que tendría que llorar, aguardaba el momento sin pensar en rebelarse, resignada a que el destino se saliera con la suya. Podía ser tan perseverante... Su padre tenía razón, cuando clava sus ojos en su presa es difícil que deje de mirarla. La historia de aquel griego que escribía tragedias no era más que un ejemplo de los muchos que había escuchado en su vida.

Desde que ingresaron a Hugo la primera vez, la imagen de la tortuga estrellándose contra la cabeza del que no pudo burlarse de su suerte no había dejado de asaltarle.

No obstante, el destino la sorprendió con un golpe para el que no se había preparado. Un quiebro. Una paradoja. Una puerta abierta para Hugo y otra cerrada para Olalla.

Ya no habría más jueves que compartir, ni complicidades, ni compras que colocar en los armarios de la cocina, ni noches de San Juan en el pueblo, ni deseos partidos en pedacitos de colores, ni feliz cumpleaños, ni abrazos, ni citas compartidas para la clínica de fisioterapia. Ni adiós, amiga.

88.

Quince horas después de la desaparición de Olalla, ante la insistencia de la policía en esperar a que transcurriera el plazo establecido para iniciar la búsqueda, Josep y Yolanda presentaron una denuncia por la desaparición de sus coches. Se lo aconsejó uno de los agentes que empezó a tratar a Josep como un sospechoso, y acabó por ponerse en su piel.

–A ella no podemos buscarla, pero los vehículos sí. No me pregunte por qué, yo tampoco lo entiendo, pero así es la ley. Cruzaré los datos con los de la Policía Municipal y la Guardia Civil.

El coche de Josep estaba en el depósito municipal, lo había retirado la grúa el día anterior de uno de los estacionamientos que disponía el hospital junto a la puerta de Urgencias, reservados para minusválidos. A Josep no le extrañó, debería haberlo imaginado, no era la primera vez que el coche que conducía su mujer dormía en el depósito. Llevaba en una funda de plástico la tarjeta que le permitía aparcar en los estacionamientos reservados, sujeta al cristal por unas ventosas que se despegaban con frecuencia, y Olalla no debió de darse cuenta de que la funda se había caído. Uno de los muchos despistes a que tenía acostumbrado a todo el que la conocía.

A las dos de la madrugada, la Guardia Civil llevó al hospital la respuesta al paradero del coche de Yolanda.

Un par de agentes de paisano se presentaron en la sala de espera preguntando por Manuel.

–Lo lamento, señor –le dijo el número de mayor rango–, traemos malas noticias. Su esposa…

Yolanda levantó la mano conteniendo las lágrimas, y señaló a Josep con el dedo repetidamente, para hacerles entender que había habido una confusión.

No obstante, el gesto de Yolanda no hubiera hecho falta, pues Josep ya se había llevado las manos a la cabeza para repetir una y otra vez que no, que no podía ser, que no, que no, que no.

A las ocho y veinte de la mañana, mientras Olalla conducía hacia la cárcel de Valdemoro, una furgoneta de re-
parto se saltaba una señal de *stop* y arrastraba el coche de
Yolanda hacia un terraplén cubierto de maleza, donde
ambos vehículos permanecerían ocultos hasta que la
empresa de transportes daba la voz de alarma a las tres
de la tarde. Entre la carga de la furgoneta había productos tóxicos. Si había sufrido un accidente, había que localizarla de inmediato para evitar una catástrofe. De manera que dos agentes motorizados reprodujeron la ruta
hasta que descubrieron las huellas que terminaban en la
pendiente.

Los dos conductores habían muerto en el acto y permanecían reclinados sobre los volantes, prácticamente
en la misma posición, como los que hacen un alto en el
camino cuando les vence el sueño. El bolso de Olalla salió despedido por el hueco de la luna delantera, hecha
añicos por el impacto, y permaneció oculto entre la maleza hasta que la Guardia Civil regresó para inspeccionar
el lugar del siniestro, tras saber que habían identificado
por error a una de las víctimas y la habían confundido
con la dueña de uno de los vehículos siniestrados.

El teléfono de la casa de Manuel no había parado de
sonar en toda la tarde mientras ellos estaban en el hospital. El contestador se había llenado de mensajes de la
Guardia Civil para que se pusiera en contacto con la co-

mandancia más cercana. El juez levantó los cuerpos y ordenó la autopsia. La Guardia Civil continuó intentando localizar a los familiares de una de las víctimas, mientras los de la otra se empezaban a congregar a las puertas del Instituto Anatómico Forense.

El resto se debió a la denuncia del robo de los coches y a la dirección que habían registrado los denunciantes para que les informasen de cualquier novedad.

Veinticuatro horas después de la desaparición de Olalla, tras una noche en la que Hugo permaneció dormido sin que la doctora Del Solar se separase un minuto de él, llegaron los resultados de los últimos análisis y la doctora decidió despertarle.

–Los antirretrovirales han funcionado. Ya son tres análisis seguidos confirmándolo –le dijo evitando mirarle a los ojos para que no notase que había estado llorando–. Hay esperanza.

Hugo la miró sin poder creerla y trató de incorporarse.

–¿Esperanza?

La doctora lo sujetó y lo obligó a recostarse de nuevo, estaba demasiado débil para mantenerse mínimamente erguido.

–¡Quieto! Esto no es el bálsamo de fierabrás, será un camino largo, pero lo he consultado con algunos colegas y parece que estamos conteniendo al virus. De momento, lleva dos semanas quietecito, no se está reproduciendo, y ha dejado en paz a los glóbulos blancos.

–¿Han aumentado los CD4?

–Todavía no, pero lo harán. De momento, se mantienen.

–¿Entonces?

–Entonces, hay esperanza.

–¡Dios mío! ¿Estás segura?

–Todo lo que se puede estar con un tratamiento experimental. Pero, sí, por lo menos puedo decir que ahora hay esperanza.

–¡Hay esperanza! –repitió Hugo, al tiempo que se incorporaba en la cama, a pesar de los intentos de la doctora de mantenerle tumbado.

Por su mente pasaron los doce años vividos en silencio, apurando el presente, sin permitirse mirar más allá. Sin futuro. Sin amigos. Sin más relaciones que las estrictamente familiares. Pero ahora había esperanzas. Ahora podría recuperar el tiempo con Manuel, con sus sobrinos, con Olalla. Incluso decirle a Josep que volviera y explicarle bien las cosas. Explicárselas también a sí mismo, para perder el miedo. Para decirle a Helena todas las cosas que se había guardado. Preguntarle todo sobre ella. Quererla. Mimarla y dejarse mimar. Volverse locos y pensar que el tiempo se ha puesto de su lado.

–¡Gracias, Pilar, gracias!

–Los datos son todavía muy provisionales, pero hemos empezado un camino que no tiene por qué tener marcha atrás.

En ese momento, Hugo reparó en que la doctora no había sonreído ni una sola vez. La noticia no debía de ser tan esperanzadora como él había querido entender.

–Entonces, ¿a qué viene esa cara? No pareces muy contenta. ¿Cuál es la segunda parte?

La doctora tragó saliva, le dio un beso en la frente y le dijo que esperase un momento.

–Hay alguien que tiene que hablar contigo. Volveré enseguida.

Josep y Helena estaban en la puerta, esperando que la doctora les dijese que podían pasar. Hacía apenas una hora que habían comenzado los preparativos para que se llevasen a cabo las instrucciones que Olalla había firmado unos días antes. Otro capricho del destino, que, con sus contrasentidos y su obstinación, Helena empezaba a odiar.

A Josep le temblaban las manos cuando abrió la puerta de la habitación, que permanecía cerrada para él desde hacía cinco meses. Helena se había ofrecido a hablar con Hugo, pero Josep solo había aceptado que le acompañase, estaba seguro de que Olalla lo hubiera querido así. Tenía que ser él quien le diera la noticia.

Hugo estaba recostado en la cama, con una sonrisa en los labios que se transformó en sorpresa al ver aparecer a Josep, y en un gesto de dolor cuando este comenzó a hablar.

Helena se acercó a la cabecera de la cama con los ojos húmedos, le cogió la mano, se la cubrió con la manga del pijama y se la llevó a los labios.

–Llora, Hugo, llora.

–No es justo. No es justo. No es justo –repetía Hugo, incapaz de entender lo que acababa de oír, con la misma expresión con la que salió Olalla de la habitación 205, cuando se cumplieron sus peores temores sobre la enfermedad que ahora parecía darles un respiro.

Y continuó diciendo que no era justo, con los ojos abiertos al abismo, mientras Helena le pedía que llorase y le besaba la mano sin poder consolarle.

Porque no había consuelo, ni siquiera el de que Olalla no había sufrido. No. No había consuelo. No lo había. Solo había desazón, tristeza y desconcierto. Un desconcierto que los obligaba a llorar cuando deberían estar celebrando los últimos resultados de los análisis.

Volveremos a ser dos en uno solo,
aunque se haya desdoblado la memoria.

91.

El funeral se ofició el día uno de diciembre, en una ermita situada a las afueras del pueblo donde nacieron Hugo y Olalla, rodeada de robles y cerezos. El sacerdote comenzó con los versos de César Vallejo que eligió Olalla para su hermano. *He soñado una fuga. Un «para siempre» / suspirado en la escala de una proa.*

Los niños habían llegado directamente de Barcelona, en compañía de sus abuelos. Se abrazaron a su padre y se colocaron en el primer banco junto a él, entre aturdidos y cansados.

Antes de salir para Extremadura, Josep había pasado por su casa para vestirse con el traje, la camisa y la corbata que Olalla hubiera elegido para él.

Y allí estaba ella, en cada rincón, en cada cuadro de la pared, en cada lámpara, en cada mueble, en cada planta del jardín.

Dejó sus cosas en orden. Ese orden que guarda cierta lógica para todo aquello que se utilizará al día siguiente, el que no precisa cada cosa en su sitio, ni cada espacio bien aprovechado, ni instrucciones del uso que deberá darse a cada objeto. El orden de las cosas que esperan a su dueño.

Y ya no habrá manos que recojan las gafas de encima de la mesa. Ni ojos que busquen un renglón perdido en la página marcada con un billete de autobús, el último billete que no guardó en el monedero. Ya no habrá beso de buenos días, ni de buenas noches, ni cariño, ni amor mío, ni carcajadas. Tan solo queda el vacío de una risa que parecía imprescindible y la obligación de admitir que no lo era. Y el olor, su olor, impregnado en la ropa en el armario.

La orfandad de las cosas aumenta la sinrazón de su ausencia. Ella se ha ido. Y él no ha podido despedirse. Y en aquella pequeña iglesia extremeña, donde ella creía que se despediría de su hermano, su nombre se mezcla con los rezos que disimulan las lágrimas.

92.

Helena mira el retablo del altar mayor y trata de no pensar. Delante de ella, Josep recibe las condolencias de los últimos familiares. Hace rato que los niños se cobijaron bajo los hombros de su padre. No lloran, no se mueven. Se acurrucan bajo los brazos de Josep y dejan que pase el tiempo, que se cumplan los ritos.

Josep mantiene la cabeza recta sin mirar a ninguna parte, perdido en los dorados del retablo del altar mayor, entre el brillo de las velas y el olor dulzón de las flores, recibiendo el pésame de los vecinos, que inclinan la cabeza delante de él, primero una fila de hombres, después de mujeres. Una procesión de palabras que todos sienten de la misma manera, y de preguntas que no llegan a formularse.

¿Quién podría dar respuesta al sinsentido? ¿Dónde están las razones que pusieron aquel desconcierto en medio de la iglesia? ¿Dónde? ¿En qué lugar está escrito que la muerte puede deslizarse así entre las rendijas de una familia que no logró mantenerse a salvo?

¿Hasta cuándo podrá Josep mantenerse en pie? ¿A qué distancia se convierte en miedo el deseo de no sentir, de no caer, de no contagiarse de las lágrimas de los otros, la voluntad de permanecer entero para sus hijos?

¿Hasta dónde puede llegar el dolor? ¿Hasta qué profundidades puede calar sin que la mente se resienta, sin que la razón de vivir se reduzca a levantarse cada mañana con el deseo de que el tiempo pase más deprisa, más de lo que los relojes se empeñan en marcar, más de lo que los planetas están dispuestos a girar unos alrededor de otros, más deprisa que el deseo de volver atrás para evitar que sucedan las cosas que ya no tienen remedio?

Helena mira la caja intentando que no se le escapen las lágrimas.

Josep sigue de pie, delante de ella, mordiéndose por dentro.

*Y el futuro vendrá
con las manos cargadas de flores.*

93.

Josep regresó a Barcelona al día siguiente con sus hijos y sus padres. Quizá no debería haber permitido que los niños vivieran aquella experiencia, pero no quiso privarlos de la posibilidad de una despedida. El tiempo diría si había hecho bien. De momento, terminarían el curso en la Ciudad Condal, después, pensaría en el futuro, en la forma de enfrentarse a la vida que empezaba para todos.

Manuel, Yolanda y Helena continuaron turnándose para acompañar a Hugo, que intentaba superar la ausencia de su hermana ayudándose de la letanía que una vez le había sacado del infierno: más duro era quedarse, más duro era quedarse, más duro era quedarse.

Y así, paso a paso, ha ido mejorando día a día. Hace casi tres meses que empezó con el tratamiento, y dos desde que le dieron el alta hospitalaria para visitar a su doctora en régimen ambulatorio. Está recuperando poco a poco el tono saludable de la piel, las fuerzas, las ganas de comer y la ilusión de que algún día pueda pensar a largo plazo. Aún es pronto para hacer planes de futuro, la doctora le ha dicho que, de momento, solo puede hablarse de esperanza, nada de certezas, ni de seguridad, ni de promesas, que la ciencia debe evitar. Pero él no puede ver las puertas más abiertas.

José Luis le llama a veces, sigue sin desarrollar la enfermedad y ha ingresado en un centro donde lo ayudarán a salir de donde no debería haber entrado. No sabe si lo conseguirá, pero se lo debe a su amigo, al menos eso cree, lo piensa desde que supo que había ingresado en el hospital y él dejó de dormir.

Los hijos de Manuel y Yolanda continuarán en Estados Unidos por una temporada. Aún no saben lo que sus padres han vivido en los últimos meses. Se lo contarán todo cuando vuelvan, porque ni siquiera les dijeron antes de marcharse que Hugo estaba enfermo. El silencio otra vez, utilizado como escudo contra el daño.

Helena, por su parte, continúa pensando que las casualidades no existen. Ahora lo sabe mejor que nunca. El destino se empeñó en cruzarse en su camino para demostrarle que todo es posible. Le quitó a su amiga de un zarpazo y, como si jugase con ellos una partida de ajedrez, le entregó a Hugo al mismo tiempo. El caballo por la dama.

Caprichoso el destino. Y cruel. Manejando los hilos por sorpresa, para que nadie se olvide de la espada de Damocles.

¿Qué les tendrá reservado a Hugo y a ella?

Ahora viven juntos en la Colonia de las Flores y reciben muchas visitas, de la doctora, de Manuel y Yolanda, de sus compañeros del trabajo y de la facultad, de los del bufete de Olalla e, incluso, de Josep, que trae de vez en cuando a los niños para que no pierdan el contacto con su tío. Y también han recibido una visita de Rosa. Lleva años en Londres, casada con un astrofísico que le ha dado tres hijos preciosos, y ha querido contarle a Hugo que no puede ser más feliz.

El tratamiento está siendo eficaz por ahora. Un milagro que Hugo le agradece a la vida y a la doctora que lo ha hecho posible, mientras se restablece del cuerpo y del alma. También se lo agradece a Helena, que solo se mueve de su lado para ir al trabajo y a la clínica de rehabilitación, como siempre, la tarde de los jueves.

A veces, cuando se quedan solos, él le tiende la mano envuelta en la manga del pijama para atraerla hacia sí y rodearle la cintura, y ella se olvida de todo, se imagina que son amantes desde muy jóvenes, y cierra los ojos para dejarse llevar por ese estremecimiento que se parece tanto al vacío. El temblor que la invade desde dentro. La impresión de que sus mentes se acoplan para ser solo una, y consigue liberarlos del pasado, de la memoria del miedo y del miedo a la memoria.

Él se acerca a su cuello antes de que ella abra los ojos:

—Te quiero, ¿lo sabes?

Y ella le dice que sí, que lo sabe desde que sintió su mirada por primera vez, acariciándola sin tocarla, abriendo todas las compuertas.

—¿Y tú? ¿Lo sabes?

—Lo sé.

Y los dos se ríen y se muerden los labios, como adolescentes ante una prohibición.

Todavía no se han besado en la boca, pero lo harán. Llegará el momento en que él también pierda el miedo y se atreva a tocarla de verdad, piel con piel, corazón con corazón, latido con latido. Viajarán a la garganta del río donde se bañaba de pequeño, se lanzarán desnudos al agua, de la mano y desnudos —libres, sin peso, sin ataduras—, y nadarán hasta la cueva de la que Hugo siempre salía con su triunfo en las manos.

FIN

In memoriam

Nota de la autora

Esta novela es para Paco, para su hermana Julia y para toda su familia, en especial, para sus otros tres hermanos, Agustín, Aurora y Antonio, para su cuñado, Manuel, y su amigo del alma, José María.

Paco murió a los 36 años, el 1 de diciembre de 1996, cuando ya se habían dado los primeros pasos para que en los países ricos el SIDA se transformase en una enfermedad crónica.

Los cinco primeros casos diagnosticados en el mundo se dieron a conocer en Los Ángeles el 5 de junio de 1981, aunque hasta dos años más tarde no se descubrió el agente patológico responsable de la enfermedad, el VIH, virus de la inmunodeficiencia humana. Para entonces, el virus ya se había extendido por todo el mundo. Una pandemia que hoy afecta a más de 38 millones de personas, de las cuales casi 10 millones se encuentran en los países pobres y no reciben la terapia antirretroviral. La mitad de los niños afectados en estos países muere antes de cumplir los dos años.

Desde el año 1996, la enfermedad empezó a tratarse con un cóctel de fármacos denominado TARGA (tratamiento antirretroviral de gran actividad), que supuso un avance importantísimo para que el SIDA se convirtiera en una enfermedad crónica. En ese momento, el número de infectados aumentaba en 8.000 pacientes diarios, con un total de 21,8 millones de infectados en todo el mundo. En junio de ese mismo año, se celebró en Vancouver la XI Conferencia Internacional sobre el SIDA, donde se presentaron los resultados preliminares del tratamiento de 12 pacientes que habían respondido a los antirretrovirales, en 9 de los cuales se había reducido la carga viral a niveles indetectables.

En el informe publicado por la OMS a finales de 2020, se estimaba que, hasta la fecha de publicación, habían muerto de SIDA más de 33 millones de personas.

En España, según el informe presentado por el Ministerio de Ciencia y Tecnología en junio de 2021, el número de fallecimientos entre 1981 y 2019 alcanzó un total de 59.939 personas. El máximo se produjo en 1995, con 5857 muertes. A partir de 1996, los fallecimientos disminuyeron de forma muy importante, con un descenso del 68 % en 1998.

Sin embargo, Paco no tuvo suerte.

El protagonista de esta novela ha tomado prestadas algunas cosas de su vida: el nombre por el que le gustaba que le llamasen; el hecho de que sus padres muriesen con poco tiempo de diferencia antes que él; la fatalidad de que su hermana contrajese la polio en Portugal cuando era pequeña; y que él guardase silencio sobre su enfermedad.

Mi más sincero agradecimiento a sus hermanos por haberme permitido inspirarme en su historia.

Curiosamente, desde 1988, el 1 de diciembre se celebra el Día Mundial de la Lucha contra el SIDA. La casualidad ha querido que, sin saberlo, millones de personas le rindan a Paco un homenaje todos los años en el aniversario de su muerte, a él y a los 33 millones de víctimas mortales de la enfermedad. Esta novela quiere sumarse a ese homenaje. No es la historia de Paco, sino la de un personaje de ficción que vivió con la misma generosidad que él demostró, silenciando su sufrimiento durante más de doce años, para evitar el dolor de los suyos.

Paco compartió una sola vez una jeringuilla, que resultó estar infectada. Poco después, decidió salir del infierno de la droga, en el que cayó como muchos jóvenes españoles desde finales de los años setenta. Tras desintoxicarse, con la ayuda de sus hermanos, de su cuñado y de su mejor amigo, descubrió que aquel pinchazo sería su sentencia de muerte.

Mi homenaje también quiere ser para todas las familias que padecieron la enfermedad al lado de los enfermos, y para todos los que la siguen padeciendo.

A ellos va dedicado.

Y a Dulce, por supuesto.